甘いトモダチ関係

A k a r i & S e i j i

玉紀 直

Nao Tamaki

JN156135

EB

エタニティ文庫

目次

甘いトモダチ関係

プロローグ

「なあ、そろそろ、友だちやめないか？」

その言葉は、今まさに大好きなイチゴを味わおうと、期待を込めて大きな口を開けたときに聞こえた。

——ショートケーキの真っ白なクリームの上に載る、赤いイチゴは芸術品。

東野朱莉《ひがしのあかり》はそんな考えを持ち、イチゴをいつも最後まで大事に取っておく。そのため、それを口に入れる瞬間を邪魔されるのは、大変に許し難《がた》いことである。

「は？」

ぽかんと口を開けたまま、朱莉は訝《いぶか》しげに発言の主である三宮征司《さんのみやせいじ》を見た。

彼は朱莉に目も向けず、缶ビールを片手に、眼鏡の奥の凛々《りり》しい目で新聞を読んでいる。シャツの首元のボタンを外して袖を捲《まく》り、ネクタイは緩《ゆる》められている。そしてソファに深く腰掛け、長い足を組んでいた。

外ではピシッと決めたスーツ姿。くつろいでますと言わんばかりのこの姿は、朱莉の前でのみ晒《さら》される。

一方の朱莉はソファの正面に置かれたローテーブルの前に座り、部屋着のスウェットワンピース一枚で、ケーキを食べつつ大好きな二時間ドラマを観ていた。

しかし、せっかくのドラマ鑑賞時間だというのに、征司の言葉のせいで、彼女の意識は断崖絶壁《だんがいぜっぺき》に犯人を追いつめたメイン俳優から逸《そ》れてしまった。代わりに、大学時代から十年間友だち付き合いをしている征司をじっと見つめる。

朱莉は、今の征司の発言について考えた。

どういう意味だろう。せっかくこれまで、気の合う友だち同士でいたというのに。こうして仕事帰りに征司が朱莉の部屋へ転がり込み、勝手に冷蔵庫からビールを出してソファに陣取っていても、それが普通に思えるほどの関係を築いてきたのに。

その関係を、突如「やめよう」などと言われてしまうとは……

ふたりは大学で同じゼミに所属していたことから親しくなった。

男前だが気取らない征司と、快活な朱莉。

ウマが合ったふたりは、なんでも相談し合える友だち関係を保ったまま大学時代を過ごし、同じ会社へ就職した。

知り合って十年。ふたりは今年で二十九歳になる。

背中を丸めて赤いイチゴを口に入れたとき、朱莉の中でひとつの答えが出た。ミディアムロングの髪をふり乱す勢いで顔を上げた朱莉は、せっかくのイチゴをろくに噛《か》みもせず呑み込んでしまった。

「なにっ？　絶交しようってことなの？」

朱莉の反応に、今度は征司が考え込む番だ。彼は口を付けようとしていた缶ビールをローテーブルに置き、眉を寄せて朱莉を見る。

「どうしてそんな答えになるんだよ」

「だって、友だちやめるんでしょう？　絶交ってことじゃない。どうして？　私、なんかした？」

自分になにか非があったのか聞き出そうとした朱莉だが、征司の答えを聞くよりも先に、ある考えが頭をよぎった。

「ああ、そうか。もしかして征司、彼女ができた？　女の子ってアレだよね、彼氏の女友だちとかって嫌がったりするもんね。そっかぁ、それじゃあしょうがないかな……。でもさぁ、絶交までしなくたって……」

「朱莉の、ドあほっ」

ひとり納得する朱莉の頭に、新聞がパコンと直撃する。それ自体は薄いものだが、丸めて叩かれれば充分に痛い。

両手で頭を押さえて「痛い～」と文句を言う朱莉を眺め、征司はフンッと鼻を鳴らした。

「違うだろっ。どうしてそういう方向に持っていくんだ、お前は」

「違うのぉ？」

朱莉は頭を押さえたまま目をまたたかせる。そしてその目は、征司の次の言葉を聞いた瞬間、大きく見開かれた。

「友だちやめて、大人の関係になろうって言ってんだよ」

「……はい？」

(なに言ってんのぉ!?)

いきなり提案された、友だちやめて大人の関係になろうぜ案。

その衝撃《しょうげき》に、朱莉はイチゴどころか、ケーキの味さえ忘れてしまったのだった……

第一章　トモダチ関係が変わる夜

突然の告白から一週間後――。そろそろ梅雨《つゆ》入りの予感がする六月初旬。

今日は朝から、薄い灰色のベールが空一面を覆《おお》っている。

憂鬱《ゆううつ》な季節の前触れに、気持ちが沈む時期。しかしそれとは別に、誠和医療《せいわいりょう》メディカル営業課のオフィスには、張りつめた空気が漂《ただよ》っていた。

「つまりお前は、停滞《ていたい》を望むわけだな？」

オフィスに静かに響くその声は、ひどく冷たく聞こえる。

問いかけの形でありながら、返答を求めている気配はない。まるで断定しているかのような口ぶりだった。

「先月の営業成績を維持したいとは、それ以上を目指さないという意味にとれる。お前は先月の数字で満足してしまった。そういうことだろう」

上司である征司の言葉に、部下の顔から血の気が引いていく。ついさっきまで、先月の営業成績を自慢げに語っていた部下の口は、半開きになったままピクリとも動かない。

「それなら、お前にはこれ以上の成長を見込めない」

威圧感とともに言い渡された言葉に、部下は恐怖に引きつった表情を浮かべた。

「ももっ、申し訳ありませんっ、課長っ！　す……、すぐ、……すぐっ、目標を立て直してまいります！」

声どころか膝まで震わせた部下は、深い礼をした直後、俯《うつむ》いたまま自分のデスクへと走っていく。

部下を恐怖に陥《おとしい》れた征司は、なにもなかったかのように中指で眼鏡のブリッジを上げ、ふうっと息を吐いた。そうしておもむろに周囲へ視線を向ける。彼の視界に入った課員たちがびくりと震えた。

そんな彼らの気持ちなど歯牙《しが》にもかけず、征司はひとこと言い放《はな》った。

「東野君、お茶」

「はい、課長」

朱莉の返事と共に、場の空気が少し和《やわ》らぐ。営業課の鬼課長、三宮征司が営業アシスタントである東野朱莉にお茶を頼むのは、彼の機嫌が直った証拠なのだ。

征司がデスク上のパソコンに視線を移すと、課内の空気もやっと平常に戻る。

朱莉としては、事あるごとにお茶を要求する征司に不満はあるものの、専属お茶係を引き受けておかないと征司の機嫌《きげん》はさらに悪くなってしまう。そうなれば、またオフィスに先ほどのような緊張が走る。

医療機器や理化学機器の販売、輸出入、病院やそれに関連する施設設備のトータルプランニングを主な事業内容とし、創業百年という実績と信頼で全国主要都市に営業所を持つ、誠和医療メディカル本社。

征司と共にこの会社に入社して七年。寿《ことぶき》退職が多いせいで、朱莉は女子社員の中ですでに古株扱《あつか》いになっている。

そんな彼女はオフィスの平和を守るため、そして鬼上司であり親友でもある征司のために、彼ご希望のお茶を淹《い》れるべく一日に何度も給湯室に出入りするのだ。

溜息《ためいき》まじりにデスクを離れようとすると、隣のデスクで新人の川原望美《かわはらのぞみ》が、首をすくめてこちらを見ているのに気づいた。

本来ならば、お茶を淹れるのは新人である彼女の仕事。それなのに、大先輩にそんな仕事をさせていいものなのかと、気にしているのだろう。

(別に構わないのに)

そんな彼女を安心させようと、朱莉はにっこりと笑みを浮かべる。先輩の笑顔を見て、望美はホッとした表情をして仕事に戻った。

望美が気にする必要はない。征司のお茶淹れは、朱莉の仕事と決まっているようなものなのだ。

目に優しいアイボリーの壁に囲まれた室内には、営業担当やアシスタントを含め、二十人ほどの席がある。二台向かい合わせに三列並んだデスクの一角では、先ほど営業成績の件で叱責《しっせき》を受けた社員が、半べそをかきながらパソコンに向かっている。

彼は先月、根気よく営業を続けていた病院から、患者の輸送などに使う新型のナーシングストレッチャーを、まとめて契約してもらった。そのおかげで月の成績が一気に伸びたのだ。

彼は入社して三年だが、今までそんなに大きな数字を出したことはなかった。

本人はもちろん嬉しかっただろう。このレベルを自分の目標にして、毎月頑張ろうと目標を立てていたに違いない。

——しかし、鬼の三宮は、それを許さなかった。

それどころか考えが甘いと叱咤《しった》し、さらに上を目指せと気合を入れたのだ。

(だけどさぁ……、もう少しくらい余韻《よいん》に浸《ひた》らせてあげたっていいんじゃない？)

まとまった大きな契約など滅多に取れるものではない。ちょうど病院側が入れ替えを検討しようとしていたところに運よく入り込めただけとはいえ、それだって、定期的に顔を出して説明を続けた彼が信用してもらえた証拠。立派な成果である。

(まあ、征司はそれ以上のことができる男だからね。このくらいで喜んでたら駄目だって、奮起《ふんき》させたいんだろうなぁ)

征司は入社時から要領も営業成績もいい、仕事ができる男だった。

新卒で営業部に配属されて以来、新規で大きな契約を何本もとり、真面目かつ堅実な仕事ぶりで大学病院からの信頼も厚い。いつもの厳しい表情は一見怖そうに見えるが、それはそれで男前だと、看護師たちにもウケがいい。

あっという間にエリートコースに乗った征司が課長に昇進したのは、昨年、二十八歳のとき。

彼の課長昇進に、不満をこぼす者など誰ひとりいなかった。

一方で朱莉は、征司と同じ大学を出て同時に入社したのに、特に役職に就《つ》いているわけでもない。朱莉より年上の女性社員がいない営業アシスタントたちの中で、古株と認識されているだけ。血気盛《けっきさか》んなキャリアウーマンならば「男女差別だ！」と叫びかねない状況だが、なんといっても歴史のある会社だけに体質は古い。それを証明するように、女性の管理職はひとりもいない。

しかし、それがこの会社のやり方なのだと朱莉は割り切っている。

そして、古株の彼女には役割があった。

鬼課長のお守役《もり》――

仕事も容姿も完璧な鬼課長。そんな彼に意見ができる者は、課内では朱莉のみ。そのせいだろう。いつの間にか、そう呼ばれるようになっていた。

「はい、お茶どーぞ。課長様」

少々嫌みっぽい口調だったせいか、キーボードを打っていた征司の手がピタリと止まる。眼鏡の隙間《すきま》からじろりと三白眼《さんぱくがん》を向けられてしまった。とはいえ他の課員が恐れるその目つきは、朱莉にとっては特に恐怖を感じるものでない。いい男なんだからそんな目はしないほうがいいのに、などと同情してしまうくらいだ。

もっとも征司は朱莉を怖がらせせようとしてそんな目をするわけではない。単なる彼の癖《くせ》だった。

「ありがとう、東野君」

征司は中指で眼鏡のブリッジを上げ、礼を口にして湯呑みに手を伸ばす。お茶ならお茶、コーヒーならコーヒー。彼はその時々によって飲みたいものを明確に指定してくる。

征司にとっての「お茶」は、日本茶のことだ。そして指定された際には、彼お気に入りの熱湯玉露《ねっとうぎょくろ》を淹《い》れなければならない。これはネットショップのお茶屋さんから征司が個人的に購入しているものである。もちろん、会社の経費ではない。

湯呑みを傾《かたむ》ける彼は無表情だ。しかし、他の誰にも分からなくても、朱莉にだけは分かることがあった。

（おーおー、喜んでる喜んでる）

眉や目、口元の微妙な変化で、彼女には征司の機嫌《きげん》が読める。

これもすべて、十年来の親友関係があってこそだろう。

満足そうな征司を確認してから、朱莉はお茶を淹《い》れたあとに放置《ほうち》した急須《きゅうす》などを片付けるべく、給湯室へ戻ろうとした。

しかし湯呑みに口を付けたまま、征司は朱莉に物言いたげな視線を向ける。

(な、なに……、なにが言いたいの?)

踵《きびす》を返しかけた身体を戻し、さらに身を屈《かが》めて征司を覗《のぞ》き込む。

「なに?」

彼がこういう目をするのは、プライベートの話をしたいときである。朱莉は眉を寄せ、少しぞんざいな口調で尋ねた。ただしその声はとても小さい。

「ん……、朱莉さぁ、しばらく俺の部屋に来てないよな……」

「今週に入ってからは行ってないかなぁ。だって、ずっと征司がうちに来てたしさ。四日くらい……」

朱莉はそこでハッと、ある事実に気づく。四日間も行っていないということは、彼の部屋がとんでもないことになっている可能性がある。

「わ、分かった……。今日の帰りに行く。征司は? 残業になりそう?」

「んー、今日会う約束だったドクターがいたんだけど、緊急手術が入ったらしくて面会予定が延びた。少し残業すれば、すぐに帰れると思うけど……」

征司はそこまで言って言葉を濁《にご》し、なにか言いたそうな気配を匂わせる。

彼の言いたいことがよく分かる朱莉は、今日一日、鬼課長をご機嫌《きげん》にさせるための魔法のひとことを唱えた。

「……分かった。……晩ご飯、ハンバーグでいい？」

――その瞬間、鬼の目尻が下がった。

彼はスーツから札入れを取り出すと、一万円札を一枚抜き出し、朱莉の手を取ってポンっと渡す。

「皆にアイスでも買っておいで。その他の買い物は、終業後に頼むよ」

課員達にアイスを買うために渡されたように聞こえるが、本当の目的は、夕飯の買い物をしてもらうことである。

夏の夜には、着流しで冷酒でもたしなんでいそうな鬼課長の好物。それが十年来の女友だちの作ったハンバーグであることは、朱莉以外の人間は誰も知らない。

もし言ったところで、冗談《じょうだん》だと思われて笑われるだけだろう。

「ありがとうございますっ、かちょーっ」

朱莉は棒読みで礼を口にすると、オフィス内を見回し、一万円札を掲《かか》げて叫ぶ。

「みんなー、三宮課長がアイスを買ってくれるそーでーす！」

その途端《とたん》、さっきの緊迫感などなかったがごとくオフィスは盛り上がる。

鬼の三宮を恐れる社員たちは、感謝の気持ちを込めて征司の機嫌《きげん》をよくしてくれた朱莉を崇《あが》めた。

鬼課長のお守役《もり》の株が、大いに上がった瞬間だ。


「あーあ……」

仕事を終えて征司の部屋へやってきた朱莉は、深い溜息《ためいき》と共に室内を見回す。

いったい、これは何度めの溜息なのだろう。もう自分でも分からなくなった。

落胆《らくたん》したって解決しない。それは分かっている。

だが朱莉は、己《おのれ》の失念を悔《く》やんでいた。

「どうして、四日間も放っておいちゃったんだろう……」

そう呟《つぶや》いて肩を落とした瞬間、手に持っている四十五リットル用の透明ゴミ袋の中で、ビールの空《あ》き缶がガラガラと音を立てる。

ゴミ袋の中身はすでに半分埋まっているものの、この中に入るべき缶は、まだ大量に存在しているのだ。

——この、荒野のような部屋の中に。

「少しは自分で片付けなさいよ、あのモノグサ男!!」

叫んではみるが、当のモノグサ男はまだ帰宅していない。特別な理由がない限り、彼の残業は毎日のことだった。

デザイナーズマンションの一室とは思えないほど散らかった部屋。ここがスッキリと片付き、テーブルに朱莉お手製のハンバーグの皿が載った頃――彼女の機嫌を取るためのイチゴショートケーキを土産《みやげ》に、この部屋の主は帰ってくるだろう。

鬼の三宮……いや、十年来の男友だち、三宮征司が。

「パンツくらい、脱いだら洗濯機に入れておきなさいよぉっ」

床の上には、ビールの空《あ》き缶、その下には新聞、さらにその下には放置《ほうち》されたトランクス。不自然な裏返り方から、明らかに脱いだまま放置されたものだと分かる。朱莉はトランクスを鷲掴《わしづか》みにすると、思い切り壁に投げつけた。

だが、どんなに怒りに任せてそれを投げつけようと、しょせんは布切れ。投げつけられたトランクスはパサリと壁に触れ、へろへろと床へ落ちた。

「ああ……、もう……」

朱莉の怒りに付き合ってくれる気配など、みじんも感じられないトランクスに引きずられ、彼女の勢いも萎《な》えていく。

つい慌てて会社帰りにそのまま来てしまったが、ここまで散らかっているのだったら、一度自分の部屋へ帰って着替えてくればよかった。白いブラウスにクリームイエローのタイトスカートでは、汚れが気になって動きづらい。掃除なら、いつものスウェットワンピースで充分なのだから。

(思いっきり散らかってるなら、最初から散らかってるって言いなさいよ！)

とはいえ、今更怒ってもしょうがない。

「早く片付けよっと……」

一度諦めてしまえば動きは速い。朱莉は手慣れた様子で再び缶を集め出した。

いったい、誰が信じてくれるというのだろう。

部下のネクタイの歪《ゆが》みひとつ許さない厳しい三宮課長——。モデル張りの容姿と仕事の堅実さで、女性からいつも好意的な眼差《まなざ》しを向けられている彼が……

実は、プライベートではコーヒーの一杯も淹《い》れようとしない無精者《ぶしょう》だなどと……

「あいつ、ビール以外のものも、ちゃんと身体に入れてたのかしら」

そう呟《つぶや》く朱莉は、本や雑誌、新聞などを分別しながら、床に散らばっているゴミを集めていく。紙ゴミなどはあるが、食べ物のゴミが見当たらない。

(面倒くさがって食べてないと見た)

征司はこの四日間、昼は会社の社食で食べ、夜は朱莉の部屋で菓子やつまみに手を出していた。自分の部屋へ帰ってからは、ビールを飲んで寝てしまっていたというところだろう。この調子では、朝食も食べていないのかもしれない。

「朝ご飯抜いてるくせに、よく仕事で頭回るよね。『ご飯は一日の活力』って言ってたの、あいつなのにさ」

順調に片付けを進めていた朱莉の手が、ふと止まる。彼女の脳裏に、その言葉を聞いた日のことが甦《よみがえ》る。

（もう、五年も前になるんだ……）

一瞬気持ちが暗くなったが、朱莉は勢いよく頭を振り、気を取り直して片付けを続行した。早く掃除を終わらせて、ハンバーグの用意に取りかからなくては。手を止めている暇はない。


十四階建てデザイナーズマンションの三階。そこに、征司の部屋はある。

造りは１ＬＤＫだが、面積はひとり暮らしにはもったいないほど広い。

学生時代はふたりとも大学近くのアパートに住んでいた。しかし就職する際、会社から遠すぎると考えて引越しをしたのである。

現在、朱莉が住むマンションは、征司のマンションから徒歩十分の位置。

『女のひとり暮らしは、なにかと大変だったり厄介《やっかい》だったりするだろ。もしものためにも、部屋は近くにしようぜ。……まあ、お前に限って、もしも、なんてないかもしんねーけど』

心配しているのかいないのか不明な征司の言葉に乗せられ、お互い行き来がしやすい物件を探していたところ、今のマンションを見つけた。

朱莉側は問題なかったが、入居当時まだ社会人一年生であった征司には、この部屋は贅沢《ぜいたく》な物件であった。朱莉はその点が気になり、彼女のマンションから徒歩三十分圏内で、なおかつ手ごろな家賃の別物件をすすめた。だが、「遠すぎる」と征司は納得しない。朱莉は運転免許すら持っていないが、彼はその当時から車を所有していた。車を使えば、朱莉の部屋へ来るのに手間はかからないと言うと、逆に朱莉が征司の部屋に来づらくなるから駄目だと言う。

もしや、本気で女のひとり暮らしを心配してくれているのだろうか……

不覚にもときめいてしまった朱莉の胸の内を知ってか知らずか、結局彼は現在の部屋を契約し、大学時代に家庭教師のバイトなどで荒稼ぎをした貯金で、見事に新人時代を乗り切ったのだ。

その数年後、出世が早かった彼は、無理なく家賃を払えるようになった。

『朱莉の部屋と近いし、パソコンの調子が悪いだの男手が欲しいだのってときもすぐ行ってやれるし、便利だよなー』

嬉しそうにそう口にした征司に、いつでも友だちの力になってやりたいのだという篤《あつ》い友情を感じて、感動を覚えた。

仕事を頑張ってスピード出世したのも、朱莉の傍《そば》にいるための部屋代を捻出《ねんしゅつ》するためだったのではないか、とさえ思えてしまう。

──だがそれは……朱莉も征司の部屋へ通いやすいという意味……

つまり、いつでも呼び出せる。

いつでも食事を作りにきてもらえる。

いつでも掃除をしにきてもらえる。

そんな思惑《おもわく》が征司にあったかどうかは不明だが、朱莉はなにかと彼の世話を焼くことになったのだ。そして今日もまた、恐ろしいほど散らかっていた部屋を片付けた。ゴミだらけだった空間は、デザイナーズマンションの一室らしく、シンプルだが洗練《せんれん》された居住空間に変貌《へんぼう》を遂《と》げた。

「さすが私。手慣れたもんだわ」

掃除機片手に室内を見回し、朱莉はふんっと鼻を鳴らす。最初こそ四日間も放置《ほうち》してしまったことを後悔したものの、そこは征司の部屋をほぼ十年間片付け続けてきた彼女のこと。放置されたものを戻す場所など心得ている分、整理整頓《せいりせいとん》も速い。

「今日は水曜だから……、二日置いて、次は土曜にでも見にくるか……」

次回の予定を呟《つぶや》きながら、掃除機を戻しに向かう。二日、もしくは三日置きに征司のハウスキーパーになるこの生活は、大学時代から続いている習慣のようなものだ。征司の無精《ぶしょう》ぶりに苛《いら》つくのは今更という感じである。

会社勤めを始めて彼が昇進してからは、散らかり具合もグレードアップしている。あまり態度には表さないが、それだけ仕事も忙しくなっているのだろう。

会社では鬼課長のご機嫌《きげん》をとってくれるお守役《もり》。

そして、プライベートでも無精男のお守役が、すっかり当たり前になってしまった。

「もしもお土産《みやげ》忘れたりなんかしたら、ハンバーグ半分取りあげてやるんだから」

朱莉はひゃひゃひゃひゃと、ひとり不気味な笑いを漏《も》らしながらそう企《たくら》む。直後、笑いを鼻歌に変えて、彼女はキッチンに常備している専用エプロンを身に付けた。

なんだかんだと文句は出るが、この生活は楽しい。それは、征司が気兼ねなく接することができる男友だちだからだ。

いつか彼に恋人でもできればこの役目は終わるのだろうが、今のところその気配はない。また、朱莉もそれは同様である。

まだしばらく、無精男のお守役は、続きそうだ。


「おーっ、いい匂いだなっ」

笑みを浮かべて征司が帰ってきたのは、ちょうどハンバーグが焼きあがった頃だった。

カバンを小脇に抱えてキッチンに入ってきた彼の右手には、高級洋菓子店のケーキの箱。朱莉は予想通りのお土産を確認し、ハンバーグを半分取りあげてやろうかという企みを、こっそりと頭から消す。

「ちょうど焼けたところだからさ、着替えといでよ。その間にテーブル用意するから」

「ああ、ほれ、ケーキ」

「わーい、サンキューっ」

朱莉は差し出されたケーキの箱を両手で受け取り、満面の笑みを浮かべる。自作のハンバーグより食後のケーキが楽しみな朱莉だが、そんな彼女に征司が何気なく言った。

「なんか、メシの時間に帰ってきて土産なんか渡してると、新婚家庭みたいだな」

その瞬間、朱莉の笑顔が固まる。が、すぐに気を取り直し、大笑いしながら彼の背中をバンバンと叩く。

「なに言ってんのよぉ、甘ったるいこと言っちゃって！　どうした？　なんか仕事で辛いことでもあった？　甘やかしてほしいのか？　しょーがないなぁ、あとで耳掃除でもしてあげるよ!!」

朱莉は、今の言葉を完全に冗談《じょうだん》としか捉《とら》えていなかった。あまりにも力を入れて叩いたので、さすがに征司がよろける。

しかし、叩きすぎだと文句を言うでもなく、征司は右手中指で眼鏡のブリッジを上げ、ニヤリと口角を上げた。

朱莉が饒舌《じょうぜつ》になるのは彼女が照れているときだと、征司が知っているからだろう。

朱莉が征司の性格を把握《はあく》しているように、征司も朱莉の性格をよく心得ている。ご機《き》嫌《げん》を取る方法、喜ばせる方法。そして照れさせる方法も。

時々、それを上手く利用されているような気がする朱莉ではあるが、相手が征司だと思えば、特に嫌な気持ちにはならない。

征司は照れる朱莉を眺めてから、ネクタイを緩《ゆる》めつつ口を開く。

「じゃあ、着替えてくる。仕事から帰ってきて、猛烈《もうれつ》にメシを食いたいと思うのも久しぶりだ」

「大好きなハンバーグだからでしょ。あっ、朱莉ちゃん秘伝のケチャップソースも作っておいたからね」

「それ、白いご飯にかけて食うと美味《うま》いよな」

「この、お子様味覚っ」

「いいだろ。ハンバーグもソースも、美味いもんは美味いよ」

「はいはい。そんなにハンバーグが好きなら、毎日外で食べればいいのに。近くのハンバーグレストラン、美味しいじゃない」

朱莉はケーキの箱を冷蔵庫の中に大切にしまい、夕食の準備を再開した。お皿を出しながら口にした言葉に返答はなかったが、答えを期待をしていたわけではないのでそのまま会話は途《と》切《ぎ》れる。

彼女の様子を横目で見ながら、征司はキッチンを出ていった。

朱莉がリビングを覗《のぞ》くと、征司は小綺麗になった室内を眺め、笑みを浮かべている。

「なーに、突っ立ってんの？　テーブルの用意ができるまでに着替えてこなかったら、征司の分まで食べちゃうからね」

それを聞いた途端《とたん》、征司が着替えに走った。

征司に「ハンバーグ食べちゃうよ」のひとことは効果が絶大だ。

三分とかからず、彼はストライプの綿シャツにジーンズというラフないでたちで、リビングに戻ってきた。

「手伝う、手伝う」

征司は朱莉が運ぼうとしていた盛り付け済みの皿を受け取り、嬉々としてリビングテーブルに並べていく。そんな彼を見ていると、朱莉まで愉快な気持ちになってきた。

「せーじくん、エライ、エライ」

「子どもかっ」

「ハンバーグが好物な時点で、お子様」

そのお子様に缶ビールを二本渡し、用意は終了。朱莉はエプロンを冷蔵庫横のフックに戻し、征司のあとを追ってテーブルに着いた。

ふたり同時に「いただきまーす」と声を発してから、朱莉だけは征司に向かって「はい、どうぞ」と返事を返す。

楽しい夕食の始まりである。しかし、食べ始めてから数分足らずで征司から声がかかる。

「朱莉、ハンバーグおかわりー」

予想通りの注文を受け、朱莉は笑顔で立ち上がった。

征司の皿からはハンバーグだけが綺麗に姿を消している。

「はいはい、ちょっと待ってよね」

そう言いながら箸《はし》を置く朱莉本人は、まだ食べ始めたばかり。ご飯やお味噌汁《みそしる》どころか、ハンバーグの付け合わせのブロッコリーがひとかけ減っただけだ。

こんなに早々と食事を中断させられたら、普通は気分を悪くする。だが、征司の食事パターンを心得ている朱莉は慣れたものだった。

キッチンに入って、あらかじめ用意してあったガラスフードつきの皿を手にテーブルへ戻る。

「待たせてないけど、お待たせー」

おどけながら取ったフードの中には、上に載せたチーズがちょうどいい具合に溶けたハンバーグがひとつ。

「はい、今度はゆっくり食べるのよ。ほら、ブロッコリーも食べなさいっ。残したら、もうハンバーグ作ってあげないからねっ」

まるで母親のような小言を言って征司の皿にハンバーグを移し、さらにその上からテーブルに用意していた朱莉特製ケチャップソースをかける。朱莉の一連の動きを見届けてから、征司は満足そうに頷《うなず》いて、箸でブロッコリーを摘《つ》まんだ。

「分かってるって。ちゃんと食うよ」

そう言って口へ放り込むものの、さほど噛《か》まずにごくりと呑み込む。ほんの数秒味わうのも嫌なほど、彼はブロッコリーが苦手だった。

しかし、社食や外食では残しても、朱莉が付け合わせにしたときだけは必ず食べる。それはひとえに、残せば朱莉がハンバーグを作ってくれなくなると思っているからだ。

食事の最初に、それだけ執着《しゅうちゃく》しているハンバーグだけを食べ、おかわり分は他のものと一緒に食べる。そのパターンが分かっている朱莉は、最初からおかわり分も一緒に焼き、すぐに出せるようにしている。

どうせおかわりをするのなら、倍の大きさでひとつ焼くか、最初からお皿にふたつ盛っておけばいいのかもしれない。

けれどなんとなく皿の上のバランスが悪くなってしまうような気がして、朱莉の中でその案は却下されていた。

「朱莉のメシ食うとさ、一日の疲れが吹っ飛ぶよな」

しみじみとそう言って、征司はホッとしたように笑顔を見せる。

ハンバーグを前にご機嫌《きげん》な彼の表情は、鬼の三宮の異名をとる男とは思えないほど穏《おだ》やかだった。

「それは嬉しいけど、あんた、ここ最近ちゃんとご飯とか食べてたの？　なんかさぁ、ビールと紙のゴミしかなかったよ」

ガラスフードと皿を片付けてからもう一度座ったところで、朱莉は自分の分の缶ビールを開ける。他のメニューのときは最初から開けておくが、ハンバーグのときだけは、落ち着いて飲めるように征司のおかわりを用意したあとに開けることにしている。

「んーっ、ここのところずっと、残業後はお前の部屋に行ってたからな……。面倒で食ってなかった」

「夜も食べない、朝も食べない、昼だけでよく持つわね。大きなナリしてるくせに」

「背が高いと言え。——朝は喫茶店でモーニング食ったり、ハンバーガー食ったりしてるし」

「贅沢者《ぜいたくもの》っ。いっつも言ってるけどさ、食パンでも買って焼いて食べなよ。トースターで焼くくらいできるでしょう？」

パンを焼くのなど、ボタンひとつで終わる。誰にでもできることではないかと、多くの人が言うだろう。

……しかし、そんなことを思ってはいけない。

できてもやらないいし、やりたくない。そんな人間が存在することを、朱莉はよく知っていた。

自分で口にした提案ではあるが、征司の答えを聞くまでもなく、ほとんど諦めている。征司は聞こえないふりで食事に集中していた。

（ホント、会社の人間には見せられない姿だわ）

朱莉が作った食事を、嬉しそうに食べてくれる征司。

そんな彼を、朱莉は決して嫌いではない。

友だちが喜んでくれている、そして自分を頼りにしてくれている。それは嬉しいことであった。

部屋くらい自分で片付けろと文句を言いつつも、友だちに頼られると嫌とは言えず張り切ってしまう。それが朱莉だ。

（友だちが喜んでいるんだもん。いいじゃない……）

征司の生活態度を、何度心配したか分からないが、結局朱莉の考えはいつもそこに落ち着いてしまう。

大事な友だちが喜んでいるのだから、それでいい、と。

「ん？　どうした、朱莉？　食わないなら俺がもらうぞ」

ビールの缶に口を付けたまま考え込んでしまったため、朱莉の箸《はし》は動いていない。すかさず征司の箸が朱莉のハンバーグに刺さりそうになるが、彼女は皿をずらしてその攻撃をかわした。

「食べるわよっ。あんたは大人しくおかわり分でも食べてなさいっ」

「……土産《みやげ》のショートケーキ、お前の分、二個あるんだぞ……。でっかいやつ」

「……半分あげる」

三度の飯よりケーキ好きの朱莉。彼女はその至福のために、食事を減らす手段に出た。その変わり身の早さに笑いながら、征司は朱莉のハンバーグを箸《はし》で半分に割る。手をつけていないほうを取るのが普通だろうが、なぜか彼は朱莉が食べていたほうを自分の皿に移した。

「朱莉はさぁ、本当にケーキが好きだよな」

「甘くて美味しくて幸せになれるのよ。これ以上いいものはないじゃない」

「大学の頃も、そんなに好きだったっけ？」

朱莉は一瞬黙り込む。しかし、征司はなにか反応が欲しかったわけではないらしく、返答を促《うなが》すことなく食事を続けた。

今日は、色々と余計なことを考えてしまう。朱莉は気を取り直そうと、大きく息を吐いてからまたビールの缶に口を付ける。すると、征司が何気なく聞いてきた。

「朱莉、今日泊まるだろ？」

「え？　なんで？　明日も会社あるし、帰るよ」

「泊まってけよ。久しぶりに来たんだし」

「なによ、相談事でもあるの？　それとも、『観たい』って言ってたＤＶＤを借りといてくれたの？」

「せっかく恋人同士になるんだし。一緒にいたっていいだろ」

ちょうどビールをあおっていた朱莉は、突然の恋人宣言に驚き、盛大に咳《せ》き込んでしまった。

「おい、どうした？　大丈夫か？」

原因を作った張本人は、あっけらかんとしている。征司はさして慌てもせずに立ち上がり、彼女の横に立って背中をぽんぽんと叩いた。

「ビールが変なところに入ったのか？　相変わらずだな、そんなに慌てて飲まなくても……」

「へ……、変なこと言うからでしょうっ！」

だいぶ落ち着いたが、まだ喉《のど》に不快感が残っている。朱莉は涙目になりながら征司を見上げた。

「いきなりおかしな冗談《じょうだん》言わないでよ、まったくもうっ」

「冗談って、なにが？」

「なにが？　って聞きたいのはこっちよ。なんなのよ、一緒にいてほしいなら素直に言いなさいよ。今日は帰ってきてからなんか変だよ。なにかあったの？　分かった分かった。悩みなら一晩中聞いてやるから、そんな冗談《じょうだん》言わなくても……」

驚きと焦りと照れが、朱莉を饒舌《じょうぜつ》にする。彼女は思いつくまま言葉を口にするが、それを止めたのは征司の指先だった。彼は、朱莉の唇に人差し指を当て、「黙って」と言わんばかりに優美な微笑《ほほえ》みを浮かべる。

（ちょっ……！　反則っ……！）

朱莉はさらに慌てながら、心の中で文句を言う。冷たく厳しい表情が特徴的な征司は、クールな男前でもある。そんな男がニコリと微笑んだら、女として鼓動を速めずにはいられない。

「朱莉、俺さ、この間言っただろう？」

彼の声までもが色気のあるものに聞こえ、朱莉は動揺する。

「……そろそろ、トモダチやめようぜ、って」

「だ、だって……、あれは……冗談で……」

一週間前、朱莉の部屋で言われたあのひとことは、大好きなイチゴショートの味を、まるっと忘れてしまうほどの衝撃《しょうげき》を与えてくれた。

十年来の友だちに大人の関係を求められて、気軽に「うん」などと返事ができるはずがないではないか。

だから朱莉は、彼の言葉に答えることなく笑って誤魔化《ごまか》したのだ。

そのときは、征司もそれ以上話を進めてこなかった。だからあの話は冗談のまま終了したものだと思い、あえて考えないようにしていたのに……。

「――冗談のわけがないだろう……」

ふいに、朱莉の唇を押さえていた指が離れる。

そして、次に朱莉の唇を覆《おお》ったのは、征司の唇だった。

征司とキスをするのは、もちろん初めて。

いや、そもそも誰かと唇を合わせるという行為も、何年ぶりだろう。――おそらく、五年以上はなかった……。

そんな余計なことを考えていたおかげで、朱莉は征司を押し退《の》けることができなくなってしまった。

「ちょっ……、征っ……」

それでも顔を引こうとしたが、顎《あご》を強く掴まれ、離れることを許してもらえない。

征司はキスをしたまま、朱莉が手にしていたビールの缶を取り上げてテーブルへ置く。

朱莉の両手は、驚きのあまり、缶を取り上げられた状態から動かせない。そんな彼女の身体を、征司の片腕が抱き寄せた。

（な……なんなのっ……）

身体が固まって動かない。

まるで彼を受け入れたがっているかのように、ただ彼に身を任せてしまっている。

やがて朱莉の口内に征司の舌が入り込み、互いの吐息《といき》がまざり合う。ふわりと感じるビールの苦みさえも甘く感じてしまうのは、なぜなのだろう。

「……お前、随分《ずいぶん》と大人しいキスするんだな……」

一度離された唇から漏《も》れる囁《ささや》き。その言葉で急に恥ずかしくなった朱莉は、征司から離れるため彼の腕の中で身をよじった。

「ちょっ……、離しなさいよ……」

「どうして」

「どうして、って……、あんたねぇ……」

「『大人の関係になろうぜ』って言ったとき、お前、嫌だって言わなかっただろう？ だから、俺はすっかりそのつもりでいたんだけど」

「だって、あれは冗談《じょうだん》だと……」

(冗談じゃなかったのぉ⁉)

朱莉は呆然《ぼうぜん》と征司を見つめた。

眼鏡の奥にある眼差《まなざ》しは真剣で、どこか色っぽくもある。

こんな彼を見るのは初めてだ。朱莉は自分の胸の鼓動が速くなるのを感じた。

「と、とにかく……、変なこと言わないでよ……。十年も友だちやってて、今更そんな……」

「十年も友だちやってたから、もう飽きた。でも、朱莉と離れる気はこれっぽっちもないし、だとしたら、大人の関係になるしかないだろう？」

「なっ、なによぉ、そのわけ分かんない理屈はっ。『飽きた』ってなんなのよ。友だちは友だちでいいじゃないの」

「だからっ、俺は、友だちなんかやめたいんだよ」

「私はあんたと、いい友だち、でいたいわよっ」

「俺はもう嫌なんだっ」

まるで駄々っ子みたいだった。いつもの征司らしくない態度に、朱莉は驚いて抵抗できなくなってしまう。それをいいことに、征司は再びキスをしてきた。

（どうしてそんなに、ムキになるのよ！）

なぜ征司は、いきなりこんなことを言い出したのだろう。

なぜこんなに、感情的になるのだろう。

（友だちで、いいじゃない……）

征司を突き離すことができないまま、朱莉は段々胸が苦しくなる。

（どうして友だちのままじゃいけないの……。もう、あんな思いするの、嫌なのに……！）

強く閉じたまぶたの内側に、涙が滲《にじ》んだ。

頭の中に思い出したくない過去の光景が溢《あふ》れ出し、朱莉の心を支配しようとする。

このままでは本当に泣き出してしまいそうだ。そう感じたとき、征司が囁《ささや》いた。

「お前……、俺が嫌いか……？」

朱莉はゆっくりとまぶたを開く。

目の前には、どこか不安げな彼の顔があった。普段は厳しく強気な表情が多いだけに、彼のこんな態度には、罪悪感を覚えて胸が痛む。

眼鏡越しの双眸《そうぼう》は彼女の答えを待っている。朱莉は戸惑《とまど》いながらも彼の質問に答えた。

「嫌いなわけ、ないでしょう……。嫌いだったら、こんなに長く友だちなんかやってないし……」

「じゃあ……」

「で、でもね、いくら友だちとして上手くいってたって、恋人になって上手くいくかなんて……」

「いく！　今まで俺たち、喧嘩《けんか》らしい喧嘩もしたことがないだろう？　したって、十分後には仲直りしてたし」

「で、でもっ、ほらっ、ただ友だちでいたときの相性と、恋人みたいになっちゃったときの相性って違うものだし……」

「分かった」

征司の指が、再び朱莉の言葉を遮《さえぎ》る。彼女の唇に当てられた指は、半開きになっていた上唇を軽く弾《はじ》いた。

「じゃあ、試しにセックスしてみようぜ」

「……は……？」

「一回してみれば、少なくとも身体の相性がいいかは分かるだろ。それで相性がいいって思ったら、ごちゃごちゃ言わないで観念しろよ」

「なっ……、なに言ってくれちゃってんのよぉっ!!」

カァッと顔が熱くなる。一気に体温が上がり、眩暈《めまい》までした。

しかしここで自分を見失うわけにはいかない。

こんな無茶苦茶な理屈を放っておいては、十年来の友だちとセックスをすることになってしまうではないか。

「わっ、分かったっ！　あんた！　手近で済ませようとしてるな？　でもそれって、いくらなんでも私に失礼だと思わないの!?」

「ドあほっ」

朱莉の口にあてられていた指が、彼女の下唇を摘《つ》まむ。そうして彼は呆れたと言わんばかりに息を吐き、衝撃《しょうげき》の事実を明かした。

「手近もなにも、俺はお前しか眼中に入れてない」

「なっ……！」

ここまで言われては、恥ずかしいを通り越して、呆然《ぼうぜん》としてしまう。

友だちだと思っていた男に恋人になろうと言われ、お試しセックスを提案され、なんともストレートな告白までされてしまった。

（なっ……なんて日なのっ！）

言葉も出ない朱莉を立たせ、征司は彼女の手を引いて歩き出す。

朱莉は躓《つまず》きそうになりながらも足を進めたが、向かっている場所が寝室であることに気づき、焦って立ち止まった。

しかし次の瞬間、ふわりと抱き上げられて寝室へ運ばれ、ベッドへ放り投げられてしまった。

「きゃっ！」

ベッドの上で朱莉の身体が弾《はず》む。すぐさま、征司の身体が彼女の上に覆《おお》いかぶさってきた。

「ちょ……、せ、征司っ」

「絶対に相性がいいはずだから、安心しろ。恋人になってくれって、泣いて頼みたくなるくらい感じさせてやるよ」

「なっ、なんなのよぉ、その恥ずかしい自信はっ。あんた、そんなに自信あるの？　い、意外と遊び人だったんだ……」

「ド、あーほっ」

苦笑いをした征司が、ブリッジに指を当てて眼鏡を上げる。その手で乱れた朱莉の前髪を掻《か》き上げ、戸惑《とまど》う彼女の瞳を見つめた。

「俺はな、朱莉を友だちとして見られなくなったときから、お前以外の女に欲情なんかしなくなったんだよ……」

意味深な言葉が、朱莉の身体を震わせる。

そして彼の唇が、熱っぽい吐息《といき》と共に、朱莉の唇に重ねられた。

（友だちに見られなくなったって、なに……）

征司の言葉は、分からないことばかりだ。

友だち関係を否定したところから始まり、ここに至るまで彼の口から出た数々の言葉。身体の関係を持ちたいだけなのではないか。そんな疑いを持った朱莉に彼が明かした気持ちは、まるで愛の告白のように聞こえた。

（――嘘……）

今までずっと、いい友だちだった。

どんな相談でもできて、どんな泣き言でも言えて、お互いを理解して思いやれる。

飲み会で酔《よ》い潰《つぶ》れて隣り合わせに雑魚《ざこ》寝《ね》をしようと、警戒心を抱くこともないほど安心できる存在だった。

　女友だちよりも心を許せる男友だちだったはずなのに。

（私は……、征司と、友だち関係でいたいんだよ……！）

「ハァ……、く……ふンッ……」

　征司の激しいキスに翻弄《ほんろう》されて、朱莉の息が乱れる。

「……朱莉」

　唇を離した征司が、眼鏡の奥から朱莉を見つめる。今になって、彼が眼鏡を外さないままキスをしていたことに気づいた。

「なに……、泣いてんだよ……」

「泣いて……なんか……」

「半べそかいて、強がんな」

　途切《とぎ》れがちに漏《も》れる喘《あえ》ぎだけなら、征司の気持ちは昂《たかぶ》っただろう。だが、朱莉の喘ぎには嗚咽《おえつ》が混じっていた。そのせいで、征司は心配そうな目をしている。

　征司は頭を撫《な》でるように朱莉の前髪を何度も掻《か》き上げ、彼女を見つめて苦笑いする。

　その笑みは、どこか寂しそうだった。

「泣くほど、嫌か？」

　朱莉は征司を見つめたまま、滲《にじ》んだ涙を拭《ぬぐ》うことなく首を横に振る。

この歳になって、友だちにキスをされたくらいで泣くのはおかしいのかもしれない。男女の関係だって、もっと上手くこなして然《しか》るべき年齢だ。それも相手は、話せば分かる友だちではないか。

考えすぎて、感傷《かんしょう》的になりすぎているのかもしれない。

この状況が泣くほど嫌なわけではない。でも、どうしても確認しなくてはいけないことがある。それを尋ねる前に、朱莉は両手で征司の眼鏡をゆっくりと外した。

「征司……、私と、セックスしたいの？」

実にストレートな質問だった。こんな特別な状況でなければ、なかなか口にはできない。

「したくなかったら、せっかくのハンバーグ中断して押し倒すはずがないだろう」

「大好きなハンバーグよりは上か……。食欲より性欲とは、あんたもやっぱり男だったんだね」

「当たり前だっ、あほっ」

征司は朱莉の額をぺしりと叩く。朱莉がアハハと笑ったことで場の空気はわずかに和《なご》んだが、それも長くは続かなかった。

「じゃあ、……私のことは？　好き？」

「……朱莉」

「友だちとして、って意味で充分だよ。……好きなのかどうかだけ教えて。……私は、私のことを好きだって言ってくれる人とじゃないと、……セックスなんてしたくない。――知ってるでしょ？」

ひときわ小さくなった最後の言葉に、一瞬、征司の目が戸惑《とまど》う。最初こそ一気に押して関係を進めてしまいそうな勢いだったが、朱莉の真剣な目を見て考えを変えたようだ。

「ああ、知ってるよ……」

「私は、征司が好きだよ。……大事な大事な友だちだもん。だから、征司が『お試ししよう』って言うなら、してもいい。でも、私が好きなんじゃなく、ただ、身体の関係が欲しいだけで言ってるなら、お試しはしない」

条件を口にした朱莉は、眼鏡を持った手で、征司の頭をつついた。

「だいたいねぇ、私が『してもいいよ』って言わなきゃ、ただの暴行じゃないのっ。デリカシーないぞっ」

「すまん」

「で？　どうなの？」

朱莉はたっぷり優越感を含んだ態度で征司を見上げる。眼鏡を取り上げたが、距離が近いので、彼女の表情は確認できているはずだ。

征司は口角を上げ、お返しとばかりに朱莉の頭を小突いた。

「さっきからなに聞いてんだよ。お前にしか欲情できないんだ、って言ってんだろう」

「男は、好きな女じゃなくても欲情できるじゃない」

「屁理屈《へりくつ》ばっかだな、お前」

「そうだけど？　――こんな女は、嫌なの？」

「いいや、お前らしいよ。そんなところも……好きだ」

照れくさそうに呟《つぶや》きながら、征司の顔が近づいてくる。

唇が触れる直前、朱莉は哀《かな》しげに微笑《ほほえ》んだ。

「……なら、……いいよ」

許可が下りてすぐ、征司の唇はさっきよりも情熱的に朱莉の唇を奪う。唇同士を擦り合わせ、吸いつき、舌を絡めて根元からしゃぶりつく。

時折、悪戯《いたずら》をするように舌先を甘噛《あまが》みされ、朱莉はそのたびにピクリと震える。

唇を合わせたまま何度も顔の向きを変え、朱莉は征司の動きに合わせて彼の唇に吸いついた。控えめながら自ら舌を出して応《こた》えているうちに夢中になってしまい、呑み込みきれなかった涎《よだれ》が、唇の端に流れ落ちた。

朱莉はさりげなく拭《ふ》き取ろうと手を上げる。しかしその手を征司が掴み、クスリと笑った。

「拭くなよ。キスに夢中になった朱莉なんて初めてだ。もっと見せろ」

貪《むさぼ》り合ったキスの余韻《よいん》を残すように、唾液《だえき》が銀糸《ぎんし》になってふたりの唇を繋《つな》ぐ。普通の状態で唾液《だえき》など垂らせば、だらしなく見えるだけだ。だが、こんなときは、なぜかエロティックに見える。

「み、見えてないくせに……」

「お前が眼鏡を取り上げるからだろう。それに、全然見えてないわけじゃない」

手にしていた征司の眼鏡を取られそうになり、朱莉は「あっ！」と慌てた声を上げて、彼の手から逃げようと身をよじる。

眼鏡を返したくない理由を察したらしく、征司はクスリと微笑《ほほえ》んだ。

「……恥ずかしいか？　見られるの……」

「分かってるなら、聞かないでよ」

恥ずかしかったり、照れくさかったり――征司に顔を見られたくないとき、朱莉は征司から眼鏡を取り上げる。これは、朱莉の癖《くせ》だった。

本来ならこんな関係にはなり得ない友だちに、性行為に夢中になる自分の姿など見られたくない。そんな気持ちが大きかった。

「かけないから、返せ。握り潰《つぶ》されたら困るだろ」

朱莉の手から眼鏡を取り、征司はベッドサイドのテーブルの上にそれを置いて、改めて顔を近づけた。

「感じてる顔、見られたくないんだな？」

「そんな顔、させられると思ってるんだ？」

征司はチュッと可愛い音を立てながらキスをして、「させたいな」と嬉しそうに囁《ささや》く。させる、と自信を持って口にするのではなく、させたいと願望を告げられて、朱莉はくすぐったい気持ちでいっぱいになる。

「させてみて……」

両手で征司の頭を抱くと、より一層激しい口づけの音が寝室に響いた。

こんな場面ではあるが、つい「キス、しつこいぞー」などとからかいたくなる。それほど、征司は朱莉の唇を離そうとはしなかった。

（……征司、キス上手い……）

そんなことを思ってしまう自分が、なんとなく悔しい。だからといって、リードされることが嫌なのではなかった。

征司のキスが上手いのは、彼がこの行為に慣れているからだろうか。

（最近は誰かと付き合っている気配もなかったくせに、……いつ、こんなに上手くなったんだろう……）

朱莉が知る限り、征司は飲み会などでお持ち帰りをする男ではない。彼女らしき存在がいたのも、大学の頃まででではなかったか。

それも、本当に付き合っているのか、それとも噂《うわさ》だけなのか分からなかった。気がつくとそんな気配はなくなっていた程度の話である。征司本人が望む望まないにかかわらず、好意を寄せる女性は周囲にいくらでもいたので、そんなふうに見えていたのかもしれない。

だとしたら、どこでこんなことを学んだのだろう。

「……こら」

考え事をしていると、いつ離れるのか心配になるほど吸いついていた征司の唇が、かすかに浮く。うっすらと開いた目に、眉を寄せた彼が映った。

「なんか、考え事してるだろう」

「なんで？」

「舌の動きが遅くなってきたから」

「なによそれ。征司がキスばっかかするから、唇が疲れただけよっ」

朱莉は戸惑《とまど》いをキスのせいにして、責任を征司になすりつける。頭のひとつでも小突かれるかと予想していたのだが、彼は目の前でクスリと笑った。

「……しょうがねーだろ？　朱莉の唇、気持ちよくてしょうがないんだから」

（ちょっ……、反則）

今の言葉で、朱莉の胸は驚くほど高鳴ってしまった。同時に、自分を満足させようと征司が気遣ってくれたようにも感じ、朱莉は少し悔しくなる。

（私の唇って、気持ちいいの？　……本当に？）

朱莉の気持ちを読んだわけではないだろうが、本当だと言わんばかりにタイミングよく征司の唇が重なった。

（――征司の唇も、気持ちいいよ……）

唇を合わせたまま、征司の片手が朱莉のブラウスのボタンを外し始める。

（片手で外すとか、生意気ーっ）

さらに背中へ回り込む手がブラジャーのホックを外した。

（ちょっとぉ、見もしないで片手でホック外しちゃうとか、どんだけ慣れてんのよぉ！）

征司のやることにいちいちチェックを入れていると、ふいに、舌先をカリッと噛《か》まれた。さっきまでの甘噛《あまが》みとは違って、少々痛い。

「こら朱莉、手ぇ、よけろっ」

文句を言ってやろうかと考えた朱莉だが、それよりも先に征司から文句が出る。

「へ？」

「へ？　じゃねーって、手だよ、手ぇ」

言われて気づく。ブラウスを広げ、ブラジャーを取ろうとしていた征司に反抗するように、朱莉は両腕で胸を押さえてしまっていた。

「あ……、ごめ……」

「ははぁ、恥ずかしいんだな?」

「うっ、うるさいなぁっ」

恥ずかしくないはずないではないか。

こうして征司に服を脱がされることも、裸を見られることも、——ましてや、抱き合う日がくるなんて、今まで考えたことなどなかったのだから。

心の中でチェックを入れてしまうのだって、精一杯の照れ隠しだというのに。

朱莉の気持ちは、きっと征司にも伝わっている。だが彼は朱莉の腕をひょいっとよけ、ニヤリと笑んだ。

「でも、だーめっ」

戸惑《とまど》う間もなくブラウスごとブラジャーが剥《は》ぎ取られる。剥《む》き出しになってしまった胸を隠そうとした両腕は再び掴まれ、顔の横でシーツに押し付けられた。

「隠すなよ。もったいない」

彼の唇が首筋に当たる。くすぐったいのか気持ちいいのか分からないまま、唇は鎖骨《さこつ》まで下りてきた。

「朱莉の肌、柔らかいな……」

征司の深くしっとりとした声に、朱莉の胸はドキリとした。彼の唇は鎖骨の辺りをチュッと吸い、胸のふくらみへと落ちていった。

「せ……、征司……」

「ん？」

やんわりと吸いついては移動する征司の唇。左の胸の上部から下へ流れ、次は右側へ移るのだろうと予想した瞬間、左のふくらみの頂《いただき》に吸いつかれた。

「あっ……やぁっ……！」

朱莉は瞬間的な快感に襲われ、肩を揺らす。

「ん？　ここが感じるのか？」

わざとらしく聞きながら、征司の唇は何度も頂を吸っては弾《はじ》いた。

「ちょっ、ちょっとぉ……、征司……」

「んー？　気持ちいいだろう？」

「ば、ばかぁ……ぁっ……ン」

感じているとしか思えない反応のせいか、征司はその行為をやめない。何度も何度も同じ場所に吸いつかれるうちに、柔らかかった頂が徐々《じょじょ》にその存在を主張し始める。

「あっ……、や、だ……もっ……」

顔の横で朱莉の手を押さえていた征司の手が両胸に移動し、乳房を下から持ち上げる。彼が吸いついていた乳首は、そのまま口の中で飴玉《あめだま》をしゃぶるように転がされた。

「やっ……あ、ンッ、……征司ぃ……」

じっくりと与えられる乳房への愛撫《あいぶ》によって、朱莉の背筋に甘い痺《しび》れが走り、全身がゆっくりと疼《うず》き始める。

彼女の艶《つや》のある声に昂《たかぶ》ったのか、征司は手を添えていた右の乳房も、やんわりと、そして大きく揉《も》みしだき始めた。

そうされる内に、じんわりと、自分が女になっていく気がする。

刺激を与えられ、快感を感じることで、忘れかけていた――忘れようとしていた、女としての自分を思い出していくような感覚だった。

「やっぁ……征……、あっ……あっ」

息が乱れる。まだ胸を触られているだけだというのに、こんなに感じてしまっていいのだろうか。

征司の唇は右の頂《いただき》へ移動し、今度は吸いつくのではなく、恥じらうそこを舌先でくすぐり出す。左乳房の刺激に触発されてか、右の頂は早々に興奮を表した。征司は片方だけでは不公平とばかりに、左乳首を指の腹で擦り、時々くりくりっと押し潰《つぶ》す。

「あぁ……んっ、ふぅ……」

朱莉はいつの間にか、文句を言うこともできなくなっていた。

（……やだ、気持ちいい……）

気づかぬ間に征司の頭に両手を添え、まるで感じていることを伝えるかのように彼の髪を乱していた。

そうやって朱莉が快感を伝えると、彼が乳首に与えてくる刺激も強いものに変わっていった。

「……征っ……、強く、掴んじゃ……、ダメッ……あっ……」

揉《も》み込まれる乳房がわずかに痛む。しかし彼が興奮のあまり力を入れたことが分かるため、朱莉の気持ちも高まっていった。

「朱莉は……胸も気持ちいいな……」

そう褒《ほ》めてくれる征司の声は、先ほど肌の柔らかさを褒めてくれたときよりはるかに色っぽく、彼の昂りを感じさせる。

「征……司……ぃ」

征司に性的な意味での男を感じたのは、これが初めてだった。

友だちである彼とキスをすることも、服を脱がされることも、裸を見られることも。ついさっきまで、そのすべてが恥ずかしくてしょうがなかったというのに。

今はどうだろう。

恥ずかしくなくなったわけではないが、まったく違う感情が生まれている。

(――もっと、征司に触ってほしい……)

その手で、もっともっと自分に触れてほしい。もっと感じさせてほしい。そんなことを考えてしまう。

そんな朱莉の気持ちを読んだかのように、征司の手は乳房から腰、そして腹部をまんべんなく撫《な》でまわす。乳首を甘噛《あまが》みされ、舌で乳房の丸みをなぞられると、朱莉は悶《もだ》えた。

「やっ……あぁ……あんっ、征っ……!」

徐々《じょじょ》に喘《あえ》ぎ声が抑えきれなくなる。

戸惑《とまど》い、荒い息を吐く朱莉の唇に、征司の唇が触れる。薄く目を開くと彼と視線がぶつかった。朱莉を見つめる瞳と、ふっと微笑《ほほえ》む表情は、彼女の脳までとかした。

「もう、恥ずかしくないか……? 朱莉」

「征司……」

「全部、脱がせても大丈夫か?」

彼の言葉に、胸がじわりと熱くなる。征司は待っていてくれたのだ。恥ずかしがり身を固くする朱莉が、彼の愛撫《あいぶ》に慣れて素直に感じてくれる状態になるまで。

数少ない性経験の中でもらった覚えのない優しさを、この十年来の友だちに感じてしまう。

それが、よいことなのか、悪いことなのか、朱莉にはまだ分からない。

けれど……

「いいよ……、征司」

征司にならば、自分を晒《さら》してもいい。

朱莉は、彼を受け入れることに迷いを感じなくなっていた。

許可が出ると、征司の行動は早かった。

自らもシャツを脱いでから、唇で朱莉の腹部をなぞり、スカートに手をかける。この期《ご》に及んで足をぴったりと閉じているのもおかしいかと、朱莉は膝の力を緩《ゆる》め、そっと両足の間隔《かんかく》を広げた。

一枚一枚順序よく脱がされていくのかと思っていたのだが、スカートと共に下着も脱がされてしまった。そんな征司に、朱莉は小さく笑う。

「せっかち」

手は忙《せわ》しなく動いているというのに、征司の唇はゆっくりと朱莉の臍《へそ》を舌でなぞっている。彼の頭をぽんぽんと叩くと、笑いのまじった吐息《といき》が腹部をくすぐった。

「ゆっくり脱がしてってさ、途中で朱莉の気が変わったら困るだろう?」

「うっそだー、私の裸に興奮して余裕ないんでしょー?」

一糸《いっし》まとわぬ姿にされてしまったことへの照れで、そんな言葉が口から出る。なんだよ、その勘違い、などと返されるであろうと予想を立てていたのだが——彼は自分のジーンズに手をかけ、「当たりー」と言いながらそれを脱ぎ捨てた。

(す、素直すぎない?)

こんな態度を取られると、ふざけることもできないではないか。

未経験ではないし、このあとどういった行為が待っているのかくらい分かっている。だからこそ朱莉はこそりと尋ねた。

「せ、征司……。あのさ、シャワー、あびてないからね……」

「んー？　いいよ、その辺はお互い様だし、俺は気になんない。朱莉の匂いがして、かえって嬉しい」

「へっ、変態っ」

「あとで一緒に風呂入ろうな」

「調子に乗らないのっ」

朱莉は安心しつつも、再び征司の頭を叩いてやろうかと考える。しかし次の瞬間、与えられた快楽によって、彼の髪をぐっと掴んでしまった。

「あっ……！」

足の付け根に落ちた征司の唇は恥丘《ちきゅう》をたどり、内腿《うちもも》を両手で押し広げながら花芯《かしん》へと落ちた。

「せ……いっ！」

「逃げるな」

思わず腰がずり上がりそうになるが、すぐさま征司に太腿《ふともも》を肩へ担《かつ》ぎ上げられ、両手で腰を固定されてしまう。彼の唇は、朱莉の潤《うるお》った部分へダイレクトに押しつけられた。

「あっ……やっ……」

ビクリと下半身が震える。ヴァージンでもなければ、セックスに怯《おび》えてしまうような歳でもない。だが朱莉は、自分の身体に起こっている反応を確信し、震えずにはいられなかった。

（やだ……、私……）

朱莉は征司の髪を両手で掴み、肩に抱えられた太腿に力を入れる。そうして深く息を吐きながら、喉《のど》を大きく反《そ》らした。

「征司……、ごめん」

そう呟《つぶや》く彼女の耳に、なんとも恥ずかしいぴちゃぴちゃという音が届く。わざと音を立てているのだということが分かる。怒っていいものか、素直に感じていたほうがいいのか、戸惑《とまど》ってしまう。

謝ったまま、次の言葉を継ぐことができない。征司はなにも言わなかった。彼は分かっているのだ、彼女がなにを言おうとしたのかを。

――こんなに濡《ぬ》れてて、ごめん……

「……んっ……ふ、ぁっ……」

朱莉は、声を震わせシーツの上で悶《もだ》える。本当は焦《じ》れて腰を動かしたいのだが、征司の手で押さえつけられているのでそれがかなわない。

「せい、じ……」

「んー?」

生返事をする彼は、潤い溢《あふ》れる泉のほとりで、相変わらず恥ずかしい音を立てている。

愛液の音なのか唾液《だえき》の音なのか区別はつかないが、舌先でくすぐり、溢れる蜜を誘い出すと、ひときわ大きな音を立てて吸い上げた。

「んっ、あ……あぁんっ……!」

朱莉の秘唇《ひしん》が震える。そして征司の舌は、もっと敏感な部分へ移動した。

たび重なる刺激に触発され、すでに桜色の秘豆《ひとう》がぷくりと顔を出している。

蜜につやつやと濡《ぬ》れそぼるそれは、舌で弾《はじ》かれ、ときに唇でついばまれて、ピリピリと痺《しび》れ上がるような快感を全身に流した。

そんな中、今度は指が蜜口をくすぐる。中指がナカへ沈むと、押し出されて溢れる愛液の感触が朱莉にも伝わってきた。

「征……あっ、……ぁ、ハァ……やぁんっ……」

指がスライドされるたびに、くちゅくちゅという音が聞こえる。指とはいえナカを擦られる感触に、朱莉は大いに煽《あお》られた。

彼は指を回し、関節を曲げて内側を刺激する。その動きに強い快感を覚え、朱莉は何度も彼の指を締め付けてしまった。

「征司ぃ……、あっ、ぁあんっ……！」

もはや朱莉には、鳴き声を上げるしか術《すべ》がない。それを知ってか知らずか、征司の舌の動きは激しくなっていく。

「ふぁ……あぁんっ、駄目……そこ、……もぅ、ダメッ……お願いだからぁ……」

腰を押さえているのは片腕だけだというのに、それでもこの刺激から逃げることができない。

自分が決して敵《かな》わない彼の力強さに、改めて胸がドキドキする。征司の逞《たくま》しさ、トモダチという関係では見るはずのない姿。そんな彼を感じることで、胸が熱くなってくるのが分かった。

朱莉はたまらず両腿《りょうもも》で征司の顔を挟み込んだ。

「分かった分かった。俺も苦しいって」

切羽《せっぱ》詰まったように征司の顔を締めつける朱莉の太腿をパンパンと叩き、征司は笑って顔を上げる。唇をぺろりと舐《な》めてから数回手で口の周りを拭《ぬぐ》う彼の仕草を見て、どれだけ濡らしてしまったのだろうと、朱莉は気まずくなった。

「朱莉、興奮して腿締めすぎ。窒息《ちっそく》するかと思っただろ」

「だ、だって、征司が、腰、押さえてるから……」

「押さえてでもいなきゃ、お前のことだからな。そのままずり上がって逃げていきそうだ」

「そ、そうかな……」

「ついでにな……」

朱莉の両腿を肩から下ろし、征司はそのまま再び彼女に覆《おお》いかぶさる。そうして朱莉に顔を近づけ、ニヤリと笑った。

「お前、感じすぎ」

「なっ……、言うな、馬鹿っ」

からかう征司を叩いてやろうと朱莉が手を上げた次の瞬間、彼の笑顔は照れくさそうなものに変わった。

「あれ見てさ、俺、すっごく嬉しかった」

叩こうとした手が止まる。

我ながら濡《ぬ》れすぎているのは分かっていた。「久しぶりのセックスだから？」とからかわれても、しょうがないとさえ思った。

そんなに感じてしまっていることを征司に知られ、照れくさい気持ちもあり、「ごめん」と口にしてしまったほどだというのに。――征司は、それが嬉しかったのだと言う。

(どこまで、反則なのよ……)

からかってくるかと思えば、自分の感情をストレートにぶつけてくる。

そして、どれだけ朱莉を欲しているか、その気持ちを素直に見せてくれる。

「朱莉……」

両手で朱莉の頭を撫《な》で、征司は彼女を見つめる。

「入れて、いいか？」

「聞くな……馬鹿……」

「予告しなかったら、またいきなり感じすぎて謝るんじゃないのか？」

「……馬鹿……」

実際、どうなってしまうのだろうという不安と期待とが、半分ずつ胸を占める。

征司の愛撫《あいぶ》はとても気持ちがよかった。これでもし、もっと気持ちよくなってしまったら……

（私……どうしよう……）

朱莉が戸惑《とまど》う間に、ふたりの唇が重なる。舌を絡め軽く吸い合うキスを交わしながら、征司の手に押され、促《うなが》されるまま、朱莉は両膝を立てた。

すると、それに合わせて征司の腰が進み、熱を持った塊《かたまり》の切《き》っ先《さき》が、さっきまで指と唇に翻弄《ほんろう》されていた蜜口にあてがわれる。

唇が離れた瞬間、征司の鼻先で朱莉はくすっと笑う。

「なんか、……エッチな味する」

「興奮するだろ？　朱莉の味」

「やーね、馬鹿」

「俺はすっごく興奮してる。分かるか？」

「……少し」

聞いたことがないくらい色気がある征司の声と、荒い息遣い。

彼が昂《たかぶ》っているのは充分に分かった。

いつもならば「私になんか欲情してんじゃないわよ」と言えたのかもしれないが、今はそんな憎まれ口を叩く気にはなれない。

それはきっと、朱莉も征司と同じくらいの昂りを感じているからだ。

「よし、じゃあ、もっと分からせてやるから。……お前のこと、今以上に興奮させてやるよ」

「なによぉ、その自信」

冷《ひ》やかしたものの、その言葉が嬉しかった。

征司の頭を抱き、もう一度唇を重ねる。キスの途中、彼の手がスタンドライトの下にあるサイドテーブルの引き出しに伸びた。

「ちょっと、ごめんな」

「うん……」

征司がなにをしようとしているのかは察しがつく。眼鏡を外しているせいでよく見えないのか、彼は小さな四角いパッケージに目を近づけ、中のゴムを傷つけないよう丁寧《ていねい》に包みを裂いた。

身体を起こして装着する征司から目を逸《そ》らす。準備中の相手をじろじろと眺めるのは、なんとなく気まずい。

挿入しやすいよう、朱莉はかすかに腰を上げた。すると準備を終えた征司は、ヒップラインを撫《な》でながら彼女の腰を引き寄せる。

「んっ……」

熱い切《き》っ先《さき》が入り口を広げ始める。侵食《しんしょく》する塊《かたまり》と同じくらい熱くなった朱莉の内側は、彼を歓迎するようにうごめいた。

ナカに征司を感じ、朱莉は身も心も満たされていく。充足感と共に鼓動は速まり、息が詰まる。

(征司と……しちゃってるんだ……、私)

嬉しいのか哀《かな》しいのか、自分でも分からないまま嗚咽《おえつ》が漏《も》れそうになった。

こんなシーンで泣いては、征司が不愉快に思うだろう。だが、この啜《すす》り泣きを誘う感情は治まってくれそうもない。朱莉は咄嗟《とっさ》に、小さなクスクス笑いで嗚咽を誤魔化《ごまか》した。

「朱莉……？」

不可解そうな声と共に、征司が朱莉に顔を近づける。泣きそうになっているのを悟られるのではないかと焦ったが、きっとおどけて照れ笑いをしているのだと思ってくれるだろう。

考えてみれば、挿入時に女性がクスクス笑っているというのは、いささか男のプライドを傷つけるかもしれない。いっそこっちから謝ってしまおうか。そう思いかけた瞬間、常に冷静な征司の目が、驚いたように見開かれ、進めていた腰が、途中で止まった。

「朱莉……、どうした？」

部屋は薄暗く、おまけに征司は眼鏡を外している。だが、この至近距離ならば見えるのだ。

泣きそうな顔をして、――笑っている、朱莉の表情が。

「どうして、そんな顔してるんだ？」

「……だって、征司と……こんなことするなんて、思ってなかった……」

「そうか？」

「ずっと、友だちでいるんだ、って……、ずっとずっと、思ってたから……。私……」

スルリと出た言葉は、朱莉の本心だった。口に出し、朱莉自身も理解する。

――征司と、こんな関係になるなんて、考えてもいなかった……

それ以上の言葉を止めようとするかのように、今まで止まっていた征司の腰が進む。

入り口を広げて訪問者を迎える準備をしていた朱莉の内側は、いきなり飛び込んできた彼に驚き、キュッと収縮した。

「せっ……、あっ……！」

「言っただろ……、朱莉……」

奥まで侵入した熱い楔《くさび》が、ゆっくりと引いてさらに奥へ突き刺さる。緩《ゆる》やかに繰り返される出し入れは、まるで自分の存在をじっくりと朱莉に確認させせようとしているみたいだ。

「俺は、トモダチやめたいんだ、って」

「……せい、じ……ぃ……、んっ、ん……ァ……」

「友だち、とか、……余計なことは考えるな。俺を覚えろ。いいな」

「なに……、なによぉ……、この、いばりんぼ……っ、ああっ！」

侵食《しんしょく》した楔が、彼女の強がりを叱るように最奥を突く。

久々に受け入れる情欲の感触に、朱莉のナカは緊張してさらに収縮し、彼を締め付ける。征司はそんな彼女の頭を抱き、額をぴったりとくっつけた。

「そんなに締めんなよ。嬉しくなるだろ……」

「ばっ……、そんなことばっか言って……、いっつもそんな……、あっ、ふぁ……あっ……」

「余計なこと、考えるなって言ってるだろ」

浅く深く、リズミカルな抽送《ちゅうそう》が始まる。固まっていたナカは、擦り上げられるたび少しずつほぐされ、その強張《こわば》りを解いた。

「んっ……、あっ、やぁ……んっ……」

朱莉が嬌声《きょうせい》を上げるごとに、花芯《かしん》も悦《よろこ》び、さらなる快感が生まれてくる。彼女のナカは、彼を歓迎するかのように収縮して絡みついた。

なにひとつ拒《こば》む様子を見せず、従順に彼を受け入れる素直な身体。今の朱莉の態度のすべてが、心身共に征司を悦ばせて煽《あお》り立てた。

「朱莉のナカ……、気持ちいいな」

「そ、そゆこと……言うなぁ……。スケべっ……、あ、んっ、やぁ、ぁ……」

「スケべじゃない男なんて、いねーっての」

「あぁ……、ちょっ、……やぁんっ！」

上半身を起こした征司の肩に両足が預けられた。腰の律動はそのままに彼の唇が左足を這《は》い、朱莉は不思議な刺激に襲われる。

「やっ……あんっ、くすぐったぃ……んんっ……」

彼の唇は、内腿《うちもも》から少しずつ移動していく。手で触られるのとは違う感触に、ふるりと両足が震え、腰が波打つように何度も跳ねた。

「せい……、やぁ、やだっ……、へんなとこ、触らな……、あぁんっ……」

「やだ。それに、お前、感じてるし」

「感じてな……ああっ、やだぁっ、あっ……」

触れられた部分から甘い電流が走る。くすぐったいのに、それと同時に、確実に朱莉の身体は昂《たかぶ》っていく。

足から唇が離れると、一度征司が離れ、ゆっくりと身体を返された。そうして促《うなが》されるまま腰を上げ、四《よ》つん這《ば》いの体勢になる。お尻からすべてを彼に見下ろされているのだと思うと羞恥心《しゅうちしん》が湧き、つい顔をシーツに押し付けてしまった。

再び征司がナカに入ってきて、背にかかっていたミディアムロングの髪が肩から胸へ落ちる。自然に落ちたのではなく征司がよけたのだと気づいたとき、背中に覆《おお》いかぶさった彼が、うなじにチュッと吸いついた。

「んっ、……あンッ」

痕《あと》がつくのではないかと心配になるほどの強さである。

そして彼の唇は、すぐに背筋をたどり始めた。

「あっ……、はぁっ……あっあ、征……っ、せなかぁ……」

唇が動くのと同時に、征司の両手が背を撫《な》で、ボディラインをなぞる。脇腹を大きく撫でられた途端《とたん》、朱莉は自分の身体を支えていた両腕を伸ばしてのけ反《ぞ》った。

「やっ、やぁんっ……征司……だめぇっ」

「俺は、朱莉の全部に触《さわ》りたいんだっ」

征司の両手が胸へ回り、ふくらみを掴む。

「やっと触《さわ》れたんだから……」

ドキリと高鳴った胸を、彼の手がやんわりと揉《も》みしだき始めた。

「征……っ、ん……んっ、やぁんっ……」

ストレートに快感を感じられる場所を刺激されているせいか、朱莉の声に甘さが浮かぶ。

征司の両手は乳房の形を変えながら、両乳首を指の間に挟んでいじる。まるで、彼女の反応をもっと欲しているかのようだった。

「やっ、ぁ……あっ、そこっ……」

「気持ちいいだろう?」

「きっ、聞くなぁっ……あぁんっ!」

乳房から手を離した征司は身体を起こし、しばらくリズミカルな抽送《ちゅうそう》を続ける。やがて両膝をついていた体勢から片膝を立て、強くその欲望を打ち込み始めた。

「せ……いっ……! ああっ、やぁ……あっ!」

彼の抽送が激しくなると、快感はナカに集中する。

体位を変えて先ほどよりも深い挿入が可能になったことで、征司は強く肌をぶつけ、勢いをつけながら、彼女の奥を熱い楔《くさび》でえぐった。

「あぁんっ！　やっ……あ、……ダメッ……んっ！」

「オク、当たる?」

「当た……あっ、やぁっ！　あてちゃ……ダメッ……んっ、ぁっ、征司ぃ……」

「やーだっ。言ったろ……。朱莉の全部を感じたいんだよ。俺は」

「あぁ……やぁンッ……そこっ、……ああっ！」

「お前の感じ方、すっごく可愛い……。ダメって言いながら、ねだってるように聞こえる……」

戸惑《とまど》うことなく昂《たかぶ》る身体。心が追いつく前に、呑み込まれそうだ。

(ダメ、これ以上されたら……！)

「征……っ！　ダメッ、……ダメ、もぅ……あっ！」

襲いかかる波に呑み込まれる寸前、彼の楔が引き抜かれる。どうやら達しそうになったのは同じだったらしく、征司はふぅっと大きく息を吐くと、再び朱莉の身体を返し、正常位で重なり合った。

「ヤバ……、さっき、イきそうになった」

「……イ、……イけばよかったじゃないの……」

朱莉自身、同じ衝動に駆られたのだ。口にしなければ分からないだろうと思いきや、征司は嬉しそうに朱莉を抱き締めた。

「朱莉もイキそうだったろ」

「わっ、私はぁ……」

「誤魔化《ごまか》しても分かるっての。ほら……」

「ちょ……、ちょっ……、あっ、あンッ……」

まるでラストスパートをかけるみたいに、再び征司の腰が動き始める。彼が言うように爆発寸前の楔《くさび》は、一度逃がした波を再び起こそうと、彼女を煽《あお》り立てた。

「や……、あぁっ、せい、じ……！　ダメッ、あぁっ！」

汗ばんだ彼の背にしがみつき、朱莉は嬌声《きょうせい》を上げた。

絶頂の波に呑み込まれそうになる彼女の耳に聞こえるのは、征司の荒い息遣いと、自分自身の信じられないほど甘い声。

「……一緒にイこうな……、朱莉……」

（――ただのお試しエッチなのに……、なんで、こんなに優しくすんの……）

爆発しそうな快感に身体を支配されながらも、どこか冷静な頭の片隅でそう呟《つぶや》く。

友だちなのに、友だちでいたいのに、征司がくれる特別な気持ちが、朱莉の信念を崩そうとする。

（お願い……、私は……、征司と離れたくないんだよ……。だから……）

「征……っ！　ダメッ……あぁっ、んっ！」

いくら心が違う想いに囚《とら》われていても、身体は翻弄《ほんろう》されるままに絶頂を迎えた。内腿《うちもも》が征司の腰を締めつけると、それまで大きく動いていた彼も動きを止め、朱莉を力強く抱き締める。

「朱莉……」

満足げな彼の声が、朱莉の耳に響く。

「――好きだ……」

征司の言葉が胸に沁みた。涙が零《こぼ》れそうなほど嬉しい。

けれど朱莉は、快感の余韻《よいん》の中で目を閉じ、その言葉を聞かなかったことにしようと、心密かに、決めた。

第二章　男と女の友情

「朱莉……」

征司は小声で、そっと朱莉の名前を呼んだ。

彼女は眠っている。わざわざ起こすつもりはない。

征司はただ口にしたかったのだ。——腕枕をし、肩を抱いている彼女の名前を。

「朱莉……」

こんな夜を、これまで何度夢に見ただろう。

愛し合い、共にまどろみ、火照《ほて》った身体を自分に預けて眠る朱莉。その夢は、今現実のものとなっている。

薄暗い寝室で、征司は寝息を立てる朱莉に視線を向けた。

こそりとサイドテーブルの上から眼鏡を取り、彼女の様子を窺《うかが》いながらかける。ぐっすりと眠っているようなので起きることはないと思うが、もしも目を覚まして自分が眼鏡をかけている姿を目にしたなら、恥ずかしがって眼鏡を放《ほう》り投げてしまうかもしれない。

（買ったばかりの眼鏡だしな。それは困る）

他人が聞けば、そこまではやらないだろうと笑われるかもしれないが、朱莉ならばやる。征司には分かるのだ。だてに十年付き合ってはいない。

（十年か……）

征司は改めて、気持ちよさそうに眠っている朱莉を見つめる。

無防備な寝顔に、普段の彼女の姿を重ねた。

明朗快活な朱莉。彼女は大学時代、ゼミやサークルのムードメーカーだった。

前向きで、落ち込んでもすぐ立ち直る彼女。けれど、自分が落ち込む姿を見せれば友だちが心配するから、無理をしてでも笑顔を作っていることを、征司だけは知っている。

羞恥心《しゅうちしん》を煽《あお》られると饒舌《じょうぜつ》になるのも、自分の姿を見られたくないときに征司の眼鏡を取り上げるのも、自分の焦りや動揺を彼や他の友だちに悟らせないため。

征司は知り合ってすぐに、朱莉のそんな性格に気づいた。その姿があまりにも健気《けなげ》に見えて、征司は強がる彼女を、無性に守りたくなったのだ。

他の友だちが朱莉の本質に気づいていないなら、自分が傍《そば》にいて彼女をサポートしてやればいい。そう考えて、征司は十年間彼女の隣をキープし続けている。

朱莉の本質を知るのは自分だけ。その事実は征司に、ちょっとした優越感をもたらした。

その関係を朱莉も心地よく思ってくれたのだろうか。ふたりの友情は、いつしか不動のものになっていた。

「いいんだか、悪いんだか……」

微苦笑を浮かべ、征司は朱莉の頬にかかる髪を払ってやる。

こんなときが来るのを、ずっと待っていた。

十年、手を差し伸べて見つめ続けた彼女が、今、自分の腕の中にいる。

征司は眼鏡を外しサイドテーブルの上へ置いてから、さらに朱莉を抱き寄せ、片腕を彼女の腰に回す。

彼女の素肌の感触が伝わってきた。

――まるで、夢のようだ。

目を閉じた征司は、常々心に思い描いていた理想を思い出しながら、浅い眠りについた。

冷たいシーツの感触に驚き、思わず彼女の名を呼ぶ。

「……朱莉？」

ふと目を覚ました征司は、予想していた感触がないことに気づき、むくりとベッドの上で身を起こした。そうしてサイドテーブルの上へ手を伸ばし、眼鏡を取る。

寝室のカーテンは昨夜から開いたままだった。そこからは、眩《まぶ》しいほどの陽の光が室内に射し込んでいる。朝であることは間違いないが、征司は時間を確認する前に自分の隣を確認した。

そこに朱莉の姿はない。それどころか、彼女のぬくもりさえも残ってはいない。

この味気なさはなんだろう。

まるで、昨夜のことは夢だったかのようではないか。

そんなわけはないと思いつつ、征司はベッドと壁の隙間《すきま》を覗《のぞ》き込む。そこには、まどろむ彼女に気づかれぬようコッソリと後始末をしたコンドームが落ちていた。

夢ではない証拠を見つけてホッとする。落ち着いて考えてみると、自分は随分《ずいぶん》と滑稽《こっけい》なことで悩んでいると感じ、おかしくなった。

シーツに朱莉のぬくもりはなくとも、征司の身体は彼女の体温を覚えている。そしてこの手にも、昨晩の柔らかさを思い起こせるだけの感触が残っている。

目覚まし時計を確認すると、時刻は朝六時。いつも通りの起床時間だった。アラームをセットしなくても、毎朝六時には目を覚ます。習慣づけられた、体内時計のなせる業《わざ》だろう。

「時間が許す限り……、一緒にベッドの中にいようと思ってたんだけどな……」

しかし、共にまどろみたい人物が横にいないのだ。不満を呟《つぶや》き、征司はベッドを出る。

床に散らばる衣服に、朱莉のものがないのを確認し、ひとつ伸びをしてから寝室を出た。

＊＊＊

朱莉がベッドを抜け出したのは、征司が目を覚ます一時間ほど前のことだった。

彼女の身体を包み込む頼もしい彼の腕に、朱莉は幸せな気持ちだった。

征司の寝顔はとても穏《おだ》やかで、このまましばらく見つめていたいほどなのに……

ふと、不安が朱莉を襲った。

彼が目を覚ましたあと、態度が変わってしまっていたらどうしよう……

身体の関係を結んでしまったばかりに、男の顔しか見せなくなってしまったら……

そんな気持ちに押し潰《つぶ》されそうになり、落ち着かない気持ちのまま征司の腕を離れて、キッチンに向かってしまった。

「征司に限って、そんなわけないじゃない……」

自分に言い聞かせるように呟《つぶや》きながら、朱莉はブロッコリーを卵サラダの脇に添える。

「ブロッコリー、いらなかったかなぁ」

でき上がった朝食を前に、彼女はキッチンでひとり溜息《ためいき》をついた。

朝食は手作りホットドック。あとはコーヒーを注《つ》げば用意は完了。なのに、悪戯心《いたずらごころ》で添えてしまったブロッコリーが最後まで気にかかる。

あんなに大事に抱いてくれた翌朝なのだから、わざわざ苦手と分かっているものを朝食に付けなくてもいいと思う。だがその反面、大事にしてもらったことに酔《よ》って、翻弄《ほんろう》されてしまった自分が悔しい。

――このまま友だちを続けていけるのだろうか。

そんな気持ちに苛《さいな》まれていると、寝室から物音が聞こえてきた。

征司が起きたのだろう。朱莉は思い悩む顔を見せないために、両手で頬をパンパンっと叩く。すると、ほどなくして足音が近づいてきた。

「あ、征司、起きた？　おはよー」

朱莉はいつもと変わらぬ明るい口調で挨拶《あいさつ》をしながら、コーヒーを注ぐため、シンクの横に置かれたマグカップに手を伸ばす。

「おはよう、朱莉」

機嫌《きげん》のよさそうな声と共に、彼が近づいてくるのを感じる。いつも通りの征司の雰囲気にホッとしつつ彼に視線を向けたが、その表情はすぐ驚きに変わった。

なんと征司は起きぬけに着替えもせず、裸のまま寝室から出てきたのだ。朱莉はそれを確かめた直後、キッチンと繋《つな》がったランドリールームへ飛び込んだ。

「もうっ！　素っ裸で出てくるんじゃないわよ！　パンツくらい穿《は》けっ！」

乾燥機の中から引っ張り出したスウェットパンツと下着を、征司めがけて投げつける。

いくら昨夜肌を重ねた相手とはいえ、朝一番に男の全裸を見せられるのは、独身女性として気恥ずかしいことこのうえない。

「シャワーのあとに穿《は》こうと思ってたんだけど」

「それでも、人前に出るときはパンツくらい穿きなさいよ。朝からナニ見せつけてんのよっ」

「昨夜、たっぷり見たくせに」

「みっ、見てないっ！」

「嘘つけ」

売り言葉に買い言葉。軽快な口論が繰り広げられたが、それは朱莉の手元にあった征司用の朝食がゴミ箱へ投下されそうになったことで決着した。

「わーっ！　ごめんなさい、朱莉様っ」

「……分かればいいわよっ」

慌てて下着とスウェットパンツを穿く征司を横目に、朱莉はクスリと笑って、皿に載っていたブロッコリーを摘《つ》まみ、自分の口に入れる。

意地悪は中止。いつも通りだった征司に、先ほどまでの不安は晴れた。

「征司さぁ、お腹すいたでしょ。朝ご飯、ちゃんと食べてよね。昨日食べなかったハンバーグ、保存容器に移して冷蔵庫に入れてあるから。夜にでもチンして食べなよ。余ったご飯は一杯分ずつに分けて冷凍してあるからね。……いーい？　ちゃんと夜ご飯も食べんのよっ」

「あ……ああ……。そういえば、昨夜は食事が途中だったっけ」

「誰かさんが張り切っちゃったおかげでねー。まあ、無精男《ぶしょう》の今夜のお惣菜《そうざい》になったと思えば、作ったのも無駄じゃないわよ」

「さすが」

「付き合い長いからねー」

朱莉はアハハと笑いながらコーヒーを淹《い》れ、テーブルに朝食の用意をする。皿を並べ終えてキッチンでエプロンを外していると、征司の不思議そうな声が聞こえた。

「あれ？　お前の分は？」

テーブルの上には、ひとり分の朝食しか用意していない。もちろん、コーヒーも。

「あ、うん、食べてる時間はないから、私帰るよ。着替えとメイクもしたいし、シャワーも使いたいもん」

エプロンをいつもの場所へかけ、キッチンの手前に立っている征司の横を通り抜ける。ソファの上に置かれていたショルダーバッグを手に取ると、少々不満そうな征司の声が背後から聞こえてきた。

「シャワーならうちで使っていけばいいだろ。……ってか、一緒に風呂入ろうなって言っただろ」

「ばかっ。ひとりで入りなさいっ。……どっちにしろ、帰らなきゃメイクもできないもん。すっぴんで出社するほど、まだ女捨ててないわよ」

「朱莉は、すっぴんも可愛いぞ」

「はいはい、おだてなくても、またハンバーグ作ってあげるから、安心しなさい」

バッグを肩にかけ、征司から目を逸《そ》らしたまま玄関へと急ぐ。しかしその途中で腕を掴まれ、身体を壁に押し付けられた。

「征……、なに……」

唐突な行動の真意を問おうとした唇が、征司の唇にふさがれる。

キスで動きを止めながら、彼は腕を肘まで壁につき、朱莉の逃げ道をブロックした。

「俺……、返事もらってないけど……」

目を開けているのが気まずいほどの至近距離で、征司が囁《ささや》く。

「……友だち、やめる決心ついたか？」

「……それは」

「どうだった？　お試しセックス」

「そ……、そういう感想を、女に聞くもんじゃないわよ……」

「俺は、朝に二回戦いこうかと思うくらいよかった。お前もすっごく濡《ぬ》れて感じまくってたし、イったのも一緒だっただろ？　身体の相性は最高にいいと思ったんだけど」

「……そういう生々しいことを堂々と言うと、二回戦なんて考えられないくらい股間《こかん》蹴り上げるわよ……」

壁についていた肘が伸び、征司の腰がスススッと引く。冗談《じょうだん》のような口調ではあるが、朱莉ならばやりかねないことを、征司は知っている。

そして朱莉も、昨晩の返事を求められるであろうことは見当がついていた。

しかし、それを口にしづらくて、真剣に返事を欲しがる征司を見上げて困ったように笑う。

「ま、まあ……、なんて言うかさ、お試しなんて付いてたから、あんたもいつも以上に気を遣って頑張ったっていうのもあるんだろうし、私も、ほら、雰囲気に流されちゃった……、みたいなところもあるし……。こ、こういう相性ってさ、一回じゃ分かんないものだし……」

「じゃあ、何回かすれば、ハッキリ分かるんだな？」

この場を切り抜けるために出た言葉だが、それは次の約束を取り付けるきっかけに繋《つな》がってしまった。いつもながら頭の回転が速い征司に朱莉は言葉を失うが、伸びた腕の下をくぐって彼から離れると、作り笑いをしながら手を振る。

「まぁ、とりあえずは帰る。あんたもさ、冷たいシャワーでも浴びて頭スッキリさせるんだよ？　頭がエロモードになったままじゃ、仕事に支障が出るからね。じゃあ、会社でね、課長っ」

言いたいことだけ捲《まく》し立て、急いで靴を履《は》きドアを開ける。征司が追ってくるのではないかと思いチラリと振り返るが、彼は朱莉を見つめたまま微動《びどう》だにしない。

その表情は、会社にいるときのようなポーカーフェイスだ。だが、眼鏡の奥の目が寂しそうな色を浮かべていると感じて、朱莉は一瞬、胸が締めつけられた。

それでも朱莉は、そんな征司の視線から逃げるようにドアを閉めたのだった。

その数時間後の誠和医療メディカル営業課。普段は電話の音や課員、関係者の出入りで騒がしいそこは、不気味なほどに静まり返っていた。

話し声がなくとも、機械音や人が立てる物音などで、それなりに騒がしくなりそうなものだが、今日はパソコンのキーボードを叩くキーの音や足音さえも、不思議と小さかった。

朝からこの状態が続いている。

昼休みが終わって午後の仕事が始まっても、それは変わらなかった。

「あ……、あの、三宮課長……」

こんな状態を作り出している原因の征司に、部下から声がかかる。

オフィス内の視線は、その勇気ある男性社員に注《そそ》がれた。彼とて、今は声などかけたくはなかっただろう。だが、これから客先へ向かうため、どうしても課長の承認印がいるのだ。

「も、申し訳ありません。急ぎの件で……。承認印をいただきたくて……」

差し出された書類を受け取って内容を見た瞬間、征司の眉が寄る。男性社員はびくりと身体を固くし、「なぜもっと早く出さなかったのか」という叱責《しっせき》を覚悟した。

そう予想したのは彼だけではない。オフィス中、誰もが同じことを思ったことだろう。

なんといっても今日は、鬼の三宮の機嫌《きげん》が悪い……

朝礼のときから、誰もがそう感じた。

口調も立ち振る舞いの厳格さもいつも通りではあるものの、毎朝計ったように三分の時間を使って述べられる朝礼の訓示《くんじ》が、今日はたったひとことで終わってしまった。さらには、毎朝決まって出されるはずのご指名がなく、オフィスの緊張を最大まで高めた。

『東野君、お茶』

このひとことがないというのは、営業課の課員たちにとって、とんでもない異常事態であった。

おかげで、朝からオフィスの雰囲気は悪い。そうなると当然、救いを求める視線が、オフィス中から鬼課長のお守役《もり》に注《そそ》がれる。

視線の意味を理解しながら、朱莉は心の中で叫んでいた。

（その機嫌《きげん》の悪い原因が、私なんだってば！）

彼の欲しかった答えを出さず、朱莉は征司から逃げた。

機嫌が悪い原因は、それ以外考えられないではないか。

（でも征司、仕事にプライベートを持ち込む奴じゃないんだけどな）

仕事での感情がプライベートに反映されてしまうことは稀《まれ》にあっても、その逆は思い当たらない。そう考えると、今朝の一件は、そんな彼の信念が覆《くつがえ》ってしまうほどの出来事だったのだろう。

言いたいことは多々あるが、原因となった自分がオフィスの平穏を取り戻さなくては……と、朱莉は考え、急いで給湯室へと向かい、お茶を淹《い》れて戻ってきた。まだ先ほどの男性社員の書類をチェックしている最中ではあったが、征司のデスクへと近づき、彼の前に静かに湯呑みを置く。

「課長。お茶です。どうぞ」

征司の傍《そば》にいた男性社員のみならず、オフィス中の社員が朱莉に注目する。

頼まれてもいないお茶を、気を利かせたお守役《もり》が持ってきてくれた。この効力やいかに。

眼鏡の上の隙間《すきま》から、眉を寄せた涼《すず》やかな視線が朱莉を睨《にら》む。ここでビクリとするべきなのは朱莉なのだが、代わりに隣にいる男性社員が背筋を伸ばした。

どうなることかと、オフィス中に緊張が走る。そんな中、征司は眉間の皺《しわ》を緩《ゆる》めて口を開いた。

「……立花《たちばな》小児科か。……近々建て替えが始まるらしい。あそこの院長は最新医療導入に積極的な人だ……」

征司はそう呟《つぶや》きながら書類にポンっと承認印を押し、緊張して直立している社員へ差し出す。

「あそこの医師がふたり、大学病院と繋《つな》がっている。その繋がりで機器関係はすでに違う会社が馴染《なじ》みで入っているはずだが、よくアポがとれたな。頑張れ、食い付けるところまで食い付いてみろ」

「は……、はいっ！」

まさかの激励《げきれい》と共に書類を受け取った彼は、足取りも軽くデスクに戻る。この光景を見ていたすべての課員の表情が明るくなった。さらに征司が出されたお茶に口を付けたことで、オフィスにホッとした空気が漂《ただよ》う。

その途端《とたん》、いつもより控えめだったキーボードを叩く音や話し声が溢《あふ》れだし、オフィスがいつもの活気を取り戻した。機嫌が悪そうだった課長だが、もしかしたら考え事をしていただけなのかもしれない。誰もがそんな希望を含んだ結論を出した。

ただひとり、そう思っていないのは朱莉のみ。彼女だからこそ、分かることがある。

（……喜んでない……）

お気に入りのお茶を口にしても、征司の表情は喜んでいない。それでも、彼は朱莉を見上げ、この場を救うひとことを発した。

「美味しいよ。東野君」

「あ……、ありがとうございます。課長……」

なにはともあれ、鬼課長をいつもの調子に戻したのは朱莉なのだ。毎度のごとく鬼課長のお守役《もり》の株は上がり、オフィスの皆は彼女に尊敬の眼差《まなざ》しを向ける。

（……機嫌悪ーっ、原因は私なんだけどね……）

決して言えないひとことではある。しかし、お茶を出していつも通りに接したことで、少しは気を取り直してくれたのだろうと思うことにした。

出されたお茶を飲み干し、征司は鞄《かばん》を持って立ち上がる。そうして物言いたげに突っ立っている朱莉に、あっさりと行き先を告げた。

「辻川《つじかわ》総合病院へ行ってくる。ちょっと時間がかかるかもしれない」

「そうですか。直帰されますか？」

「いや、おそらく資料確認があるだろうから、会社へ戻るよ」

「分かりました。お気をつけて」

当たり障《さわ》りのない受け答えをして見送る体勢に入ろうとすると、征司がじっと朱莉を見た。

「そうそう。手伝ってほしいから、東野君、残っていて」

「え？　私、ですか？」

「一緒に残業。いいね」

「は……、はぁ」

　征司が人に残業の手伝いを頼むなんて珍しい。曖昧《あいまい》な返事をしていると、通り過ぎる瞬間、さりげなく征司が朱莉の耳元に唇を近づけて囁《ささや》いた。

「ふたりっきりで残業ってのも、なんかいいだろう？」

「ばっ……！」

　予想外に甘ったるい声を出され、思わず朱莉は耳を押さえて身を引く。反射的に「馬鹿っ！　なに言ってんのよ！」と叫びそうになった言葉を呑み込み、平然と歩いていく後ろ姿を見送った。オフィスが騒がしいおかげで、征司の悪戯《いたずら》なひとことは朱莉の耳にのみ届いたようだが、それにしたって、このままにはしておけない事態である。

　朱莉は空《から》になった湯呑みをトレイに戻し、なに食わぬ顔で給湯室へ置くと、洗うのは後回しとばかりに急いで征司を追った。

　自社ビルである本社は十五階建て。営業課は二階にあるため、征司はいつも階段でロビーへ下りる。それを知っている朱莉は、エレベーターホールの横にある階段を覗《のぞ》き込み、ちょうど踊り場へさしかかった征司を見つけた。

「征司！　チョイ待ち！」

慌てていたせいで、プライベート用の呼び方になってしまう。焦って周囲を見回し、人影が認められないことにホッとしてから、踊り場の中央で立ち止まる征司へ駆け寄った。

「なんだ朱莉。行ってらっしゃいのキスでもしてくれんのか？」

「んなわけないでしょっ、馬鹿っ」

言い返す朱莉に軽く笑い声を上げた彼は、いつも通りだった。

ホッとするあまり、聞こうと思っていた件とは違う言葉が出てしまった。

「あの、さ……、ごめんね、征司。私、さっさと帰ったから、あんた、機嫌《きげん》悪かったんでしょう？　でも、それならそれで、私に怒ってよ。オフィスの皆には……」

「ん？　俺、普通にしていたつもりだったぞ？　やけにオフィスが静かだなとは思ってたけど、あれって、俺のせいだったのか？」

「あんたのせいよっ」

気づいていなかったとは呆れたことだ。しかしそれがまた征司らしい気もして、朱莉はつい笑ってしまった。

「そうだなぁ、朱莉があんまり冷たいから悩んではいたかな。なるべくプライベートは仕事に持ち込まないようにはしているんだけど。知らず知らずのうちに出ていたなら、悪かったな」

「つ、冷たいとか言うなぁ」

「冷たいだろうが。ヤリ逃げしたくせに」

「やっ、ヤリ逃げ、ってぇっ……」

　普通は男性に対して使う言葉ではないのだろうか。朱莉の反応にクスクスと笑い、征司はポンと彼女の肩を叩いた。

「まあ、いいや。お試しもこれからだし。今朝のことは怒ってない。気にすんな。その代わり、今日は残業に付き合えよ」

「そうだ、あのさ、残業って、ホントに仕事?」

「仕事じゃなかったら、なんなんだ」

「いや、だってほら、征司の言い方、なんか、やーらしかったし……」

「やらしい?」

「うん、ほら、ふたりっきりでとかなんとか言うし……」

　朱莉は征司を追ってきた当初の目的を思い出し、真意を問い質《ただ》そうとする。昨日の今日だ。耳元であんなおかしな声を出されては、つい要《い》らぬ詮索《せんさく》をしてしまうではないか。

　朱莉が口ごもる間、なにかを企《たくら》むような目が自分を見つめているのに気づく。ドキリとして征司の視線から逃げるため一歩下がると、そのまま距離を詰められた。それを繰り返すうち、朱莉は壁に追いつめられてしまう。

征司の腕が片側をふさぐ。そして鞄《かばん》を足元に置くと朱莉の顎《あご》を掴んだ。

「ふうん……ふたりっきりって言われたから、なにか期待したのか。それでもいいぞ。……ふたりっきりの夜のオフィス、ってさ、なんだか想像力を掻《か》き立てられるよな」

「……そんなこと二度と考えられなくなるように、ホントに股間《こかん》蹴り上げてやろうか……？」

「やーだね」

今朝のように腰を引いて逃げるかと思いきや、征司はそのまま朱莉に唇を近づけた。片膝を彼女の足の間に入れ、股間を蹴り上げられないよう動きを阻止しながら身体を密着させる。まさか会社でこんな行動に出るとは思わず、朱莉は驚いて征司の胸を押した。

「ちょっ……ちょっと、征司……」

「ん？」

「は、離れてよ……」

「なんで？」

「誰かに見られたら、どうす……」

焦りの言葉を口にする唇は、余裕の笑みを浮かべた唇にふさがれる。両手で胸を押しても、征司は退《ど》く気配を見せない。せめて顔を逸《そ》らしたいが、顎を掴まれているので動けなかった。

「……いっそ見られれば、こういう仲ですって公言できるな」

「馬鹿なことばっか言わなっ……」

反抗する前に、唇が再び征司のそれにふさがれる。そして彼は朱莉の舌を絡め取り、言葉さえも吸い取ってしまう。

離せとの意味を込めて、征司の胸をさらに強く押すが、それでも唇は離れない。

強く唇に吸い付き口腔《こうこう》内に攻め入った舌は上顎をなぞってうごめく。くすぐったさとは違う感触に、朱莉は背筋を伸ばして身悶《みもだ》えした。

顎を押さえられ抵抗もできないまま、舌での愛撫《あいぶ》は濃密《のうみつ》さを増し、朱莉の体温を上げていく。

「……ぁ……ふぅ、ンッ……」

朱莉は息を荒くし、呻《うめ》き声を上げる。征司の舌に抗《あらが》いきれないまま唇を開くと、また咥《くわ》え込まれて強く吸われた。

濃厚なキスに、朱莉にはもはやなす術《すべ》もない。されるがままでいるうちに、もうどうにでもなれという気持ちになってきた。

観念して征司のキスに身を委《ゆだ》ねた朱莉だが、上階からかすかに聞こえる足音にハッとする。これは階段を下りてこちらに近づいてくる足音だ。

朱莉は、征司の胸に添えていた手で、彼のスーツを引っ張る。征司にもこの足音は聞こえているだろう。ならばすぐに離してくれるはず。

だが、どうしたことか征司の唇は離れない。

(こんなところ、人に見られたら、どうするのよ!)

そういえば彼は先ほど「いっそ見られれば……」などと意味深な言葉を口にしていた。このまま既成事実を作って脱友だちを目論《もくろ》もうとでもいうのだろうか。

(ちょっと、なに考えてるのよっ!)

握ったスーツを再び小刻みに揺さぶり、呻きながら、離れて、と意思表示を繰り返す。だが階段を下りる足音は一階の踊り場まで来ることはなく、そのまま二階辺りのフロアに消えていった。

ホッとして全身の力が抜ける。同時に唇が離れ、すぐに征司のからかう声が降ってきた。

「スリルあったろ」

「ばっ……!」

ひとこと怒ってやろうと顔を上げるが、征司と目があった瞬間、息を呑んだ。

そこにあったのは、怖いくらいに真剣な彼の表情だった。

「誰に見られたって構わない。俺は、自分の気持ちから逃げるつもりはないんだ。……

お前が逃げるなら……、俺は、追うからな……」

「なんで……、征司……」

「友だち、やめたいから」

「だから、それは……」

「なあ、朱莉……」

征司はなにかを言いかけてから身体を引いて朱莉を解放すると、鞄《かばん》を拾い上げる。そうしてポケットからハンカチを出して、キスでついてしまった口紅を拭《ぬぐ》った。それから、壁に寄りかかって動けなくなっている朱莉にハンカチを渡し、続きを口にする。

「……もう、忘れてもいいだろう……。——五年も前のことなんて……」

その言葉に、朱莉が目を見開く。しかし、動揺する自分を見られたくなくて、すぐに俯《うつむ》いた。

「俺は……、ずっと待ってた。……五年待った。……もう、我慢はしない」

朱莉に背を向け、征司は階段を下り始める。その足音が聞こえなくなっても、朱莉はハンカチを握り締めたまましばらくその場から動けなかった。

朱莉を動かしたのは、今度は下の階から近づく足音だった。

女性同士の話し声と共に聞こえる足音から逃げるように、朱莉は二階へ駆け上がる。

そうして給湯室で湯呑みを片付け、なに食わぬ顔でオフィスに戻った。

デスクに戻り、征司が押し付けていったハンカチを見つめて溜息《ためいき》をつく。彼の言葉が気になってしまい、気持ちは晴れない。しかし朱莉はハンカチを引き出しに入れ、気持ちを切り替えて仕事を始めた。

そんな朱莉に、隣から望美が話しかけてきた。

「朱莉さん、相変わらずすごいですよねー。尊敬しますー」

望美は少々舌ったらずなしゃべり方をする。聞きようによっては軽口のようにも感じられてしまう。しかし本人は、至って真面目な顔だ。

「あの三宮課長の前で平然としていられるなんて、ホント、朱莉さんくらいのもんですよー。あたしなんか入社して二カ月経つのに、いまだにお茶を出すだけで緊張しますー」

緊張する必要はないよ。朱莉はそう言ってやりたい。

確かに征司は、昔からポーカーフェイスだった。だがそれは、決して人を威嚇《いかく》しているわけでも、いい男を気取っているわけでもない。あれが素の表情なのだ。

そして本人も、特に表面を繕《つくろ》おうとはしない。怖い人、という印象を持たれやすいと分かっていても、気にしない。

(なまじ仕事ができて厳しいから、鬼の三宮なんて言われてるけどね。実際のところは、ただのモノグサ太郎よ)

口で言っても信じてもらえないだろう事実を心で呟《つぶや》き、朱莉は曖昧《あいまい》な返事をして仕事を再開しようとする。望美もそれを分かっているはずなのだが、さらに話し続けた。

彼女のおしゃべり癖《ぐせ》は、今に始まったことではない。入社して二カ月といえば、まだ新入社員としての緊張感が残っていてしかるべき時期なのに、彼女はついついしゃべってしまうようだ。

ふわふわとした内巻きボブの望美は、真新しいスーツに身を包んでいて初々《ういうい》しい。一見控えめな見た目にそぐわず人懐っこい彼女は、新人とは思えないほど部署に馴染《なじ》んでいる。

大先輩が課長のお茶係をやっている姿を目にしたときは恐縮《きょうしゅく》した様子を見せるが、その態度も大好きなおしゃべりを始めた途端《とたん》、儚《はかな》く消えていく。

また朱莉も、彼女のおしゃべりに付き合い、つい構ってしまう。その付き合いのよさが、征司と長く友だち付き合いをしてこられた理由なのかもしれない。

（友だち……かぁ）

望美のおしゃべりに付き合う中、友だちをやめたいと口にした征司の真剣な眼差《まなざ》しがふと頭をよぎり、キーボードを打つ手が一瞬止まる。さらに望美のひとことが、完全にその手を止めた。

「でもやっぱり、課長はかっこいいですよねぇー。憧れますよ……本人には言えないですけどねー」

征司に対する褒《ほ》め言葉は、今までも色々と耳にしている。そこは特に驚くポイントではないのだが、望美の言葉が徐々《じょじょ》に熱を帯びていったことが、朱莉の気を引いた。

「……新人研修のとき、提出しなくちゃならないレポートができなくて、ひとりで研修室に残ってたら、三宮課長が来てオレンジジュースをくれたんですよ……。あたし、オレンジジュースってあんまり好きじゃなかったんですけど、そのときから好きになったんですよねぇ」

話の流れとしては、望美が言っている「好き」はオレンジジュースのことだ。だが朱莉は、その言葉に息が詰まった。

（この子……、本気？）

はにかみ、可愛らしさを覗《のぞ》かせる望美の様子からは、征司に対する強い好意が窺《うかが》える。

「『早くできなくて申し訳ありません』って言ったら、早くできたからっていいものであるとは限らない、時間がかかっても、いいものをつくった者の勝ちだ、って。なんか、すっごく嬉しかったです」

朱莉が知らない征司を、嬉しそうに語る。聞いているうちに、朱莉の胸の中に自分でも理解しがたい不快感がもやりと生まれた。

征司に好意を寄せる女性を見て、こんな気持ちになるのは初めてのことだ。焦りのような、苛立《いらだ》ちのような。望美の存在にではなく、彼女が口にしたその言葉に、モヤモヤとしたわだかまりを覚えた。

（なんなの、これ……。まさか私、エッチしちゃったからって、征司を独占したつもりになってんのかしら）

征司の心は今、朱莉に向いている。それが分かっているからこそ、その征司に好意を向ける女性に苛つくのではないか。

ひどい自惚《うぬぼ》れだ。これではまるで嫉妬《しっと》ではないか。

（征司が望美ちゃんに優しくしたから苛々してる？　昔、付き合ってた人が看護師に手を出したとき、しょうがないとしか思わなかった私が？　なんなのよ。今のほうがモヤモヤするわ）

妙な戸惑《とまど》いに苛《さいな》まれながら、朱莉は望美を見つめる。最初は半ば聞き流していたはずなのに、いつの間にか望美の話を待ち構えるように耳を傾《かたむ》けていた。

「だから、朱莉さんが羨《うらや》ましいですー。どうしたら朱莉さんみたいに、課長と仲よくなれますか？」

「仲よく……って、仲よく見えるの？」

「見えますよー。だって、一緒にお昼ご飯行ったりするじゃないですかー。課長がお使いを頼むのも、絶対に朱莉さんだし」

仲がいいと言われ、朱莉はなんとなく気分が明るくなってしまった。キーボードから手を離し、椅子を回して望美と向き合う。

「ほら、私、課長とは大学が同じだったし、入社も同じだし。今でも友だちみたいなものだから、それで色々と頼みやすいだけよ」

「……友だち……、ですか？」

「うん、だからね、課長が私にばかりお茶やらお使いを頼むのも、友だちに甘えてるようなものなのよ。友だちだったら、言いづらいことでも言えちゃったり頼めちゃったりするでしょう？」

我ながら、なかなか説得力のある説明。そう考えた朱莉だが、望美は首を傾《かし》げた。その様子からは腑《ふ》に落ちない様子が窺《うかが》える。そうなると、朱莉の言葉も止まってしまう。

「……友だち……、ではないんじゃないでしょうかねぇ……」

「どうして？」

「だって、男女の間に、友情なんて成立するわけがないじゃないですか」

朱莉は完全に言葉を失った。『男女間に友情は成立しない』はよく耳にする言葉ではあるが、朱莉は征司との友情を成立させているため、全然実感がなかったのだ。

「友だちです、って自信を持って言えるのは、中学、よくて高校生までじゃないかなぁ……。それ以上になると、男も女も下心が入るじゃないですか。そしたらもう、友情なんてあってないようなものでしょう？」

それこそが常識であると言わんばかりに語られる望美の言葉は、朱莉の心に突き刺さる。

「望美ちゃんは、仲のいい男の人とかはいないの？」

動揺しそうな自分を落ち着かせるため、朱莉は望美に尋ねる。朱莉の心の痛みに気づかず、望美は能天気に手のひらを顔の前で左右に振った。

「いませんよー。合コンで仲よくなって何回かご飯に行ったりしたって、そんなのは友だちとは言わないし。親しく話せる男の人はいても、女友だちの彼氏だったりして、一線置かなくちゃならない人ばっかり。普通はそんなもんですよねー」

それならば、征司と朱莉の関係はなんだというのだろう。

ふたりは大学時代を共に過ごし、社会人になってからも上手くやってきた。ずっとずっと友だちだと、そう思ってきた。

……少なくとも、朱莉は。

友だちをやめたいと強く望んでいた昨晩の征司の言葉が、朱莉の頭の中で回る。

彼は、五年待ったと言ってくれた。

いったい、征司はいつから朱莉を友だち以外の目で見ていたのだろう。

ずっと見ないふりをしてきた問題を再確認させられた気分になっていると、外出先から戻ったばかりの男性社員が朱莉に近寄ってきた。

「東野さん、課長は？」

「外出してるわよ。終業まで戻らないみたいだけど？」

「そうなんですか？　でも、課長に面会の人が来てますよ。アポも取ってある人みたいですけど」

「え？　そんなはずないわよ。課長に限って来客予定を忘れるなんてあり得ない。訪ねてきた人はどこにいるの？　受付？」

「廊下で待ってもらってます。僕、戻ってきたらちょうど受付に誰もいなくて、その人が困ってるのを見つけたんです。アポも取ってるって言うんで案内してきたんですけど。オフィスを覗《のぞ》いてみたら課長がいないし……」

よく確認せずに通してしまったのは軽率だったが、彼が気を利かせたことを責めるべきではないだろう。自分が充分に対応できる範囲内だと判断した朱莉は、椅子から立ち上がった。緊急の仕事だと悟った望美も、おしゃべりの続きを断念して自分の仕事へ戻る。

「いいわ、私が事情を説明して用件を聞くから。どこのなんていう方？」

「あ……すいません、名前は……。でも、トリヤマ製薬の営業の人だそうです」

「トリヤマ製薬？」

デスクを離れようとした朱莉の動きが止まる。男性社員に向けていた視線をおそるおそるオフィスの出入り口へ移したが、面会人は大人しく廊下で待っているらしく、そこに人影はない。

医療機器を扱《あつか》う会社の営業と、医療薬品を扱う製薬会社の営業が知り合いであることは、なんの不思議もない。征司は大学病院にも出入りをしていて、馴染《なじ》みのドクターなどもいる。その関係で知り合ったとも考えられる。

だが、トリヤマ製薬の営業と聞いて、朱莉はにわかに胸騒ぎを覚えた。

（まさか……ね……）

嫌な予感はするが、引き受けてしまったものを撤回はできない。朱莉は緊張したまま廊下へ向かう。そしてそこで待っていた男性に、顔を確かめるより早く深く頭を下げた。

「――お客様、三宮はただいま外出しております。お約束があったとのこと、大変申し訳ございません」

頭を下げたまま、そう謝罪を口にする。男性は朱莉が顔を上げると、驚いたみたいに目を見張った。

しかし、驚いたのは朱莉も同じだった。嫌な予感はしていたものの、まさか本当に彼がここへ現れるとは。

――五年前に別れた元恋人といきなり再会するなんて、誰だって思わないだろう。

朱莉は強張《こわば》りそうになる頬を無理やり上げて、取り繕《つくろ》った笑みを浮かべる。平気なふりをして、まるで友だち同士だったときのように声をかけた。

「……こんにちは、長谷川《はせがわ》君。……すっごい久しぶり」

昔通りの明るい声で話しかけたので、長谷川亮哉《りょうや》はわずかに安堵《あんど》したようだった。

「やあ、朱莉。五年ぶりだな。お前、まだここで仕事してたんだ？」

親しげな笑みと砕けた口調で、懐かしげに話し出す。

口元が引きつりそうになるのをこらえ、朱莉は笑顔をキープした。

「なによそれ、そう簡単に辞めないわよ」

顔が無理をしている分、声が震えてしまいそうだ。それを誤魔化《ごまか》すためにも、彼女は亮哉の腕をバンッと叩いた。すると彼も朱莉に合わせ、ポンっと彼女の肩口を叩く。

「お前、気は利くし世話焼きだし。てっきり、もう嫁にいって寿《ことぶき》退社でもしてると思ってたぞ」

「残念でした。世話好きのおせっかい女でも、もらってくれる人がいないと、いつまでも会社にいることになるのよ」

「おいおい、そこまで言ってないだろう」

「褒《ほ》め言葉のつもりで言っても、微妙な年齢の女相手だとそういうふうに取られる場合もあるってこと、覚えておいたほうがいいわよ」

「勉強させてもらいまっす」

「ふーんだ、私なんて、もうお局様《つぼね》候補なんだからね」

「それはひでーな」

　砕けた会話にアハハと笑い、亮哉は屈託《くったく》のない笑顔を見せる。朱莉が肩に載ったままだった彼の手をパッパと埃《ほこり》のごとく払うと、彼は「あ、冷たい」と呟《つぶや》き、さらに笑った。

　まったく構えたところを見せないその態度に、昔を思い出して胸が痛む。

　亮哉は態度も外見も、五年前とさほど変わっていない。軽薄な印象を持たれがちな、ほどほどに整った顔。毛先を遊ばせた髪型はお洒落《しゃれ》ではあるが、年配の男性などには嫌われてしまうのではないだろうか。今はネクタイを締めたスーツ姿だが、流行を追ったカジュアルスタイルのほうが、彼には似合いそうだ。

（征司とは正反対だわ）

　分野は違えど同じ営業。ついつい征司と比べてしまう。

　亮哉は、朱莉と征司の共通の友人であり、朱莉のかつての恋人でもある。ここ五年は全国転勤を繰り返していたため、まともに連絡も取っていなかった。

　朱莉は視線を逸《そ》らし、当初の用件を口にする。

「征司に用事だったんでしょう？　会う約束してたのかな。でも、出かけちゃってるんだよね。ごめん、わざわざ来てもらったのに」

「ウチの会社、ここから歩いて十五分だし、わざわざってほどじゃない。それに、俺が勝手に来ただけなんだ」

「え？　でも、アポあるって……」

「一週間前に征《せい》に連絡とってさ、近々会いに行くって言っただけなんだ。いつ、とは言ってなかったから、今日訪ねてくるなんてあいつも分かんなかったんじゃないかな」

「一週間……」

この一週間、征司は亮哉が帰ってきているという話など、ひとこともしてない。

朱莉が亮哉と知り合ったのは大学に入ってからだが、征司と亮哉は高校の頃からの親友だ。知り合った時期に違いはあれど、大学時代は三人とも親しくしていたのだから、亮哉が会いにくるとひとことくらいは話題に出てもよさそうなものだが。

（一週間前……）

朱莉の脳裏に、この一週間、自分に起きた環境の変化が思い浮かんだ。

いきなり「友だちをやめたい」と言い出した征司。冗談《じょうだん》だと思っていた朱莉に本気を示し、お試しエッチにまで進展した。そして彼は、朱莉にこう言った。

『……もう、忘れてもいいだろう……。――五年も前のことなんて……』

脳裏をよぎった言葉に、一瞬息が止まる。もしや征司は、亮哉が帰ってきたことを知ってあんな行動に出たのではないか。

「征も、朱莉のことはなんも言ってなかったからさ、てっきりお前は仕事辞めてるんだと思ってたんだよな。……あいつ、連絡したときに教えてくれたらよかったのに……」

不満そうに呟《つぶや》く亮哉の声で我に返った朱莉は、苦笑いを浮かべた。

彼と同じことを考えたものの、よく考えてみれば、征司としては言い出しづらい話題だったのだろう。

亮哉が心変わりをして、捨てた女の話など……

「それだけならまだしも、お前にも言ってなかったんだ？　俺のこと」

「え？　ああ、まあね。だからびっくりしたわよ。なに？　今度はどこの支社に行くの？」

「新年度から本社勤務になったんだ。五年間、全国の支社、支店、営業所で鍛《きた》えてきたからな。しばらくは本社にいられるらしい。ライバル会社に追いつけ追い越せで頑張るさ」

「あらー、いい心がけじゃないの。そのライバル会社に入社試験で落とされた恨《うら》みは、もう忘れたんだ？」

「忘れてないから、頑張ってんだよっ」

「アハハ、まぁ、せいぜい頑張んなさいよ」

構えた様子を見せない亮哉に、気持ちが軽くなる。すると、亮哉はスーツから名刺とボールペンを取り出し、名刺になにかを書き込んで朱莉の手に持たせた。

「じゃ、俺行くわ。いないならしょうがないしな。……でも、お前に会えてよかったよ。征にもよろしくって伝えてくれ」

最後の言葉にドキリとしたのは、彼の口調が落ち着いたものに変わったせいと、名刺を握らせたとき、亮哉の手が朱莉の手を握り締めたからだ。

しかしその胸の高鳴りは、決して心地よいものではない。焦りと戸惑《とまど》いから生まれたものだった。

さりげなく彼の手を解き、朱莉は事も無げに笑って見せる。

「うん、分かった。戻ってきたら言っておくわ。仕事頑張ってよ、長谷川君。ライバル会社を追い越したら、教えにきてよ」

「……それって、もう二度と現れるな、ってことか？」

「想像に任せるわ」

悪ふざけのつもりだったが、亮哉は言葉に引っかかりを感じてしまったらしい。彼は、身を屈《かが》めて朱莉に顔を近づけた。

「今度……、飲みに行こうか。……ふたりで」

共通の友だちである征司も交えて、という話ではない。その言葉が意味するところを悟ってすぐ、朱莉は彼の背後に見えるエレベーターホールを指差した。

「無理。私、忙しいのよ。ご飯作ったり部屋を片付けたりしてあげないと、ゴミに埋もれて死んじゃうんじゃないかって奴のお守《もり》をしているんでね。はいはい、お帰りはあちら」

亮哉は彼女がペットのことを言っているのだと思ったのだろう。「犬に負けたー」と苦笑いを浮かべ、手を振ってエレベーターホールに向かった。

彼を見送ることなく、朱莉もすぐにオフィスへ入ってデスクへ戻る。そうして椅子に腰を下ろし、大きく溜息《ためいき》をついた。

（疲れた……）

ほんの数分のことだったのに、妙に体力を使った気がする。最初は亮哉が以前と変わらない様子だったので安心していたが、最後の態度に一気に疲弊《ひへい》させられた。

だが、密かに征司をたとえた言葉だったのに、犬と勘違いするとは。今更ながら噴《ふ》き出しそうになりつつ、朱莉は持っていた名刺を目の前にかざした。

亮哉は大学を卒業してトリヤマ製薬へ入社し、営業職に就《つ》いた。最初の二年は本社で鍛《きた》えられ、その後、転勤族となったのだ。この五年間、電話一本なかったため、関わりは完全に切れたと思っていた。

名刺には、彼の名前や会社のメールアドレス、携帯番号などが印刷されている。それだけならよかったのだが、携帯番号の下にボールペンで書かれた別の番号を見つけ、朱莉は不快な気持ちになった。

これはプライベート用の番号だろう。別れ際に誘いの言葉をかけてきた彼を思い出し、ふんっと鼻を鳴らす。——相変わらずだ。五年経っても、変わっていない。

「昔も……、この調子で、看護師さん誘ってたんだろうなぁ……」

そのままデスク脇のゴミ箱へ名刺を落とす。そうして気を取り直すように大きく息を吐き、パソコンに向かった。

第三章　ふたりきりの残業

征司が帰社したのは、十七時四十五分の終業時間から、一時間半近く経過した頃だった。今日は珍しく、営業課の課員たちが定時や一時間ほどの残業で上がってしまった。そのため征司が戻ってきたとき、オフィスに残っていたのは朱莉だけだった。

「おー、待ってたな。偉い、偉い」

仕事が上手くいったらしく、征司はご機嫌《きげん》だ。一方、デスクで新製品のカタログを眺めている朱莉は、表情が少々渋い。そんな彼女に近づき、征司は背中をぽんぽんと叩く。

「一時間半も待たせたからな。帰ったかと思ったぞ」

「一応っ、上司の命令だし」

「うんうん、いい心がけだ。そうだ、じゃあ、上司命令として『友だちやめなさい』って言えば、朱莉はやめる決心がつくんだな」

「それとこれとは話が別でしょっ」

調子に乗る征司を一喝《いっかつ》しながら顔を向ける。すると、目の前に可愛いサンドイッチのワンポイントマークが付いた、白い紙袋が差し出された。

「ほら、腹減ったら怒りっぽくなるから。とりあえず食おうぜ。朱莉が好きなサンドイッチハウスのクラブハウスサンド、買ってきたぞ」

確かに、終業から一時間半も待たされてお腹がすいている。心憎いお土産《みやげ》に怒りは消え、朱莉は紙袋を両手で受け取り「へへーっ」と時代劇の町民よろしく頭を下げた。

「ありがとうございますーっ。ではでは、わたくしめはコーヒーなぞ淹《い》れてまいります」

「うむっ、苦しゅうない」

乗ってきた征司を上目遣いに見た朱莉は、視線が合った直後、彼と同時に笑い出す。

朱莉は、征司がいつも通りの態度をとってくれたことに安心した。征司が出かける前、階段の踊り場で深刻な雰囲気になってしまったときのことを気にしていたのだ。

征司もまた朱莉と同様に、多少気まずく思っていたのだろう。先ほど「帰ったと思った」と口にしたことからもそれが分かる。

「お疲れ様。外回り疲れたでしょう。ひとまず、いつものお茶でリラックスする?」

「いや、コーヒーだけでいい。朱莉の顔見てりゃ疲れもとれる」

「なに喜ばせようとしてんのよ。よし、おっきいマグカップになみなみ淹れてきてあげる」

「いやがらせかっ」

「疲れて帰ってきた上司に対する部下の愛に決まってるじゃない。あ、机の上、片付けておいてね」

朗《ほが》らかに笑いながら、朱莉はどことなく弾《はず》む気持ちを抱え、給湯室へ向かう。

本心からのねぎらいの気持ちを込めて、コーヒーをたっぷり淹れてあげるしかない。

＊＊＊

朱莉は満足そうだったが、「部下の愛」という言葉に、征司は少々不満を感じていた。

「部下、じゃなくて……、恋人としての愛が欲しいところだよなぁ……」

溜息《ためいき》が出たものの、気を取り直し、鞄《かばん》を傍《かたわ》らに置いて朱莉のデスク上を整理し始めた。

カタログや書類などを分け、種類別に重ねていく。征司は部屋の掃除は苦手だが、仕事に関した細かい整理は得意だ。

その途中、ふと、デスクの片隅に置かれた名刺ホルダーの横からはみ出す紙片《しへん》を見つけ、何気なく引っ張り出す。出てきたのは名刺だった。

「え……?」

その内容に、思わず声が漏《も》れた。

書かれた名前を凝視《ぎょうし》しながら眉を寄せる。亮哉の名刺だ。しかも本社の住所が書かれていることからして、つい最近のものである。

なぜこれを朱莉が持っているのだろう。ホルダー内に整理されることもなく、名刺ホルダーと資料を立てたブックエンドの隙間《すきま》に挟まれていたことから考えるに、誰かが彼女に渡そうと置いていったのだろうか。それとも……

(亮哉に、会った……?)

苛立《いらだ》ちを覚え、今すぐ給湯室へ朱莉を問い詰めに行きたい衝動に駆られる。

だが征司は大きく息を吐き、気持ちを落ち着けて、名刺をスーツの内ポケットに収めた。

＊　＊　＊

朱莉が給湯室から戻ると、征司は近くのデスクから無造作に引き寄せた椅子に腰かけた。

机の上はすっかり片付いている。そこに朱莉がふたり分のコーヒーカップを載せたトレイを置くと、征司は小さく噴《ふ》き出した。

ふたつあるうちの片方には、朱莉の宣言通りなみなみとコーヒーが注《そそ》がれている。

「よく運べたな」

「少し零《こぼ》れたけどね」

へへ、と笑い、朱莉はサンドイッチハウスの紙袋を手に取った。ふたりがお気に入りにしているクラブハウスサンドで、残業前の腹ごしらえである。朱莉は、中に入っていたものを見てにんまりと笑みを浮かべる。

「あんたって、気が利くよねぇ」

彼女が取り出したのは、サンドイッチではなくクリームババロアのカップ。おそらくデザート用に買ったものなのだろう。次にサンドイッチを取り出し、朱莉は征司と膝を突き合わせるように椅子に腰を下ろした。

いただきますと食べ始めたのはいいが、朱莉が最初に手をつけたのはババロアである。順序が逆ではないか。

朱莉は、デザートであるババロアを一気に食べてしまいそうな勢いだ。征司としては、「サンドイッチも食え」と言いたいところではあるが、彼女の嬉しそうな顔を見て、その言葉をぐっと呑み込んだ。

「おいしーい。イチゴショートもいいけど、ババロアも絶品ね」

「悪いな。出先の周辺にはケーキ屋がなかったんだ」

「いいの、いいの。デザートまで用意してもらって、嬉しい残業手当よ」

「ん？　今日の残業手当はこれでいいのか？」

「んなわけないでしょうっ。残業届は出すわよ。ハンコもらいますからねっ、課長っ」

「分かったよ。何個でも押してやる」

「一個でいいわよ」

ふざけて眉を吊り上げてみせる朱莉を見てハハハと笑い、征司は自分のクラブハウスサンドにかぶりつく。残業届には課長である征司の承認印が必要となる。彼としては、ついつい朱莉に甘くなって、残業手当以外にこんな差し入れまで付け足してしまった。

「それにしても、お前さぁ、本当に甘いもん食ってるときは幸せそうな顔するよな」

「ん？　そう？」

「うん。その、ほにゃら～って顔がさ、妙にそそるんだ。昔から」

最後のひと口を掬《すく》った朱莉のスプーンが止まる。「そそる」に反応してしまった彼女は、慌てて征司から少し身体を離した。

「セっ、セクハラですかっ、課長っ」

「本当のことだ。どこがセクハラなんだよ」

「性的な話題を出すのは、立派なセクハラですよ。課長」

そんな言葉を口にしながら、朱莉はついニヤニヤしてしまう。彼をこうしてからかえるのは、自分の部下としての立場を利用しているからだ。

それに気づいている征司は、眼鏡のブリッジをくいっと上げ、コホンと咳払いをして、仕事用の声を出した。

「それなら、上司として聞くが。――東野君、俺が留守中、来客や伝言はなかったかな？」

「え？　……い、いいえ……、私は預かっていませんが……」

「君がコーヒーを淹《い》れに行っている間に俺のデスクを確認したが、来客を伝えるメモはなかった。とすると、俺に用事がある人間は来ていないと、そう理解をしてもいいんだね？」

「は、はぁ……、そうですね」

征司の外出中に亮哉が訪れたことを、朱莉はメモに残さなかった。征司が亮哉の存在を朱莉に伝えず隠そうとしたのなら、知らないふりをしたほうがいい。そう思ったからだ。だが改めて問い詰められると、気まずさに返事が濁《にご》る。

カップのコーヒーを飲んでハアと息を吐くと、征司はスーツのポケットへ手を入れた。

「そうか。じゃあ、こいつは、俺に用事があって来たわけじゃないんだな」

ババロアの最後のひと掬《すく》いを口に入れていた朱莉の動きが止まる。スプーンを咥《くわ》えたまま、彼女の目は征司がポケットから出したものに釘づけになった。

亮哉の名刺だ。しかし、捨てたはずのそれがどうして征司の手に渡ったのだろう。毎日、終業時間直前に望美がゴミ箱の整理をしてくれているので、名刺はとっくにゴミとして回収されているはずなのに。

征司に、部下の仕事ぶりを探るためにゴミをチェックする習慣があるとも思えない。朱莉は色々と思考を巡らせたが、結局、疑問をそのまま口から出した。

「……どうしたの、それ……」

「名刺ボックスの横に挟まってた」

「え!?」

視線だけを動かし、デスクの片隅に置かれた名刺ホルダーを見る。

朱莉は自分がもらった名刺はもちろん、覚えておかなくてはならない取引先などの名刺も、インデックスで仕切って整理をしていた。

(もしかして、望美ちゃん……)

ふと、ひとつの可能性が頭をよぎる。

朱莉はゴミ箱に捨てたつもりでいたが、床に落ちていたのかもしれない。それをゴミ箱の整理をしていた望美が見つけ、拾っておいてくれたのではないだろうか。

名刺には、社名が目立つように入っている。トリヤマ製薬の社員が征司に会いに来たことは望美も知っているので、社名を見て、これは捨ててはいけない名刺だと思ったのだろう。

終業間際、朱莉は他の部署へ顔を出していたので、先に帰った望美と顔を合わせていない。名刺ホルダーの横に挟んでおいてくれたようだが、カタログに気をとられていた朱莉は、それに気づけなかった。

今更ながら、征司にデスクの片付けを頼んだことを後悔する。カタログを寄せた彼は、ほんの少し自己主張をしていた名刺を見つけてしまったのだろう。

（なんて、運の悪い……）

これは素直に謝るしかない。亮哉は本来、征司を訪ねて来たのだし、それを朱莉は自分の感情で隠そうとしていたのだから。

「あの……、ごめ……」

「一週間前、連絡があって近々会いに行くって言われていた。あいつは当然、俺に会いにくるんだろうと思ってたけどお前に会いにきたのか？」

「……征司」

「で？　会いにきたことを隠していたわけだ？　プライベートの電話番号まで名刺に書いてある。……亮《りょう》は、また朱莉に会いたいって思ってるってことなのか？」

「ちょっと……、いい加減に……」

謝ろうとしているのに、追及が止まらない。言葉の端々に、皮肉めいた感情が見え隠れしている。たとえ取引先の担当者が訪ねてきた件を言い忘れても、征司はこんな責め方はしない。

亮哉だったからこそ、その口調には棘《とげ》があるのだ。おまけに朱莉は亮哉と会ったことを隠そうとした。それが、征司の気に障《さわ》ったのだろう。

だが、亮哉の話をあまりしたくないことを、征司は分かっているはず。それにしては少々責め方がしつこくないか。朱莉は苛立《いらだ》って腰を浮かせる。すると同時に征司も立ち上がり、朱莉との距離を詰めてきた。

「朱莉……」

「な、なによ……」

征司の真剣な顔が迫り、思わずあとずさってしまう。しかし、すぐに尻がデスクにぶつかって後がなくなった。

「お前は、会いたくないよな？」

「なに……よ……、今更……」

「名刺に番号が書いてあったけれど、かけるつもりなんてないよな？」

膝が触れ合うほどの至近距離だというのに、征司はさらに真剣な顔を近づける。朱莉は身体を後ろへ反《そ》らし、片手をデスクについた。困惑したまま征司を見つめていたが、気を取り直してキッと眼鏡の奥を睨《にら》みつける。

「当たり前でしょう……。だいたい……、それ、捨てたんだからね……。見つけた子が、気を利かせたのよ、きっと……」

「朱莉」

「な、なによ、だから、誰も来ていなかったとか嘘ついたのは悪かったけど……」

「キスしていいか？」

「は？」

これまでの話の流れから、どこをどうしたらそんな言葉が出るのか分からない。だが征司は、真剣な表情のまま、朱莉の身体に腕を回した。

「ちょっ……征……」

後ろにはデスク。そのうえ、そこについた手を離したらバランスを崩して倒れてしまいそうな体勢である。そんな中、身体に腕を回されたら逃げることも叶わない。

「征司っ……」

戸惑《とまど》う朱莉の声が唇ごと征司にふさがれる。彼を叩こうとしてデスクについていた手を離してしまい、ぐらりと身体が後ろへ倒れそうになった。

そんな彼女の身体を、征司は今まで以上に強く抱き締めた。

舌を絡められたり吸い上げられたりすると、舌に伝わるかすかな振動と熱が全身をぞくりと粟立《あわだ》たせる。とろりとした甘い痺《しび》れに、昨夜のお試しエッチを思い出してしまった。

（やだ……、ちょっと……私）

力強い腕と密着する胸。今は衣服が隔《へだ》てているというのに、昨夜重ねた素肌の感触が脳裏に甦《よみがえ》ってくる。それだけで、下半身がじくりと熱く潤《うるお》った。

「やっ……征……」

征司の腕を掴み、無理やり顔を離す。唇が迫ってこないように俯《うつむ》いてみたが、無駄な抵抗だった。彼の唇は迷いなく朱莉の耳を食《は》む。

ビクリと朱莉の身体が震える。耳の形に添って上下する征司の唇が、クスリと微笑《ほほえ》んだ。

「朱莉、耳まで赤いぞ」

「うっ、うっさいっ。……やめ……んっ……」

耳どころか全身熱くなっているのが分かる。つい先ほどまでは忘れていられたというのに、身体に触れられた途端《とたん》に甦《よみがえ》った昨夜の情事の記憶が、朱莉を昂《たかぶ》らせた。

「ちょっと……、やめな、……さい、よぉっ……」

「やだ」

「馬鹿っ、これから……仕事っ……」

「そんな気分じゃなくなってきた」

「なに言ってんのよ、とにかく離し……」

「朱莉もだろう?」

征司の指摘に、鼓動が大きく胸を叩く。朱莉が昨夜の出来事を思い出したように、征司も彼女を抱いた昂りを身体に甦らせているのだろう。

だからといって「うん」などと頷《うなず》くわけにはいかない。ここで流されれば、昨夜と同じ結果が待っている。

友だちでいられなくなる理由が、またひとつ増えてしまうではないか。

「征司、あのさ……、やっぱりこんなの……」

こんなことはやめよう。そう提案したかったのに、征司の囁《ささや》きに遮《さえぎ》られる。

「……朱莉……、キスしたい。——亮とした回数より、たくさん、俺と……」

深くて穏《おだ》やかな声色。息を止め、抵抗を戸惑《とまど》いに変えた朱莉の唇を、征司が強引に奪った。

「……ンッ……うっ……」

深いところまで舌が侵入してきて、喉《のど》の奥から呻《うめ》きが漏《も》れる。息苦しくて身体を反《そ》らすと、背に添えられていた征司の片手に顎《あご》を押さえられ、上から強く唇を押し付けられた。

上顎を舌でなぞられ、ゾクゾクとした感覚に身を震わせる。朱莉の身体は征司がしっかりと抱いているので、これでは彼の行為に反応していることを、すべて本人に知られてしまう。

気をよくした征司は、口づけを続けながらゆっくりと椅子に腰を下ろす。朱莉は現在の自分の体勢に困ってしまった。彼が足を開いてくれているのならその間に身体を入れることができるが、膝を開こうとしない。困惑しつつ前のめりになっていると、いきなり腰を持ち上げられて彼の膝に座らされた。

(ちょっ……!!)

あまりのことに思わず目を見開く。膝に座らされるのも横向きならまだましだったのに、突然だったので、引き寄せられるまま彼の太腿《ふともも》を跨《また》ぐ体勢で座ってしまった。

そのせいでスカートが腿《もも》の上まで捲《まく》れ、なんとも恥ずかしい格好になっている。朱莉が慌てて両手でスカートを押さえると、征司の目がゆっくりと朱莉を捉《とら》えた。

レンズ越しに絡んだ彼の視線は、どこかズルイ色を浮かべている。朱莉はキッと睨《にら》みつけ、離せという意味を込めて身体をよじった。

「ああ、ごめんごめん」

するとなにを思ったのか、征司は笑いながら唇を離し、指先で朱莉の目の下から頬を撫《な》でた。

「眼鏡が当たって痛かったか？　ごめんな、つい夢中になって。でも、外すのは嫌だし、当たらないように気をつけるよ」

「そうじゃなっ……！」

勘違いを正そうとした声がキスで止められる。そのタイミングのよさたるや——まるで征司は朱莉がなにに対して焦っているのか分かっていて、わざとずれた返答をしているかのよう。

（ス、スカート捲れちゃうってば！）

一番の問題はそこである。手を離せば、開いた足に押し上げられるまま、腰まで捲れ上がってしまいそうなのだから。

それなら征司の膝から下りればいい。だが身体に回された彼の両腕が、がっちりと頭と腰を押さえているので、動くにも動けない。

「んっ……ハァ……、せいっ……じっ」

貪《むさぼ》られるようなキスの合間に吐き出される声は、彼を咎《とが》めようとしているにもかかわらず、甘く切ないトーンを含んでいる。朱莉としては認めたくないが、間違いなく征司のキスに翻弄《ほんろう》されていた。

甘く吸いつかれ、激しくも丁寧《ていねい》な舌の動きに体温が上がる。いつの間にか自分から唇を開き、彼がくれる口腔《こうこう》の愛撫《あいぶ》を待っていた。

征司のキスにほんわりと陶酔《とうすい》しかかった瞬間、朱莉の手の力が緩《ゆる》み、するりとスカートが捲れ上がってしまった。

ハッと我に返って押さえようとしたが、足の付け根のところで布が溜まったスカートは、なかなか下がってくれない。

ふいに、頭を押さえていた征司の手が離れる。もはや彼の唇を避けようとする気力もなくなっていたが、その手が捲れたスカートを辿り足の付け根に下りてきたとなれば、話は別であった。

朱莉は慌てて唇を離し、彼の手を両手で押さえた。

「せっ、征司っ」

「ん？」

「そこっ、だめっ」

「どうして？」

「だって……」

「……濡《ぬ》れてるから？」

ドキリと胸が鳴り、それがそのまま顔に出る。征司はクスリと笑って、朱莉に再び唇を寄せた。

「朱莉……、キスしてたら気持ちよさそうだったから……。濡れてるんだろうな、って思ってた……」

「ちょっ……とぉ……、キスして気持ちいいとか……言い方、やらしいよ……」

「俺は気持ちよくなってるぞ。証拠に、触ってみるか？」

「どこをっ」

ムキになった朱莉の唇に、征司の唇が重なる。同時に、止まっていた指先がストッキングと下着の上から秘部に触れた。

朱莉は腰をよじるが、彼は指でそこを縦に擦り、ピンポイントで押し付ける。

「……やっ、……ちょっとぉ、私、キスで濡れてなんか……」

「ばーかっ、ナマで触んなくたって滲《にじ》んでくるから分かるんだよ。このまま穿《は》いてんのが気持ち悪くなるくらい濡らしてやろうか?」

「エロいっ!」

征司の言葉が恥ずかしすぎる。また、こんな体勢で秘部を触られている事実も、さらに恥ずかしい。照れ隠しの方法も思いつかないまま、朱莉は両手でぽかぽかと征司の頭を叩いた。

「言ってることがエロいっ。この、欲求不満っ」

「いいだろ、本当のことだし。第一、欲求不満も大当たりだ。朱莉に触りたくて苛々《いらいら》してる」

「い、いっそ、おっ、お金出して解消してもらってきなさいっ、そんなもんっ」

「朱莉じゃなきゃ勃《た》たないって、昨日も言っただろうが。カッチカチになってるぞ、触ってみるか?」

「そーいう恥ずかしいことを口に出すなぁっ」

征司の肩をグイっと押し身体を離そうとするが、朱莉の腰を抱く彼の腕はびくともしない。そのうえそれまで軽く滑らせていた指がグイッと花芯《かしん》を押し、彼女の身体は飛び上がるように震えた。

「お前だって、恥ずかしいことになってるくせに……」

今までよりも強く、指がそこを擦る。ショーツがしっとりと秘部に貼り付いてくる感覚に、今、自分がどんな状況になっているのか見当が付いた。

「や、だ……、征っ……」

「誰がキスじゃ濡《ぬ》れないって？　これ、キスしてるうちになったんだろう？」

「知らないわよっ、そんなふうになったことないもん。……んっ、……やぁっ……ンッ」

秘部をさすっていた指がピタリと止まる。やっとやめる気になったのかと征司に目を向けると、彼の鋭《するど》い視線とぶつかった。

「なったことないのか？」

「な、ないわよ……」

「じゃあ、俺がするキスが、今までで一番気持ちいいってことだよな」

「なっ……」

なんという前向きな思考。嬉しそうに微笑《ほほえ》んだ征司の唇が再び重なり、秘部を探っていた手は背へ回される。朱莉を強く抱き締めながら、彼は情熱的なキスをくれた。抵抗を忘れた朱莉は、つい従順にそれを受け入れてしまう。

キスをしてきたときの征司が、あまりにも嬉しそうな表情をしていたので、突き放《はな》せなかったのだ。

——征司のキスが、今までで一番気持ちいい。

それが征司にも伝わって昂《たかぶ》っているということが、チュッチュッと小刻みに唇をついばむ彼の様子から分かる。

（そんなことで喜ばないでよ……。もう……）

だが、決して嫌な気分ではない。やがて征司の唇は首筋に移動し、次の行為に進もうとするように、彼の指がブラウスにかかった。

「ちょっと、征司……、いくら嬉しいからって……」

「嬉しくて止まんないんだよ」

「そんなに、嬉しいの？」

「嬉しいっ」

首元を露《あら》わにされてすぐ、鎖骨《さこつ》を唇がなぞる。彼はブラウスのボタンを外し、ブラジャーの丸みをまさぐりながら前をはだけさせた。

朱莉は征司の肩に置いていた手を彼の頭へ回し、軽く抱く。彼の手の動きで鼓動が高まるのを感じつつ、そっと問いかけた。

「――亮哉より……、征司のキスのほうが気持ちいいんだって、分かったから？」

刹那《せつな》、征司の愛撫《あいぶ》は止まる。だが、すぐにまた手と唇を動かし始めた。

「そうだ。……俺が一番だって分かったら、嬉しいのは当たり前だろう？」

「……私が、昔、亮哉と付き合ったことがあるから？」

「ああ……」

質問する前より、わずかに手つきが荒くなった気がする。昂っているのか苛立《いらだ》っているのか、どちらなのだろう。

「でもそんなの……。五年も前の話だよ……。それも、関係は一カ月間だけしか続かなかったし……」

「それでも、お前は亮が好きだったんだろう？　だからあのとき、あんなに泣いて……」

征司はそこで言葉を止める。そして、これ以上口にしたくないと言いたげに、彼女の肌を荒々しくまさぐった。

彼はブラジャーの上からふくらみを強く掴み、盛り上がった胸元に吸いつく。焦《じ》れったくなって腰を動かすと、彼のズボンの前面が、随分《ずいぶん》と張り詰めているのが分かった。

「うん……、好きだったよ……。友だちとして……」

朱莉が寂しげな声を出すと、征司が胸元から顔を上げた。声と同じくらい寂しげな表情をする朱莉をしっかりと見つめ、彼は中指で眼鏡のブリッジを上げる。

「『好きだ、好きだ』って押されて、……大好きな友だちだった亮哉が泣きそうになってるのを見るのが辛くて、……そういう関係になっちゃった。そんなの、長続きするわけないよね……」

大学時代を、共に過ごした友だち。

征司の親友だった亮哉。親しくなったのは征司より後だったが、一緒にいるうちに彼も、朱莉にとって大切な友だちになった。

征司との関係と同じくらい上手くやってきたはずだったのに、就職してしばらく経ち、その関係は変わる。

亮哉が、朱莉に言ったのだ。

『いつまでも朱莉を、友だちだなんて思えない』

友情の強制終了宣言。

それは、朱莉にとって青天の霹靂《へきれき》ともいうべき出来事だった。

「あとは、征司が知ってる通りだもん。結局はすれ違って別れて……。亮哉は仕事で出入りしていた病院の看護師さんに手を出してたし。中途半端な気持ちで付き合い始めた私も悪いけど、別れ話のときの亮哉のひとことも、ショックだった。『近くにいた女だったから、抱いてみたかった』って……。そんないい加減さだったんだもん、キスしたって、気持ちいいはずないでしょう?」

できれば、もう思い出したくなかった。

でも今日、亮哉に会って昔のように話ができたことで、少し気が緩《ゆる》んだのかもしれない。征司になら、話してもいい。そう思えたのだから。

そんな朱莉の想いを知って、征司は辛そうに眉をひそめた。

彼がお試しエッチを提案したとき、朱莉は自分を好きだと言ってくれる男でなければセックスには応じたくないと言った。だから、友だちとしてでもいいから「好きだ」という態度を見せてくれと。

友だちとして過ごしてきた亮哉と、男と女として繋《つな》がった結果、朱莉が感じたもの。それは、友情の崩壊だった。だから朱莉は深く傷ついたのだ。

「ごめん……、朱莉」

口にしたくなかった過去を話す彼女の髪を撫《な》で、征司はその目尻に口づける。

こんなしんみりとした話をさせてしまったことに対する謝罪なのだろうと思った。しかし、両腕で強く抱き締められ、間近に迫る彼の唇が歪《ゆが》んだのを見たとき、それは違うと悟る。

「残業届……、ハンコ押してやれそうにない……」

「どうして……？」

「残業やめて、このままお前を、どっかに連れ込んでやろうって考えてるから」

「……正直者」

そっと唇が重なる。顔の角度を変えて唇を吸い、互いの唇からチュッと可愛らしい音がすると、ふたりはこつりと額をぶつけ合った。

「……仕事、どうするの……？」

「明日の朝、早出して片付ける。手伝えよ」

「なによ。私もなの？」

「当然だ。ベッドから一緒に出勤だ」

「なによ。その、やーらしいプランは」

クスリと微笑を浮かべた朱莉の唇に、もう一度ついばむようなキスをして、征司は剥《む》き出しになった彼女の太腿《ふともも》を撫《な》でる。

「好きな女に乗っかられてるのに、やらしくならない男はいないだろう」

「嬉しいの？」

「もの凄く」

ドキリと胸が高鳴った。それは即答した征司の声が、本当に嬉しそうな、穏《おだ》やかな声音であったからだ。

両腕を彼の肩から首へ回し、朱莉は切なげに眉を下げて小首を傾《かし》げる。

「ねえ、征司、お試し期間だから、私に好きって言ってくれるの？」

眼鏡の奥の強気な瞳がかすかに憂《うれ》いの色を宿す。征司は朱莉を強く抱き締め、溜息《ためいき》をついた。

「いい加減、分かれよ。違うって言ってるだろうが。馬鹿みたいに鈍《にぶ》いな、お前」

「口悪いわねぇ」

「いっそ耳をふさぎたくなるくらい、しつこく好きだって言わなきゃ駄目か？」

「征司がやると本当にしつこそうね」

「言ってやろうか？　もう聞きたくないって言っても、俺が言ってることちゃんと理解しないと、やめてやらない」

——言って……

朱莉は心中で、ふと呟《つぶや》く。

思いがけない心の囁《ささや》きに、自分自身も驚いてしまった。

心の中に、征司の言葉を欲しがっている自分がいる。しつこいくらい、心を揺さぶる言葉を欲する我儘《わがまま》な気持ちがある。

彼に寄りかかり、潤《うる》んだ瞳と、溢《あふ》れそうな気持ちをまぶたで覆《おお》う。告白めいた言葉に返答しないまま、朱莉は明朝の予定を確認することにした。

「……早朝出勤分、ハンコもらうからね。……課長……」

征司は、ただ「ああ」とだけ呟き、彼女に優しく口づけた。

残業をやめ、早朝出勤を決めた征司の行動は早かった。

朱莉を膝から下ろして彼女に帰り支度《じたく》をさせている間にデスクを片付け、あっという間に準備万端、退勤の準備を終えたのだから。

(連れ込んでやる、の言葉は偉大だわね)

朱莉はおかしくなるが、それだけ自分を求めてくれているのかと思うと、胸が高鳴る。

目的を考えれば行き先はラブホテルだろうと考えていたが、征司が彼女を連れ込んだのは、小洒落《こじゃれ》たシティホテル。

エレベーターホールへ向かうロビーで、朱莉は並んで歩く征司を肘でつつく。

「かっこつけちゃって」

黙って歩いているのも気まずくて、つい冷《ひ》やかしてしまう。すると、ホテルのキーのリングを指で一回転させて顔の横に掲《かか》げた征司が、得意げに口角を上げた。

「好きな女の前でかっこつけたいのが男ってもんだ」

臆面《おくめん》もなくそんなことを言う。もう一度茶化してやろうかとも思うが、その前に照れくさくなってしまって、朱莉は口を開けたままなにも言えなくなってしまった。

いつもなら、照れると饒舌《じょうぜつ》になってしまうのに。調子が狂ったのは、照れより嬉しさのほうが大きかったから。

乗り込んだエレベーターの中はふたりきり。彼は階数表示を見上げているが、お互い沈黙したままで、なんとなく気まずい。仕事ならばともかく、セックスをしに行くのだと思うと尚更《なおさら》。

朱莉は焦ってしまい、思いつくまま言葉を並べた。

「で、でもさぁ、こういうところって、アレの用意がないでしょう？　ラブホテルとかならともかく」

「アレ？　ああ、ゴムか？　そんなもん札入れに入ってる」

突拍子もない疑問にあっさりと返答され、逆に面食らう。

「なっ、なんで持ち歩いてるのよ」

「朱莉用に持ってるに決まってんだろ」

「なによそれ、やーらしいわねぇ。連れ込む気マンマンだったんじゃないのっ」

「好きな女にやらしくなって悪いか」

繰り返される、好きな女発言。征司の言葉を理解するまでやめないと言われたものの、本当に実行するつもりなのだろうか。

嬉しい反面不安に苛《さいな》まれていると、エレベーターが停まりドアが開く。

征司のあとを追って降りようとしたとき、目の前にある背中の向こうから照れくさそうな声が響いた。

「朱莉にしか……、やらしくなんねーよ」

その言葉に鼓動が速くなる。だが、ときめく一方で疑問も湧いた。

征司は、いつからそんな気持ちを持っていたのだろう。

友だちやめよう宣言をしたのは一週間前。それ以前は、そんな気配など微塵《みじん》もない、ただの友だちだった。

朱莉にしか欲情できないという言葉が、ただ抱きたいから言っているのではなく恋愛感情があってのものだと考えるならば、征司はその気持ちを隠して朱莉に接していたことになる。

征司は五年待ったと言っていた。

ならば、朱莉が失恋したあのときから、彼女を見つめていたというのだろうか。


部屋へ入ると、すぐに征司は後ろから朱莉を抱いた。そして身体を反転させられ、背中を壁に押し付けられた状態で唇が迫ってくる。

「……せっかち」

「早く朱莉が欲しくて、たまらないんだよ」

逸《はや》る気持ちを表すように、征司の唇は忙《せわ》しなく朱莉を貪《むさぼ》る。いつもの冷静な彼からは想像がつかない激しさだった。

キスの間にブラウスのボタンがすべて外される。彼はブラジャーの上から両手で胸を寄せ、音を立ててふくらみに吸い付く。キスマークがつきそうなほどの強さにドキドキして、朱莉は征司の頭を押して阻止した。

「も……もぅ、痕《あと》ついちゃうでしょ」

「マーキング」

「ばっ、馬鹿っ。それと、こういうところにきたんだから、先にシャワーくらい使わせなさいよ」

「気分的に、それどころじゃないから嫌だ」

「デリカシーないぞっ」

そう責めながらも、朱莉ははにかんだような笑みを浮かべた。

「言ってるだろ。早く朱莉が欲しくて泣きそうなんだよ。……お前と同じでさ、先走っちゃってパンツも濡《ぬ》れてる……」

「デリカシーないってば！」

胸でうごめく征司の頭をぽかっと叩き、ふとどきな発言を咎《とが》めたが、本気で怒っているわけではない。

しかしその一撃で彼は少し落ち着いたらしく、ブラジャーのホックも外さないうちにカップだけ上げようとしていた態度を改め、ブラウスと一緒に取り去って乳房に触れた。

「明日は、会社へ行く前にお前の部屋にも寄ってやる。着替えとメイク道具、取ってきたいだろう？　だから、今度は朝になっても逃げるなよ」

「……うん」

朱莉は両腕で征司の頭を抱き締めた。

（嬉しい……）

彼に欲してもらえることが、こんなに自分を昂《たかぶ》らせるなんて、考えたこともなかった――

　昨日は愛撫《あいぶ》も丁寧《ていねい》で、朱莉の反応をひとつひとつ確かめてから行為に及んだというのに、今夜の征司には、打って変わって荒々しさを感じる。

　かといって乱暴だというわけではない。彼主導で進むセックスは、愛撫が力強く、余《よ》韻《いん》を味わう余裕もない。そのため、朱莉は彼がくれる快感に翻弄《ほんろう》されっぱなしだった。

「征っ……、あっ！　……あぁ……やっ！」

　一突きされるたびに、ベッドに身体が沈み込む。昨夜よりその反動が大きいように感じるのは、征司の昂りが大きいせいなのか、それとも朱莉自身が興奮しているせいなのか。そのどちらか判別がつかない。

「あっ……ふぅ、んっ、強い……よ……。ねぇっ、ダメッ……あんっ！」

　それでも、自分が高まっているのだと認めたくなくて、この激しさを彼のせいにする。

　朱莉が訴えたとき、強く打ち付けられていた腰がふっと止まった。征司は朱莉を抱き締めたまま大きく息を吐き、顔を上げる。

「……悪いけど、……俺、余裕ない」

　ドキリと胸が高鳴る。眼鏡を外した征司は眉をひそめている。その目には、余裕がないという言葉通り焦りが見えた。それは、朱莉を求めるあまり歯止めがきかない彼の気持ちを示している。

「今夜は、優しくできない」

「どうして……？」

「お前を……もっと、俺のものにしたいから」

唇が重なると同時に、激しい抽送《ちゅうそう》が再開される。攻め入る彼を手助けするように、朱莉は両足を彼の腰に絡めた。

深く強く押し入ってくる滾《たぎ》りが、肌の熱を上げる。全身が下半身からとろけてしまいそうだった。

（……やだ……、気持ちいい……）

口には出せない言葉を、心の中で密やかに呟《つぶや》く。内面からこんなにしっとりした気持ちになれたのは、これが初めてではないだろうか。

昨夜も征司に快感をもらったが、今夜はそれ以上に気持ちが昂《たかぶ》っている。

「ヤバ……、昨日よりいい……」

同じ感想を征司が呟き、朱莉は思わず笑みを浮かべた。

昨夜はお互い、友だちから一歩踏み出すためのお試しと構えてしまっていた。だが今夜は、リラックスできているような気がする。きっと、征司がゆっくりと朱莉の気持ちを解《ほぐ》してくれたからだろう。

ずっと心にしまっていた過去の失敗。

恋と友情のはざまで、悩んでいた気持ち。

それらについて征司に聞いてもらえたことも、大きいのかもしれない。

そして彼がくれた言葉が、いつまでも朱莉の記憶から消えない。

——好きだ……

それは、甘いトーンで全身に沁《し》み渡り、しっとりと淫《みだ》らな気持ちを起こさせる。

「まずいな……、本当に、イきそうだ……。気持ちよすぎる……」

我慢を強《し》いられ辛そうな彼の表情に、つい見惚《みと》れてしまう。欲望を剥《む》き出しにした言葉に対し、いつもならばツッコミのひとつも入れるところだというのに、それができない。

「朱莉も気持ちいいだろ?」

「そういうことを女に聞くなって、朝言ったでしょ……」

「素直に言ってくれたほうが、嬉しいんだぞ」

「……そ……、そんなこと……」

本音は心の中でしか言えない。だが、征司が気持ちいいと言ってくれれば嬉しい。彼も同じなのだとすると、この本心を口にしたら、彼はどんなに喜んでくれるだろう。

(征司……、喜んでくれる？　やらしいなって、馬鹿にしない？)

そんなことを考えていると、いきなり腕を引かれ、身体を起こされた。朱莉は驚いて征司に抱き付く。

両足は彼の腰に絡みつけたままだったので、ベッドの上に座った征司に跨《また》がる体勢になった。オフィスでも似たような格好をしていたような気がする。違うところといえば、今はしっかりと秘部が繋《つな》がっていることだろうか。

「朱莉が動いてくれ。俺、自分で動いたら、すぐにイきそうだ」

「なっ……、別にいいのに……イっても……」

あのまま攻められていたら、朱莉も達してしまいそうだった。だがそれは口にせず、彼女はゆっくりと腰を動かし始めた。

「苦手……、なんだからね……。これ……」

自分で動くという行為は、どうにも恥ずかしい。控えめに動いていると、征司が両手で彼女の乳房を掴み、ゆっくりと揉《も》み始めた。

「恥ずかしいと思ってたら、気持ちよくならないぞ」

「そんなこと言ったって……」

「お前が気持ちよくなるように動けば、俺も気持ちいいからさ……。俺とお前と、どっちも気持ちよくさせるつもりで動いてみろよ」

とんでもない殿様発言ではないか。それでも、征司が気を遣ってくれていると分かるだけに、朱莉はくすぐったい気持ちになる。目を合わせて笑むと、征司も微笑《ほほえ》み返してくれた。

「お前に気持ちよくしてもらえるなら、最高だよ」

「……馬鹿……」

見つめ合いながら、腰の動きを大きくする。すると乳房を揉んでいた征司の手に頂《いただき》をこねられ、さらに舌で舐《な》め上げられた。

「あんっ……やっ、ぁっ……」

胸に与えられる愛撫《あいぶ》に、甘い痺《しび》れが下半身へ落ちてくる。腰の奥に湧き立つ疼《うず》きを抱えて、朱莉は花芯《かしん》をいっそう押しつけた。

「せ……、あぅんっ、んっ……、あんっ……」

彼の滾《たぎ》りがナカで止まったままだと、全身が焦《じ》れてしまう。もっと彼の熱さを感じたくてたまらなくなってきた。

「あっ……やっだ、あんっ、ンッ……」

「感じてきたか？　気持ちいいぞ、朱莉、腰使うの上手いな」

「馬鹿ぁ……、ああっ、せいっ……あんっ……！」

腰のグラインドが大きくなり、それに応《こた》えるみたいに快感が高まった。

自分では上手く腰を動かせると思ったことはない。だが、朱莉が動けば動くほど、征司の滾りは尚《なお》も張りつめ、朱莉のナカを押し広げる。興奮しているのだと教えてくれるように、乳首を舐める彼の舌の動きが速くなった。

朱莉の動きに、どれだけ征司が感じているか。それを全身で理解する。

（もっと征司を、感じさせてあげたい……）

そのために朱莉は大きく腰を揺らし続けた。

「あんっ……征……！　ああっ、やぁんっ……！」

「気持ちいいだろう？　……まだ、正直になるのが恥ずかしいか？」

腰の動きを止められないまま征司の肩を両手で掴み、朱莉は彼と視線を絡める。

セックスに興じる顔を見られたくない。快感に捉《とら》われた顔を友だちに見られるのは恥ずかしい。だから、昨日も今日も征司に眼鏡を外させた。

けれど、これだけの至近距離ならば、顔はハッキリと見えているだろう。

（それでも、いいかな……征司なら……）

心が緩《ゆる》む。征司には、隠したいと思っていた自分を見られてもいい。そう思えた。

「……気持ち……いいよ……。どうしよう……、征司ぃ……」

今の気持ちを震える声で口にし、両腕を回して彼に抱きつく。すると、征司も彼女を抱き締めて髪を撫《な》でた。

「そんな泣きそうな顔すんな。たまんなく可愛いよ……」

「征司ぃ……」

愛《いと》しげな声に、思考までも溶かされてしまう。自分がどんな表情をしているか分からなかったが、本当に涙が出そうだった。

征司がくれる快感に、切ないくらい心と身体が反応する。

「朱莉のおかげで、俺も気持ちいい……」

そう呟《つぶや》いてすぐ、止まっていた滾《たぎ》りが動き出す。両手で腰を押さえ、征司は深く突き入れた。

「はぁあっ、んっ……！」

「一緒に、気持ちよくなろうな……」

「せ……、征……っ！　あぁ、あっ！」

スピードを上げて出し入れされる滾りの激しさに、朱莉は腰が逃げそうになる。しかし、彼が腰を押さえていてくれるおかげで、素直に快感を受け入れることができた。

上半身をくねらせ征司にしがみつくうちに、嬌声《きょうせい》が止まらなくなっていく。

「征っ……きもちいい……いいっ……！」

「正直な、お前最高に可愛いよ。眼鏡取られてんのが辛い。今度は外させないからな」

「今度……ってぇっ……あぁぁっ、征っ……気持ちいいよぉっ……！」

今度があるなら、そのときは眼鏡を取り上げなくてもいいだろうか。朱莉は心密かに、次の機会に期待を膨らませる。

友だちと身体の関係を持ってしまったことへの戸惑《とまど》いは、彼がくれる優しい気持ちの前で、すっかり鳴りをひそめていた。

「やっ、もぅっ……、イき、そう……、ああっ！」

「俺もだ……。嬉しいな……、今日も、一緒にイけるな……」

「馬鹿ぁ……、ああっ、も、ダメぇ！」

「馬鹿はどっちだ。……俺の気持ちも考えろ。どんだけ嬉しいと思ってんだ……。こうやって、朱莉を抱けて……」

「征……司……ぃっ……」

絶頂へ導く波が襲ってくる。他のことはなにも頭に入らず、ただ征司がくれる愉悦《ゆえつ》に身体を任せていた朱莉の耳に、荒い吐息《といき》と共に、征司の言葉が入ってきた。

「……朱莉……、俺はな……」

それは、ずっと朱莉が疑問に感じていたことに対する答えだった。

だが、絶頂の波に呑み込まれた瞬間耳にしたその言葉を、朱莉はしばらく理解できなかった。

「最初に会った大学一年の頃から……、ずっと……、お前が好きだったんだ……」

朱莉の脳も身体も、ただこの快感の余韻《よいん》を味わっている。

そして征司の告白に、彼女は気がつくと涙を流していた……

第四章　トモダチでいたい理由

翌日、金曜日の午後。

仕事中だというのに、今日のオフィスには緊張感がない。

それは、いつもその緊張感の原因となっている人物の様子が違うからだ。

「きゃー、わーっ、はぁーっ」

——うるさい……。そう叱りつけたいが、望美の気持ちも分からないわけではないため、朱莉はそのひとことが言えない。

「見てくださいよー。笑ってるーっ。かっこいーっ」

望美は騒ぎながら、朱莉のブラウスの袖を掴んで腕を揺らす。そのはしゃぎようたるや、好きな俳優の撮影現場に出くわしたファン並みだ。

朱莉は大好きなサスペンスドラマを思い出しつつ、もし自分も撮影現場などに出くわしたら、このくらいはしゃげるだろうか、などと想像してしまう。

(断崖絶壁《だんがいぜっぺき》に通えば、いつかはそんなこともあるかしら……)

そんなたわいもないことを考えながら、朱莉はパソコンのモニターを見つめた。しかし、望美がずっと腕を揺すっているので、キーボードが打ちづらい。よって、仕事が進まない。

（これもすべて、あいつのせいだ）

望美がはしゃぐ元凶《げんきょう》を、朱莉はモニターの上からじろりと睨《にら》みつける。望美が小声で「きゃーっ」と黄色い声をあげて見つめる先、そこでは、征司が男性社員を相手にバリバリと仕事をしている。

「質問された分に関しては新機軸製品になるな。メーカーの担当者に連絡を取ってから先方を訪ねたほうがいい。自信がある分野の製品だろうが、メーカーが同行しただけで対応も違うものだ」

課員たちが今まで聞いたことがないくらい穏《おだ》やかな声で、征司は的確な指示を下している。それだけで、彼の目の前に立つ男性社員は感動してしまっていた。

なんといっても彼は一昨日《おととい》、月の目標値の件で、鬼課長に背筋も凍るほど叱責された。だからこそである。

先日に比べ、この差たるや、なんと表現するべきだろう。思わず仕事の手を止めて、こっそりとその様子を窺《うかが》っている課員は望美だけではない。

……睨みつけているのは、朱莉だけに違いないが。

「メーカーの営業が同行を渋ったら、俺に言え。こちらと相手施設の都合に合わせさせる。頑張ってこい」

「は、はいっ！」

感動した彼は、一昨日とは違う理由で泣きそうになりながらデスクへ戻る。それを眺める望美まで、今にも泣きそうだ。

「課長ーっ、かっこいいーっ」

そんな彼女の腕をぽんぽんと叩くと、仕事の邪魔になっていたことをやっと悟ってくれたらしく、慌てて手が離れた。直後、椅子から立ち上がった朱莉を見て、望美はごめんなさいと首をすくめて恐縮《きょうしゅく》する。仕事が進まなかったことで怒られると思ったのだろう。

しかし、朱莉が立ち上がったのはそんな理由ではない。彼女は、これからかけられるであろうひとことに備えただけなのだから。

朱莉の視線の先には、中指で眼鏡のブリッジを上げる征司。

——そして……

「東野君」

「はい、課長」

「お茶」

朱莉は「はい」と返事をして給湯室へ向かう。おそらく次に、お茶の催促がくるという読みは大当たりだった。

今日は朝から、鬼の三宮の機嫌《きげん》が目に見えていい。

（……機嫌もよくなるかぁ……）

朱莉は給湯室でお茶を淹《い》れながら、ぼんやりと考え事をしていた。

機嫌がいい原因を知る者としては、くすぐったい気持ちでいっぱいになる。

（意外に単純だなぁ……もう……）

昨晩共に過ごした征司と朱莉は、今朝はホテルから一緒に行動していた。

先日のように朱莉が逃げ出すこともなく、朝食はふたりでカフェのモーニングを食べた。

その後、朱莉の部屋へ着替えやメイク道具を取りに行き、それから征司の部屋へ移動。彼が着替えている間に、朱莉も出勤準備を整えた。

彼の車で出勤してきたところを数人の社員に見られはしたものの、マンションが近いので、駅に向かって歩いているところを拾ってくれた、という作り話で事なきを得た。

もちろん、不審そうな様子を見せた者はいない。

朱莉はいつも通りの態度で仕事をしているが、一方の征司は、お馴染《なじ》みの凛々《りり》しいポーカーフェイスが少々緩《ゆる》み気味になっている。

しかし、それも無理のないことだ。朱莉を抱いて、尚かつ朝から一緒に過ごせたことで、彼の気持ちのタガは外れてしまったのだろう。

(征司が言ったことは、本当なのかな)

朱莉は征司専用の熱湯玉露《ねっとうぎょくろ》をなみなみ注《つ》いだ湯呑み茶碗をトレイに置き、ふぅっと息を吐く。

大人の関係になろう宣言をされてから、ずっと疑問に思っていた。

征司はいつから、朱莉を友だちとして見なくなっていたのだろうと。

それが昨夜、彼の告白によって明らかになってしまった。

――大学一年の頃から……、ずっと……、お前が好きだったんだ……

つまり、十年だ。そんなに長い間、彼は彼女を見つめていたのだという。

「……ズルイよ……、征司……」

思い出すと、朱莉が心の片隅に閉じ込め続けた気持ちが溢《あふ》れて、涙が出そうになる。

その衝動を無理やり押し込めて、彼女はトレイを手に給湯室を出た。

＊　＊　＊

給湯室へ向かう朱莉の後ろ姿を横目で見送った征司は、口元が緩みそうになっている自分に気づく。

誰かにそれを指摘されたわけでもないのだが、征司は軽い咳払いをし、中指で眼鏡のブリッジを上げた。

気持ちがいつもより浮ついているのは、自分でも分かっている。朱莉がその理由に見当をつけているだろうという思いもあった。

（朝になっても逃げなかったからご機嫌《きげん》なんだなぁ、とか思ってんだろうな。あいつ）

征司が機嫌のいい理由を察して、冷《ひ》やかし笑いをする朱莉が想像できる。噴《ふ》き出しそうになるが、彼はさりげなく口元を手のひらで覆《おお》い、考え込む素振りでそれを隠した。

（違うよ、馬鹿）

心の中で反論をしながら、彼は瞳を左右へ彷徨《さまよ》わせる。

（いい加減……、気づけよ。馬鹿……）

朱莉を責めて感情を誤魔化《ごまか》す。顔や態度に出すことはないが、正直彼は、今になって照れくささを感じていたのだ。

彼女を抱き、昂《たかぶ》った勢いで、抑えてきた気持ちを朱莉に晒《さら》してしまった。あとになってもその件に関しての追及のないことが、余計に照れを長引かせている。

果たして朱莉は、本気にしてくれたのだろうか。……あの告白を。

そのとき、電話のコール音が鳴り、内線を知らせるランプが点灯する。受話器を上げると、外線が入っているとの連絡だった。

『トリヤマ製薬の長谷川様からです』

その名を聞いた途端《とたん》、あからさまに征司の眉が寄った。珍しく穏《おだ》やかな雰囲気を醸《かも》し出す鬼課長を覗《のぞ》き見ていた課員たちは、「悪い知らせか？」とドキリとしたことだろう。

『征ーっ、おつかれーっ。仕事してるかぁ、かちょー様っ』

外線に切り替わってすぐ聞こえた明るい声は、他の人間が聞く限り、決して不快感を覚えるものではない。だが、征司は別だった。

「仕事中だ。仕事の用なら受けるが、製薬会社の営業と一緒に仕事をする予定は今のところない。切るぞ」

『待て待て待て待てーっ！　……ったく、相変わらずクールぶりやがって、お前はっ』

「仕事中だ」

『仕事外の時間に電話して、お前が可愛い朱莉ちゃんと一緒にいるときだったらどうすんだ？』

「……用件を言え」

征司にしては正直すぎる反応である。亮哉は電話の向こうで噴《ふ》き出すのをこらえていることだろう。しばらくすれば朱莉がお茶を持って戻ってくると考えて、征司は自分から話を切り出した。

「昨日訪ねてきたらしいな。外出中だったうえ、折り返しの連絡もしなくて、悪かった」

『いやいや、いいって。俺も、いつ顔見せるとか言ってなかったし。まぁ、そのおかげで、懐かしい奴の顔も見られたけど……』

亮哉の語尾に嫌な笑いが混じる。かすかに感じるいやらしい雰囲気に、征司の眉はさらに寄った。

『長電話もなんだし、今夜どっかで飲まないか？　お前、空《あ》いてる？』

「空けろって言うなら、今夜でも明日でも空けるぞ。お前には、言っておきたいこともあるしな」

『……可愛い女友だち、のことだろう？』

「分かっているなら確認するな。相手が不快だと感じることを承知のうえで確認するのは、信用問題にも響く。営業だろう、お前」

その言葉の直後、亮哉が笑い声をあげる。だがそれは長く続くことなく、彼は皮肉を込めた口調で話を続けた。

『さすがに、さっさとエリートコースに乗った男は言うことが違うな。地方回り組の俺とは違うよ』

「本社勤務になったんだろう？　これからだ、頑張れよ」

『結局……、俺がお前に勝てたのは、……五年前の件だけか……』

征司は口をつぐむ。その件に関して取り合う気はない。少なくとも、この場でするべき話ではないだろう。

『繁華街《はんかがい》のオーロラタウンに、「クローバー」っていうバーがあるの、知ってるか？　通りに面してるから、分かりやすいとは思うけど』

「ああ、知ってる。小さな店だろう」

『そこで待ってる。八時くらいで、大丈夫か？　残業は？』

「比較的会社から近い場所だし、少し残業が入ったとしても八時なら大丈夫だ。じゃあ、切るぞ」

用件は会ったときでいい。そう考え、早々に受話器を置こうとした征司だが、その間際、亮哉のひとことが耳に入った。

『ところでさ、朱莉は知ってんのか？　昔、俺とお前のどっちが朱莉を落とせるか、勝負してたこと』

受話器を耳から離そうとしていた手が止まる。言い返すつもりで口を開いた征司だが、そのとき、給湯室から戻ってきた朱莉の姿が視界の隅に入った。

彼は亮哉の捨てゼリフを聞かなかったことにして、自らも言葉を呑み込み、受話器を置いた。

＊　＊　＊

「課長、お茶です」

「ありがとう、東野君」

朱莉は給湯室からオフィスへ戻り、征司のデスクへ湯呑みを置く。

そしてお茶を淹《い》れた際のいつもと同じやり取りをした。しかし、すぐに湯呑みに伸ばされた手を見て、朱莉は小首を傾《かし》げる。

普段なら、湯呑みを置いたときに征司から鋭《するど》い視線が飛んでくるはずだ。それがないどころか……。

（……喜んでない？）

お気に入りのお茶を口にしても、彼の表情に喜びの色が浮かばない。淹れたのは確かにいつものお茶であり、お湯の温度にも気をつけた。

おまけに、運ぶのにも注意を払わなくてはならないほどなみなみと注《つ》いできたのだから、「これはなんだ」とひとことくらいあってもいい気がするのだが。

（お茶を注ぎすぎちゃったかな。部下に嫌がらせされた、とか落ち込んでるわけじゃないわよね。……いや、そんなタマじゃないでしょ）

昨夜だって、コーヒーをなみなみと注いだ。

今日に限って落ち込みはしないだろう。

そう思うものの、朱莉は気を遣って声をかけてみる。

「あの……、課長？　すみません、……入れすぎました？」

「……ん？　ああ、ちょっと最初は飲みづらいが、たくさん入っているから飲みがいがある。別に構わないよ」

「はぁ、……そうですか」

問題はお茶の量ではない。それなら、いったいどうしたのだろう。さっきまで、オフィスの雰囲気まで和《なご》やかになるほどご機嫌《きげん》だったではないか。

朱莉はそこまで考えて、給湯室から戻ったとき、征司が電話中だったことを思い出す。

もしかしたら、仕事関係のあまりよくない話だったのかもしれない。いや、征司はそんなとき、落ち込むよりも「よし、ここからだ」と逆に奮起《ふんき》するタイプだ。こんなふうにはならない。

（もしかして……、私がいつまでもいい返事をしないからじゃ……）

原因として思いつくのはそれしかない。朱莉にお茶を頼んだあと、自分たちの今の状況を、ふと考えてしまったのではないか。

性格の相性どころか身体の相性もいいと、昨夜のセックスではっきりと分かったというのに。朱莉はなぜ、いい返事をくれないのだろう。俺は自分の気持ちをすべて晒《さら》しているのに……と、そう考えてしまったのではないか。

「あ……あの……、あのさ、征司……」

身を屈《かが》め、オフィスの騒がしさに紛《まぎ》れるような小声で話しかける。もちろん口調はプライベートモードだ。

するとと、彼はやっと朱莉へ視線を向けた。

「きょ……今日は残業？　部屋に行っても、大丈夫？」

「ん？　ああ、残業ではないけど……、取引先の奴と飲む約束してて……」

「あっ、それならいい。部屋、片付けに行ったほうがいいかな、とか思ったんだけど、考えてみれば昨日は部屋に帰ってないし、今朝見たときもそんなに散らかってなかったし。……うん、今度でいいかっ」

部屋で待っていると言えば、征司はご機嫌になってくれるのではないか。

そんな自惚《うぬぼ》れた考えを持ってしまった自分に気づき、朱莉は照れ隠しも兼ねて、不自然にならなさそうな理由を口にする。

だが、その考えはあながち間違いではなかったらしい。朱莉の言葉を聞いて、ふと征司の目元が和《なご》んだのだから。

「待っててくれよ。……お前がいるなら、早めに帰るから」

——とくんっ……。静かに、けれど確かに、胸の鼓動が速まる。

溢《あふ》れだしそうな気持ちを抑え、朱莉は話を続けた。

「ひ……人に会うなら、ご飯はいらないかな？　なんか……作っておいてほしいものがあったら作っておくけど……、ある？　あっ、朝ご飯用にスープでも作っておいてあげようか？　そういえば、今朝着替えたスーツ、ハンガーにかけないでそのままにしてきちゃったっけ。汚してないようなら、アイロンかけて吊るしておくね。そういや、ワイシャツ溜まってなかったっけ？　クリーニングに……」

照れ隠しの悪あがきに、つい饒舌《じょうぜつ》になってしまう。ハッとして言葉を止めたとき、優しい目で朱莉を見守る征司と視線がぶつかった。

「そんなに頑張るなよ。お前が待っててくれたら、俺はそれだけで嬉しいから」

「ちょっ……ちょっとっ！　もうっ！」

耐えられなくなった朱莉は、大声を出して征司の肩をバンッと叩いてしまった。

叩いたのは、湯呑みを持っているのとは反対側の肩ではあったが、その拍子に征司の身体が揺れる。湯呑みを持っていた手がぐらつき、たっぷりのお茶が波を作って飛び、デスクの上を濡《ぬ》らした。

「わっ！　す、すみませんっ、今、拭《ふ》きますから！」

急いで給湯室へ布巾《ふきん》を取りに行こうとしたが、征司はそんな朱莉の腕を素早く掴む。

「いや、いい。ティッシュで拭いておく。少量だ。書類が濡《ぬ》れたわけでもない」

「は……はぁ……」

「それより、……ほら」

くいっと顎《あご》をしゃくった彼の仕草に、なんだろうと疑問を覚えつつ背後を振り返る。

そこでは、オフィス中の課員たちが目を丸くして朱莉を見ていた。

電話を受けているうちに表情が険《けわ》しくなっていく課長。お守役《もり》の出現でそれが解決するかと思いきや、そのお守役が課長の肩を叩き、お茶を零《こぼ》してしまうという失態を犯した。

これが驚かずにいられるものか……。課員たちの目は、そう語っている。

オフィスの平和を守るはずの朱莉が、オフィスを不安に陥《おとしい》れてしまった。アハハと引きつり笑いを見せる彼女から手を離し、征司は苦笑と共に肩の力を抜く。

「東野君」

「あっ、はい」

おもむろに取り出される札入れ。そこから抜いた五千円札を朱莉へ手渡し、征司は口角を上げた。

「近くのドーナツ屋で、新作が出ていたよ。みんなのお茶受けに買っといで」

その真意を悟った朱莉は、ありがたいおやつ代を掲《かか》げた。

「みなさーん、課長がお茶受けにドーナツを買ってくれるそーでーす」

朱莉の言葉に、オフィス中が喜びに盛り上がる。課長に暴挙を働いたことで急落するかと思われたお守役の株は、危うい場面で救われる。

朱莉の立場を考えた征司の配慮だ。それだけに、さらに朱莉の気恥ずかしさが増す。

（どうしよう……、もう）

なんだか自分がおかしい。これまでならば、征司が気を遣ったことを悟ったときは、「気が利くじゃないか、せーじくんっ」と、軽口を言って終わったはずなのに。

（……ドキドキする……）

自分の気持ちの変化に戸惑《とまど》う。

こんな感情を持ってはいけないのに。

だから、ずっと我慢してきたのではないか。心の奥底に、本当の自分を押し隠して――

「すごいですねーっ。さすがですねーっ」

デスクへ戻ると、そそくさと寄ってきた望美が羨望《せんぼう》の眼差《まなざ》しを朱莉に向ける。握りこぶしを作っての感嘆は、ドーナツの喜びに対するものだけではないだろう。

「課長を叩いたときはびっくりしましたけど、それでも怒られないのはクサレ縁のなせる業《わざ》ですね。いいなぁ、尊敬しますー」

「ハハハ……、ありがと……」

どうにも乾いた笑いになってしまう。男女の友情否定派の望美にしてみれば、大学時代から十年も付き合いがある征司と朱莉は、クサレ縁というくくりに入るのだろう。

（まあ、あながち間違いでもないか）

ひとまず買い物に出ようかとデスクを片付ける朱莉の横で、望美が大きく息を吐き、胸を撫《な》で下ろした。

「朱莉さんが給湯室から戻る前、課長、電話で機嫌《きげん》悪くなってたから、どうなることかと思ったんですよー」

「そうなの？　なにかトラブルかしらね」

「トラブルが起こるような相手でもないと思いますけどー？　多分、昨日、課長が外出中に面会に来た人だろうし」

「え？」

意外な話を耳にして、朱莉は片付けの手を止めて望美を見る。昨日の面会といえば、名刺の件で征司から責められる原因を作った亮哉ではないか。

「あたし、その電話取り次いだんですよ。トリヤマ製薬の長谷川さんって人。……朱莉さん、名刺、貰ってましたよね？」

言葉の最後が疑問形になったのは、落ちていた名刺の存在を思い出したからだろう。

「あ……、そういえば、名刺貰ったのに課長に渡すのを忘れてたわ……。伝言はしたんだけど……」

「それ、床に落ちてたんですよ。拾って、名刺ホルダーの横に挟んでおいたんですけど、気づいてくれました？」

「あれ望美ちゃんだったんだ？　ありがとう。なにかのカタログに挟まって失くしちゃったかと思ったのよ」

適当な言い訳だが、望美は疑いもしなかった。そのまま言葉を続けて、彼女らしい情報を提供してくれた。

「その名刺の人と話してる途中から、なんだかこう、表情が険《けわ》しくなって……。どうなることかと思いましたよ。『今夜空《あ》ける』とか『八時なら』とか、色々打ち合わせしてたみたいですよ。なんの仕事でしょうね」

「今夜……」

征司は先ほど、今夜は取引先の人間に会うのだと朱莉に説明した。

亮哉に会うなら会うと、なぜ言ってくれなかったのだろう。朱莉が「ついて行きたい」などと言わないことは分かっているはずなのに。

ましてや亮哉は、昨日、征司の留守中に訪ねて来ている。そのうちに顔を出すと約束をしていたのなら、ふたりで会うのだと聞いたところで、なにもおかしくない。

自分に気を遣ったのか。それとも、ただ征司自身、自分の前で亮哉の話をしたくなかったのか。

(征司……)

おかしな胸騒ぎが、朱莉を襲った。

オフィスの期待を一身に受け、鬼課長から賜《たまわ》った五千円札を手に買い物へ出る。銀行や郵便局など、ついでの用事も済ませ、ドーナツの袋を片手に帰ろうとしたとき、ふと、とある建物——トリヤマ製薬の五階建ての本社ビルが目に入った。

思いつくままに足を踏み入れてしまった朱莉を迎えたのは、クリーンなイメージのある、白を基調にしたエントランス。

受付で亮哉に面会ができるか否《いな》か問い合わせる。受付嬢は笑みを浮かべていたが、なぜかその目は笑っていなかった。

(いなければいいのに。いや、この時間なら、営業で出ている可能性のほうが大きいし)

つい来てはみたものの、心の中ではそう呟《つぶや》く。だが受付嬢からは、朱莉の期待を裏切る答えが返ってきた。

「長谷川はただ今参りますので、そちらにお掛けになってお待ちください」

朱莉は引きつった笑顔を返し、カウンターを離れる。鋭《するど》い視線を向けてくる受付嬢に背を向けて座った瞬間、溜息《ためいき》が出そうになった。

不安に煽《あお》られるままにここまで来てしまった己《おのれ》の迂闊《うかつ》さを悔《く》やまずにはいられない。

ビルが目に入った瞬間、望美の話を思い出し、つい足を向けてしまった。

――待っててくれよ。……お前がいるなら、早めに帰るから。

その言葉と彼の表情を思い出すと、胸がギュッと締め付けられる。

征司と亮哉は、電話でなにを話したのだろう。征司の様子から、注意力が散漫になっていたように見えた。間違いなく亮哉の電話が原因だと思う。

（征司になにを言ったんだろう。あいつ、結構デリカシーないからなぁ）

元凶《げんきょう》である亮哉に、ひとこと注意したかった。親しき仲にもなんとやら。友人ならなにを言ってもいいというわけではない。ましてや仕事中に、やる気を落としかねない電話なんて迷惑ではないか。

思えば、大学時代から仲間内の喧嘩《けんか》の仲裁《ちゅうさい》は朱莉の役目だった。ここはひとつガツンと言ってやらなくては。

「よしっ」と気合を入れ、小さなガッツポーズをとったものの、片手がドーナッツ満載のショップ袋に占拠《せんきょ》されているため、どうにも格好がつかない。

そのせいか、入れた気合いはすぐに勢いをなくす。

（嘘つき……）

そう内心で自分を責め、朱莉は自己嫌悪に陥《おちい》った。

征司のため、という大義名分を立てている自分。でもここへ来たのは、それが第一の目的ではない。

今夜、亮哉と会う約束を隠した征司の態度が気になってしょうがなかったのだ。

(隠す必要なんて、ないじゃない)

おそらく朱莉に詮索《せんさく》をされたくないからだろう。

(亮哉と別れたあと、こんなことが何度もあったの、知ってるもん……)

過去の件があるせいか、今日も、自分が絡んだ話なのではないかと勘ぐってしまう。

何年も経って、今更なにがあるというのだろう。

なんのために会って、なんの話をするのか。それを探りたかった。

男ふたりが会う理由を、自分に関する話をするためだなどと考えるのは、自惚《うぬぼ》れがすぎるかもしれない。万が一そんな胸中を悟られて、「なに、お前、自分の噂話《うわさ》でもされるって思っちゃったわけか?」などと亮哉にからかわれたら、あまりにも恥ずかしい。

(今夜征司に会ったら、私が会社を訪ねて来たこと話すんだろうな……。口止めしておいたほうが……。いや、なんかそれじゃあ、私が悪いことしに来たみたいだし……)

やっぱり来なければよかっただろうか。悶々《もんもん》と思考を巡らせていると、高らかな靴音と共に嫌みなほど軽快な声がかかった。

「朱莉ーぃ!」

ここは会社だ。エントランスを行き来する社員の目もあるのだから、一応は来客を迎える態度で接してほしい。この場でいきなり呼び捨てはフレンドリーすぎやしないか。

（出世できないわよ、あんた！）

亮哉が聞いたらヘコんでしまいそうな言葉を心の中で叫び、キッと睨《にら》みつけるように振り向く。呼びかけてきたのだから、オフィスから下りてきた彼は当然まっすぐ朱莉のもとへ向かってくるだろう。そう考えていたのに、朱莉の視線は受付カウンターで止まった。

人を待たせているというのに、亮哉は呑気《のんき》に受付嬢に話しかけている。来客を取り次いでくれた礼を口にして笑いかける彼に、受付嬢はこれでもかとばかりに可愛らしくしなを作っていた。先ほど、朱莉の対応をしたときとは大違いではないか。

（あ……、そういうことね）

本社勤務になったイケメン社員のもとに、他社の女が訪ねて来たことが気に入らなかったらしい。それを悟って、朱莉は軽く鼻を鳴らす。すると、やっと亮哉が手を上げながら近寄ってきた。

「相変わらず、女にはマメだね。あんた」

「は？　なんのことだ？」

「別に」

挨拶《あいさつ》もなくいきなりかけられたひとことに、亮哉は目をぱちくりとさせる。朱莉は多くを語らなかったが、心の中で「征司を見習え、アホっ」と付け加えた。

「でも、朱莉が訪ねてくるとは思わなかったぞ。嬉しいなぁ、なに、なに、昨日の誘いの返事？　俺、世話しなきゃならない犬に勝った？」

無精《ぶしょう》男の世話を、まだ犬の話だと勘違いしているようだ。不快感を漂《ただよ》わせていることなど意に介さず、亮哉は自分のペースで話を進めようとする。

昨日、亮哉が帰るとき、意味ありげな誘いをかけていったのを思い出して腹立たしかったが、これからする話のため、朱莉は少々下手《したて》に出ることにした。

「いや、ほら、あのさ、昨日亮哉が来たこと、征司に言い忘れていたから……。電話で話が通じなかったんじゃないかと思って。悪いことしたな、って……」

その場にいたわけではないが、望美から聞いた話を元に、いかにも事情を知っているかのように振る舞う。亮哉は首を横に傾《かし》げ、ははあと口角を上げた。

「やっぱり、言ってなかったんだ？　俺が訪ねて行ったこと」

「……やっぱり、って……」

「あんだけマメで真面目な男がさ、留守中の来客を知って電話一本よこさないのはおかしいと思ってたんだ。おおかた、今日になって知った、ってところなんだろう？」

両手を腰に当てた亮哉は、身を屈《かが》めて朱莉の顔を覗《のぞ》き込む。

「名刺も渡してなかったってことは、俺の名刺、お前が持ってるんだろう？　プライベートの番号書いてあったのに、どうして電話くれなかったんだよ？」

昼の端を上げたまま潜《ひそ》めた声が、朱莉の怒りに火を点《つ》けた。

「……あんたの背後から睨《にら》みつけてくる、受付の女の子の視線が痛い。顔近づけないでよ」

彼の言葉に取り合わず、朱莉は冷静な態度を取り続ける。名刺は昨夜、征司に取り上げられたままだ。もしも朱莉のもとに戻っても、名刺ホルダーの中で二度と陽の目を見ることはないだろう。

亮哉は軽く振り返り、目を三角にしている受付嬢に軽く手を振った。そうしてさりげなく身体をずらし、朱莉の目からカウンターを隠す。

「正直なところ、朱莉から電話あるんじゃないかって待ってたんだぜ。でもまぁ、直接会いに来てくれたし、いいか」

「どうして今更あんたに電話しなくちゃならないのよ。ここに来たのは、征司と話が合わなくて困っただろうなと思ったから謝りに来ただけよ。変な誤解しないで」

「あのさぁ、朱莉。ちょっと冷たすぎね？　これでも一時期は、征以上に仲よしだったオトコだぜ？」

亮哉が口にしたのは、友だち付き合いとは違う意味を含む言葉。おまけに征司を引き合いに出され、朱莉はじろりと亮哉を睨みつける。無言の圧力をかける彼女を制するように、亮哉は両手を胸の前で振り、苦笑いをした。

「怒るなよ。そうだ、朱莉もさ、今夜一緒に飲みに行かないか?」

今夜の話を朱莉の前で始める亮哉に、不可解さを感じる。そんな彼女にはお構いなしに、亮哉からの誘いの言葉は調子よく進んだ。

「積もる話があるってことでさ、征と会うけど、俺は別にお前がいてもいいって思ってるんだ。出る話題はアレかもしれないが、もう昔のことだし、お前がいるところで話したほうがあいつもスッキリすると思う。お前だって、現実ってもんが分かるだろ」

「なによそれ、わけが分かんない」

「征はさ、俺に釘を刺すつもりなんだと思うんだ。朱莉に変なちょっかいかけるなって。でもそれって、おかしくないか? 学生の頃とは違うんだぜ。お互い、いい大人だろう? 友だちごっこやってられる歳でもない。いい歳した男と女が下心なしで付き合えるわけもないし」

「……あんたは、……昔からそういう考えの男だったよね……」

「それが健全な男ってもんだ。まさか朱莉だって、今でも征と友だちごっこしてるわけじゃないだろう? 距離を置いてるか、とっくにヤっちゃってるかのどっちかじゃないか? そうじゃないとしたら、お前らおかしいよ」

怒りが朱莉の中に湧き上がってくる。

男女の友だち関係を信じる自分の考えを否定されたことより、朱莉の気持ちを尊重してくれた征司を馬鹿にされたことのほうが腹立たしかった。

「だからさぁ、いい加減、昔の勝負とかはチャラにしたいんだよなぁ。朱莉もさ、征の奴を説得するの手伝ってくれよ」

「なによ、勝負って。そんな面倒くさそうな話し合いに参加する気なんかないからね。説得ならひとりでやんなさい」

考えなしに吐かれる亮哉の言葉を聞いていると、いよいよ腹立たしさが増すばかりだった。

気にしていた征司と亮哉の話とは、きっと昔話に他ならない。朱莉はそう納得した。

（やっぱり来るんじゃなかった。征司はきっと、昔の一件があるから、亮哉に会うなんて言ったら私が気にすると思って黙ってただけなんだ）

今更ながら、征司の胸の内を思うと切なくなる。

「はあん、やっぱりそうか。征の奴、お前に勝負のこと話してないんだな。そうじゃないかとは思ってたけど、ズルイなぁ、あいつ」

なにを言いたいのか分からない。しつこく引っ張る話題に首を傾《かし》げると、亮哉は突然朱莉の腕を掴んで歩き出した。

「来いよ。ここじゃ人の目があって気になるし。外で教えてやる」

「ちょっ、ちょっと、亮哉……」

引きずられるままに、ビルの外へ連れ出される。どの程度重要な話なのかは知らないが、外へ出なくてはならないほどなのだろうか。気になる人の目というのは、亮哉にとって受付嬢の目ではないのか。だとすれば自分勝手にもほどがある。

わざと引き返してやろうかなどと意地悪心が動く。しかし、訪ねてきた女を睨《にら》みつけてしまうほど好意を向けている男が、その女と親しげに話している姿を、受付嬢はどんな気持ちで見ていたのだろう。それを思うと、「中で話してもいいじゃない」とは言えない。

「ちょっと、離しなさいよ！」

いささか乱暴に亮哉の手を振りほどく。大きく息を吐いて立ち止まると、亮哉も足を止めて朱莉と向き合った。

今にもひと雨降りそうな、じっとりとした空気が絡みつく。スッキリとしない灰色の空と相まって、意味深な亮哉の態度がさらに不快感を生む。

「朱莉さぁ、征と寝た?」

唐突な質問に、朱莉は眉を寄せた。征司との関係を友だちごっこと馬鹿にしておきながら、随分《ずいぶん》とあけすけな質問ではないか。

「なんてこと聞くのよ。そんなこと、いきなり聞くことじゃないでしょう、失礼だわ。

だいたい、答える義理なんかないわよ」

「勝負のこと知ってて寝たのか、それとも知らないまま寝たのか。どっちなのかなと思ってさ」

「知らないわよそんなもの。なによ、勝負って。さっきからわけ分かんないわ」

「ヤったんだ？　征と」

「そういういやらしい言い方、やめてよ」

「だからー、そういう、いやらしいこと、したんだろう？　あのズルイ男とさ」

「ちょっと、いい加減にしなさいよ！　なんで征司が、あんたにズルイ男呼ばわりされなくちゃならないのよ！」

　ムキになって亮哉に詰め寄ったが、ビルに入ろうとしたスーツ姿の男性が目を丸くして通り過ぎていく姿が目に入り、朱莉は一歩引いて口をつぐんだ。

　出入り口に近い場所では目立ってしまうので深い話はできない。現にこうして立っているだけで、ビルに出入りする社員などにチラリと見られてしまっている。

　亮哉は作り笑いを浮かべながら、朱莉の背を押して出入り口から離す。そして隣に建つビルとの境目で立ち止まると、浮かべていた明るい笑みを嘲笑《ちょうしょう》に変えた。

「馬鹿にすんなよ、朱莉。お前の性格を知ってんのは征だけじゃないんだ。俺だって、五年前までは征と同じように、お前の友だちやってたんだからな」

彼女の肩をトンと押し、亮哉は自分が動くことなく数歩分の距離を空《あ》ける。そうして溜息《ためいき》をつきながら腕を伸ばし、現実を突きつけるように朱莉を指差した。

「お前は昔からそうだ。そうやって、いつもムキになって征を庇《かば》うんだ」

「そんなこと……」

「ない、なんて言わせねーぞ。大学のときからそうだったよ。お前は誰とでも仲よくなるし、平等に気配りのできるやつだったけど、征だけは特別だった。なにか始めるときも、なにか相談するときも、一緒に笑うのも、一番に庇うのも……」

朱莉は言葉を失った。確かに、征司といる機会は一番多かったが、それは朱莉にとっては普通のことだった。亮哉が言うように、特別扱《あつか》いしていたからではない。

「いっつもいっつも『征司、征司』。おまけに、それは俺と付き合ってた頃も変わらなかった……。話すことといえば征絡みで、約束事も征が優先で……」

「亮哉？」

彼の口調に苛立《いらだ》ちがまじる。朱莉が訝《いぶか》しげな顔をしたことでその言葉は止まったが、亮哉は悔しげに奥歯を噛《か》み締め、改めて口を開いた。

「勝負に勝った。上手く征を負かしてやったって思っても、なんてことはない……。勝ってなんかいないんだって、すぐに分かった……」

「……なに言ってんの……。分かんない。だから、勝負ってなんなのよ……。ひとりで怒って、ひとりで話を進めないで」

問い詰めながらも、朱莉はその先を知るのが怖かった。亮哉の話を聞いていると胸が痛む。まるで、胸の中に押し隠していた本当の自分を見透かされているように感じる。

「いつまでも友だち扱いしかしてくれない、つれない女友だちを、どっちが先に落とせるか、勝負した。……今考えると、ガキの勝負だなって思うけど、あの頃は俺も征を負かしたくて躍起《やっき》になっていたし」

「落とす……？」

「まあ、男同士の見栄《みえ》の張り合いでもあるか……。結局は俺がお前を落として、付き合うことになったから、勝負は俺の勝ちだと思った……。なのに、お前は相変わらず征贔屓《びいき》でさ。俺も、それでムシャクシャして、出入りしてた病院の看護師を口説《くど》いたりしたこともあったけど……」

「ちょっと、まるで昔の原因が私にあるような言い方、しないでよ」

分かっていないというより分かろうともしない朱莉を見て、亮哉は鼻白《はなじろ》む。それはまるで、いまだに現実から逃げようとしている彼女を知って、哀《あわ》れみを向けているみたいだった。

「でも、征ともヤっちゃってんなら、……この勝負は、引き分けで幕引きかな」

ぽつりと呟《つぶや》き、亮哉は朱莉を眺める。その視線が、まるで獲物《えもの》を物色する獣《けもの》の目に見え、ぞわりと背筋が冷たくなった。

顔を逸《そ》らして彼から離れようとする。だが、素早く亮哉に腕を掴まれた。

「さっきも言ったけど、今夜、お前も来いよ。後味悪かった勝負もスッキリと終われそうだし、三人で昔話でもしながら飲もうぜ」

「男ふたりで勝手にやってなさいよ。私は、ごめんだわ」

「なんで意地張ってんだよ。いいだろ。——でさ、そのあと、ふたりで飲み直さないか？」

掴まれた腕を振りほどこうとしていた朱莉は、動きを止めて亮哉を凝視《ぎょうし》した。

彼が口にした言葉の意味は、いやらしく細められた目から理解できる。言葉通りに受け取るなら、ふたりで飲みに行こうというだけの意味だが、これは、それだけの目ではない。

「なんかさぁ、悔しいよ。俺がいない間に、征ばっかり朱莉を独占していい思いしてさ……。どうせこれからも付き合いは続くんだし、征だけじゃなくて、俺とも大人の友だち付き合いしていこうぜ」

「……いい加減にしなさいよ……。征司とはそんな……」

「いい加減にすんのはお前だろ。この歳になって、下心もなしで女と友だちやってる男なんていねーって」

勢いよく振りほどいた手が、そのまま亮哉の頬を打つ。朱莉は亮哉に背を向けて、足早に歩き出した。

「ふざけないでよ……。あんたと征司は違うんだから……。征司は……征司は……」

亮哉の言う通りなのだ。朱莉はいつも、征司のことばかり考え、彼の話ばかりする……

——そんなことは、言われるまでもなく、気づいていた。

以前から。そう、十年前から……

朱莉を呼び止める亮哉の声が聞こえた。その声を無視し、朱莉は会社への帰り道を急ぐ。

動揺は鼓動を速め、それに合わせるかのように歩調も速まるばかり。少しでも気を抜けば走り出してしまいそうだった。

そんな中で、朱莉は望美の言葉を思い出す。彼女は言っていたではないか。下心が生まれたら、男女の友情など終わりだと。

同じことを亮哉も言った。

いい歳をした大人が、下心なしで付き合っていけるはずはないと。いつまでも、友だちごっこをしていられる歳ではないと。

そんなことはない。朱莉はずっと、征司と友だちだった。

友だちで、いようとしていた——

昔持った関係を匂わせ、朱莉に誘いをかけた亮哉。彼はもう、朱莉を友だちとして見ていない。ひとりの女として認識している。

大学時代から、一カ月間だけの恋人関係になってしまったあの頃までは、彼だってい い男友だちだった。

たった一カ月間でも、下心のあった亮哉と付き合い、友だちとは違う関係を持った。その関係が壊れた結果、ふたりは元の友達関係には戻れなかった。

視界が滲《にじ》み、あわや赤信号の横断歩道へ踏み出してしまうところで、朱莉は慌てて立ち止まる。いつの間にか、そんな危険を察知できなくなるほど涙を溜めていた。

胸が痛い……。壊れてしまいそうなくらい、心が痛かった。

亮哉の態度や考え方が哀《かな》しかったわけではない。そこには、腹立たしさしか感じなかった。ふたりが昔、朱莉をめぐっておかしな賭《か》けをしていたらしいことも心の隅に引っかかったが、今、彼女の心を占拠《せんきょ》しているのは、そんなことではない。

（征司……）

朱莉の脳裏を、征司の姿や言葉が駆け巡る。

彼女を好きだと言い、友だちをやめたいと、強く主張した彼。

お試しエッチの延長であったはずなのに、昨夜は征司が喜んでくれる姿が嬉しく、また征司のキスが気持ちよくて、朱莉は心から彼が欲しいと思ってしまった。

（もしも……、征司と友だち関係をやめたら……）

きっと、幸せな日々が訪れることだろう。ずっと自分を想い続けた彼のことだ。大切にしてくれるに違いない。

（けど、もし、その関係が壊れたら……）

その考えに、全身がゾワリと凍りつく。それは、一番考えたくなかった可能性。下心を持って関係を結んでしまった男女は、その後、友だちには戻れない。下手をすれば、顔を合わせるのすら気まずくなってしまう。それは、亮哉との一件で痛いほど分かった。

（征司と、一緒にいられなくなる……）

信号が青に変わる。だが、朱莉の足は動かない。忙しく行き来する通行人のうちの何割かは一瞬だけ彼女に目を向けるが、すぐ無関心な目に戻り通り過ぎていった。

そうしているうちに、信号は点滅を始める。

安全な時間の終わり。それはまるで、今の朱莉が直面する状況のように思える。

これからしなくてはならない選択に、彼女は立ちすくむ。

征司と男女の関係になり、一時期恋人同士になって、もしその後、関係が壊れたら……元の友だちには戻れない。今までのように、征司とは一緒にいられなくなる。

「そんなの……、イヤ……」

ぽろりと、涙が零《こぼ》れた。その呟《つぶや》きをきっかけに彼女の瞳からは涙が流れ出し、同時に心の奥底に押し込めていた想いが溢《あふ》れる。

「だから……、友だちでいたかった……」

征司と一緒にいたい。

ずっと仲よくして、ずっと馬鹿なことを言って笑い、愚痴《ぐち》を言い合ったり、相談をしたり、一緒にいてなんの気兼ねもない友だち同士でいたかった。

だから、征司とは、特別な関係にはなりたくなかったのだ。

「征司……」

そのために、本当の想いを心の片隅に押し込めて過ごしてきたのではないか。

――十年間、ずっと……

「私だって……、同じだったのに……」

大学一年の頃から、ずっと朱莉が好きだったと、自分を晒《さら》した征司。

それは朱莉も同じだった。

流れる涙に誘われるように、朱莉の口から隠し続けた言葉が漏《も》れる。

「征司……、すき……」

彼が好きだ。

だが、それを晒しては、今の関係は危ういものに変わってしまう。

朱莉は、征司と友だち関係でいたい。

ずっと、大好きな彼と一緒に笑い合う関係でいるために。

トモダチ関係で、いたかった――

＊＊＊

朱莉がお使いに出たあと、征司も会社を出ていた。

出先から会社へ戻ったのは、終業時間から五分ほど経過した頃だ。

オフィスの中は、帰り支度《じたく》をする者やまだ仕事を続けている者などで騒がしい。「お疲れ様です」と声がかかる中、征司の目は朱莉を探す。

「ん？」

彼は眼鏡のブリッジを中指で上げた。

朱莉のデスクは綺麗に整理されている。備品の乱れ、資料のズレひとつ見当たらない。どう見ても、すでに仕事を終えて帰ったことが分かる状態だった。

週末直前の金曜日。特別な用事でもなければ、彼女が終業直後に帰ることは滅多にない。すぐに帰宅準備をしていたのだとしても、いなくなるのが早すぎやしないか。

「あっ、課長、お疲れ様です、お帰りなさい。あたし、コーヒー淹《い》れましょうか？　朱莉さん、早退したので」

何気なく見ていたつもりだったが、少々見つめすぎていたようだ。征司の様子に気づき、デスクの整理途中だった望美が立ち上がった。外出から帰ってお茶を頼もうとしたら、指名すべき朱莉がいないので困っているのかと思ったのだろう。

だが征司は、お茶への返答はせず、もうひとつの件を追及した。

「早退した？　東野君がか？」

「あ、早退っていっても、三十分ほど早く帰っただけです。なんか、お使いから帰って来たときから元気がなかったんですよ。顔色も悪くて」

たとえ三十分でも早退は早退だ。話を聞きながら、征司はお使いへ出る前の朱莉を思い出す。

彼女は至っていつも通りだった。風邪をひいていた様子もなければ、仕事だっていつも通りにこなしていたではないか。

（……昨夜、そんなに疲れさせた覚えもないが……）

朱莉が聞いたら「なんだ、その発想は！」と照れ笑いをしながら背中を思い切り叩いてくるだろう。征司はよこしまな考えを振り払い、現実的な考えに切り替えた。

（待ってろって言ったから、夕食の準備してるとか）

しかしあの朱莉が、そんな理由で早退などするはずがない。なによりも、顔色が悪くて元気がなかったというところが気になる。

返事もせずに考え込んでいると、望美がおそるおそる様子を窺《うかが》う。征司は苦笑いを浮かべ、軽く手を上げた。

「ありがとう。すまないが、コーヒーは遠慮しよう。所用を思い出したので、このまま帰るよ」

残業を予定していた課長の早すぎる退社に驚き、望美は的外《まとはず》れな声をかけてしまう。

「えっ……でも、あの、課長のドーナツ、とってあるんですよっ。明日土曜日でお休みだし……」

「川原君にあげるよ」

「えっ、いいんですか？　課長、いい人ですねぇ！」

憧れの課長に魅惑《みわく》の甘味を譲ってもらったためか、望美の素が出てしまったらしい。ハッとしてはしゃいだ笑顔を引き締めようとしている。しかし征司にクスリと笑われ、引き締まるどころか余計に緩《ゆる》んでしまった。

「ドーナツを譲ったくらいで、いい人と呼ばれるとは思わなかった」

「でも、あの、あたし、新人研修のとき、課長にオレンジジュースもらったこともあるんで……。課長って、気前がよくていい人だなぁって……」

「気前がいいと、好感度が上がるんだ？」

「はいっ」

望美の力説に、征司は「ありがとう」と笑いながら、急いで帰宅の準備をしてオフィスを出る。そんな彼を「お疲れ様でしたー」と見送る望美は、「気前のいい課長に憧れの眼差《まなざ》しを送りながらも、すでに譲られたドーナツに心を奪われているようだ。

「……気前よくして好きになってもらえるなら、毎日朱莉にホールでケーキ持ってくぞ、俺は……」

征司は溜息《ためいき》まじりに呟《つぶや》き、急いで会社を出た。

第五章　断崖絶壁《だんがいぜっぺき》の心

亮哉と話したことで朱莉が受けたダメージは、思ったよりも大きかった。気持ちも沈んでいるが倦怠感《けんたいかん》もひどい。

会社へ戻る前にボロボロ泣いてしまい、メイクは崩れ、目は赤く充血してしまった。帰社してから、ひとりロッカールームでメイクを直して目薬をさしたが、泣いたあと特有の腫《は》れぼったさをとることはできない。

朱莉は、できるだけ目を見せないように俯《うつむ》いてオフィスへ戻った。

しかし自分の席についてすぐ「朱莉さん、顔青いですよ」と望美に言われた。ずっと俯き気味で目も合わせなかったこともあり、彼女はそう口にしたのだろう。

望美の指摘はちょうどよかった。具合が悪い、という早退の理由に使えたのだから。

終業時間まで、なんとか耐えられるだろうと思っていたが無理だった。あのタイミングで出なければ、胸の苦しさに押し潰《つぶ》されてオフィス内で泣いてしまうところだった。

社会人としては、社内で涙を見せることはとにかく避けたい。

その後、なにを作るかも決めないまま、あてのない買い物をして征司の部屋へやって来た。

「早退しちゃった……。征司になんて言おう……」

終業後に出先から戻れば気がつかないかもしれないが、もし終業前に戻れば、朱莉がいないことに気づくだろう。早退の旨《むね》は課長代理に伝えたが、代理がそのまま処理せずに征司に確認を回せば、どちらにしろ征司の知るところとなる。

「ドーナツの食べすぎで具合が悪くなった、とでも言おうか……」

もはやそれしか言い訳がない。ただ、ドーナツはともかく、具合が悪かったのは事実である。

朱莉は買い物袋を冷蔵庫の前に置き、ひとまず食料品を片付けようと屈《かが》んだが、その途端《とたん》、力が抜けて、床にペタンと座り込んでしまった。

今朝も確認したが、部屋はまだ綺麗なものである。脱ぎっぱなしのスーツをハンガーにかけておく程度しか、やることはないだろう。

征司は何時に帰ってくるだろうかと考えながら腕時計に視線を移す。亮哉との約束は八時だと言っていた。「すぐ帰る」とは言っていたが、飲みに行ったと考えると、期待するほど早くはないだろう。

時刻はまだ七時。征司が帰るまで時間はたっぷりある。

「時間あるなら、シチューとかでもよかったかな……」

煮込みに時間がかかってしまうものは、平日にはなかなか作ってあげられない。

しかし、シチュー用の肉や味付け用のルーを買っていなかった。ルーは自作もできるが、使用すべきワインだってない。

「……なにやってるの……私……」

座り込んだまま傾《かたむ》けた頭が、こつんと冷蔵庫にぶつかる。

こんな計画性のない買い物をしてしまったのは初めてかもしれない。いつもは夕食どころか翌朝のことまで考えて買い物をするのに。そう自嘲する朱莉の脳裏に、いつかの征司とのやり取りが浮かぶ。

『朱莉はホントに計画性があって、逞《たくま》しくて頼りになるよな』

『ちょっ、ソレ、女の子に対する褒《ほ》め言葉と違うしっ』

言い返しはするものの、征司に褒めてもらえるのが内心とても嬉しくて、いつも頑張ってきた。作ってほしいものをねだられたり、彼と朝まで愚痴《ぐち》り合ったり、それは自分の特権なのだと、悦《えつ》に入って自惚《うぬぼ》れていた。

こんな関係を、ずっと続けていきたい。この楽しい気持ちを、ずっと持っていたい。

それは、切実な願いだった。

じわっと目頭が熱くなるのを感じ、朱莉は頭の位置を戻してぶんぶんと首を振った。

会社へ戻る前に、散々泣いてしまった反動だろう。妙に涙もろくなり、考え事をするとすぐに目頭が熱くなる。

(征司が帰ってくるまでに、目の腫《は》れも引けばいいなぁ……)

無駄にある時間を利用して、目の腫れを引かせるための応急処置を試してみようかと思い立つ。温タオルと冷タオルをまぶたの上へ交互に当てるという方法を、以前、女性誌で読んだ覚えがあった。

冷凍庫を開けたとき、買い物袋の中で溶けかけているアイスの存在を思い出した。まずはそれらを片付けるのが先だ。

そのとき、玄関のドアがけたたましい音を立てる。物音はそのまま足音に変わり、キッチンへ飛び込んできた。

「朱莉!? いるのか!?」

大きな声で叫びながら姿を現したのは、この部屋の主《あるじ》。

征司は息を切らせ、ぽかーんと彼を見上げる朱莉に目を向けた。

「具合悪いって……、大丈夫なのか、お前!」

「なに息切れしてんのよ、大丈夫、あんた!」

ふたり同時に気遣う言葉を口にして黙り込む。だがすぐに征司が口を開いた。

「早退したっていうから、風邪でもひいたかと思った。でもお前の部屋に行ったらいないし。約束してたから、俺の部屋に来てるんじゃないかと思って。びっくりしたぞ」

この焦りが窺《うかが》える様子からして、随分《ずいぶん》と心配させていたようだ。急いで階段を駆け上がってきたのだろう。住人が使用する時間帯によっては、エレベーターより階段を使用するほうが速い。

朱莉の姿を見て安心したのか、征司は大きく息を吐き、ネクタイを緩《ゆる》めてから中指で眼鏡のブリッジをくいっと上げる。そして、彼女の前に歩み寄ってしゃがみ込んだ。

「なんだよ、買い物になんか行ってたのか？　来てくれたのは嬉しいけど、調子が悪いなら横になってれば……」

ホッとして彼女の顔を見ていた征司だが、あることに気づき、ふと言葉を止めた。

「朱莉？　なにかあったのか？」

「え？　なんで……？」

「泣いてたんだろう？　そんな目してるぞ」

今更ながら、朱莉はハッとして顔を逸《そ》らした。そんな気はしていたものの、やはり泣いたあとのぼんやりとした目は誤魔化《ごまか》せない。

「お使いに出るまでは元気だったろう？　外出中になにかあったのか？　急に具合が悪くなって早退なんて……」

「ド、……ドーナツ食べすぎて胸やけが酷《ひど》かったのよ。吐きたくてたまらなかったんだけど、オフィスで吐くわけにいかないじゃない。で、胸やけも我慢できなくて、考えもなく早退しちゃったの……。さ、三十分前だし、いいかな、とか、甘いこと考えちゃって……。く、悔しかったわよ、入社してからこのかた、早退遅刻一切無しが自慢だったのに」

「で？　悔しくて泣いてた、とか？」

「そ、そーよ」

いささか無理のある言い訳かもしれない。気まずくて口元が引きつってくる。そんな彼女の顔を両手で挟み、征司は無理やり自分のほうを向かせた。

「くっだらない言い訳で頑張るなよ。なんだよ？　言いたくないことなのか？」

「言い訳って。そんな、人を嘘つきみたいに……」

「嘘だろう？　俺が朱莉の嘘に気づかないと思うな」

「なによ、その自信っ」

「ああ、自信持ってるよ。これだけ一緒にいれば、お前のこと、全部分かる」

征司の返答に朱莉の胸が詰まる。

十年間見つめていてくれた彼だからこそ、出せる言葉。そんな彼だからこそ持てる自信だ。

伝わってくる彼の気持ちは、もろくなった涙腺《るいせん》まで刺激する。目の前に迫った征司の顔が涙で滲《にじ》まないうちに、朱莉は苦笑いをしながら、感傷《かんしょう》に流されそうな心を引き締めにかかった。

「そうだよね。十年友だちやってるんだもん。そのくらい分かるよね」

ぴくり、と征司の眉が寄り、その顔が不快そうに歪《ゆが》む。だが、朱莉はそのまま言葉を続けた。

「反対にさ、分からないほうが友だちがいがないってやつだよね。私もさ、征司が落ち込んでるときとか分かるし。やっぱり、いいよねぇ、気の置けない友だちってさ」

口元が引きつる。この状況を回避したくて彼の話に合わせたが、必要以上に余計な単語を強調してしまったかもしれない。

次の瞬間、征司は朱莉の言葉を遮《さえぎ》るように口付けをした。

両手で顔を挟まれているので、動くことができない。レンズの奥から薄目を開けた状態で見つめられているのが気まずくて、朱莉はぐっとまぶたを閉じる。

征司の胸を押して抵抗を表す。

すると思いの外あっさりと、彼の唇は離れていった。

「だったら……、俺が今どんな気持ちなのかも、分かってるんだろう？」

その声は怒りをはらんでいた。

そして、彼の目は明らかに苛《いら》ついている。

「なんなんだ？『友だち、友だち』連呼して。お前なぁ、わざとでもちょっと嫌みだぞ」

言葉を切って、視線を絡める。征司は朱莉の言葉を待っているのだろう。「へへ、ごめん」と、いつもの調子で笑ってくれる彼女を。

そんな期待を裏切り、朱莉はふと笑みを浮かべて、吐き捨てるように呟《つぶや》いた。

「だって……、友だちだもん……」

征司は朱莉の顔から手を離し、彼女の目を見つめて確認する。

「それは……、答えか？」

朱莉はなにも答えず、征司から視線を逸《そ》らす。彼女が躊躇《ちゅうちょ》していることは明らかだったが、追及はなおも続いた。

「それが返事か？　結論か？　なんなんだ、お前、おかしいぞ。いきなりそんな……」

「おかしくなんかないよ」

ここに座り込んでいては、いつまでも征司と顔を突き合わせていなくてはならない。いっときでもその気まずさから逃れるため、朱莉はゆるりと立ち上がる。

「だって……、埒《らち》が明かないでしょう……？　ふたりでさ、主張の押し付け合いをしてるみたいなんだもん。征司は『友だちやめたい』で、私は『友だちでいたい』だし。……私もさぁ、征司を無下《むげ》になんかできないから、ついしちゃったりもしたけど、でもやっぱり、友だち以上になんか見れないよ……」

口に出す言葉が自分自身でも辛い。朱莉は徐々《じょじょ》に後ろを向き、彼の姿を視界から外した。

「エッチは気持ちよかったけど、……久しぶりだった、っていうのもあるでしょう？ それに、ずっと友だちだった男とそういうことしちゃうっていうのはさ、なんというか普通じゃないことをしてるみたいで、想像するだけでも興奮するじゃない。身体の相性なんだか、それともシチュエーションで興奮しただけなんだか、ちょっと分かんないよね。最初も、その次もさ」

一度だけなら「久しぶりだった」も理由にはなるが、最初以上に求め合った昨夜の交わりの説明は出来ない。朱莉はとっさに浮かんだ言いわけを口にした。

「友だち以上になるつもりはないけど、だからってエッチだけするような関係にもなりたくないし。そう思うとさ、早く結論を出して、今まで通りに過ごすのが一番だと思うんだ」

今まで通り。それが一番いい。

ずっと、ずっと、征司といい関係でいるためには。

だが、朱莉にだけ好きなことを言わせておく征司ではない。彼も立ち上がり、朱莉の顔を両手で挟んで、再び自分へ向けさせた。

「朱莉、俺の顔見ろ。俺の顔を見て話せ！　本当にそんなこと思ってんのか!?」

勢いよく問い詰めたものの、朱莉の泣きそうな表情を目にして彼は言葉を止める。見せたくない顔を見られてしまったことへの焦りから、朱莉は征司の眼鏡を彼の額の上へ引っかけ、自分の戸惑《とまど》いを誤魔化《ごまか》した。

「思ってるよ……。私は、征司が好きだもん。ずっと仲よくしていたい。最高の友だちだと思ってる。だから、この関係を壊したくないの」

いつも通りの声で話したいのに、どうしても声が震えてしまう。

今にも泣き顔に変わってしまいそうな表情を、必死に微笑《ほほえ》みで維持しようとしているのに、それができない。

こんなことを言いたいのではない。そんな朱莉の気持ちを察したのか、征司は眼鏡を押さえる彼女の手を外させて、きつく朱莉を抱き締めた。

「もういい……、無理してそんな意地張らなくていいから」

「……なによ、無理って……。意地なんて、張ってない……」

「じゃあ、なんで泣いてんだよ」

「まだ泣いてないっ。見ないでよ、馬鹿っ」

「お前の顔なら、眼鏡外してたって分かるって言ってんだろうがよ、あほっ」

「だいたいねぇ、離しなさいよっ。友だちのままでいます宣言した女に、エロいことするもんじゃないでしょっ、スケベっ」

「俺は友だちやめます宣言の真っ最中だっ。お前の宣言なんか認めないからな」

「それも亮哉との勝負の一環なんでしょう!?　それならもう、やめても大丈夫だってば！」

そう吐き捨てると共に、征司の胸を強く押す。言葉の内容に驚いて力が抜けたせいなのか、彼の身体は突き飛ばされるように離れた。

その反動で眼鏡が床に落ちたが、征司は拾うのも忘れて朱莉を見つめる。

「……亮哉は、……もうチャラにしたいって言ってたよ。いい加減、昔の話だし、どっちが私を落とすかなんて、子供じみた見栄《みえ》の張り合いはもうしたくないって……」

「お前、もしかして亮に会ったのか？」

「私もごめんよ……。そんな、わけ分かんない男同士の遊びに巻き込まれるのは。――そんなことをしてたんだとしたら、五年前、いきなり亮哉が私と付き合い始めた理由が分かるわ。たった一カ月でも付き合ったっていう既成事実を作った理由がね。全部、……あんたたちのくだらない賭《か》けの材料にされてただけなんじゃない！」

亮哉から聞いた話を思い起こして言葉にしているうちに、朱莉は納得した。

これがすべての真相だ。旧友同士の、遊び半分の馬鹿げた賭け。それが、五年前の出来事を引き起こした。

その結果、男友だちとずっと友だちでいたいのなら、絶対にそれ以上の関係になってはいけないのだという信念を、朱莉に植え付けた。

「征司……、どうして今になって、私に『友だちやめよう』なんて言ってきたの？」

「だから、それは……」

「我慢ができなくなったから、って言ってたけど、違うよね。亮哉がこっちに帰ってきたって知ったからでしょ？　私が征司に『友だちやめよう』って言われた時期と、亮哉が征司に連絡を取ったっていう時期が同じなんだよ」

征司は言葉が出ない。その反応だけで、朱莉の目に涙が滲《にじ》む。

きっと、心のどこかで期待していたのだ。「そんなわけないだろう！　なに言ってんだお前！」と、征司が怒ってくれることを。

黙ってしまったということは、認めたのと同じではないか。

「五年前の勝負に勝ったのは、亮哉だったんでしょう？　その時点で勝負は終わったんじゃなかったの？　それとも征司は、亮哉にリベンジしたかった？　今度は征司が私とそういう仲になって、『結果的には俺の勝ちだ』って、自慢したかったから『友だちやめよう』とか言い出したんだよね？」

なんということを言っているのだろう。

（私、馬鹿みたいだ）

自分でもひどく恥ずかしい。こんなに征司を責めて、偉そうに憶測《おくそく》を述べて、まるでふたりの男に取り合いされたことを自慢しているみたいに聞こえはしまいか。

ただ単に、征司を中傷していると取られかねない言動ではないか。

そう理解していても、言葉を止めることができない。

「……そんなの……、ごめんだわ……」

ぽろりと、涙が零《こぼ》れた。

泣いている姿を見られぬよう、朱莉はショルダーバッグを掴んでリビングのほうへ後ずさる。

「亮哉はやめたいって言ってるんだから、征司もこだわるのはやめてよね……。私も、嫌だもん……」

征司が手を伸ばしても届かない位置で立ち止まり、朱莉は彼のポーカーフェイスを見つめた。

無表情に見えても、彼の眉が、その目が、哀《かな》しがっている。

自分の言葉に傷ついたのだと思うと、胸が痛かった。

泣き顔が彼に見えているのかは分からない。けれど、吐き出す言葉が震えていたから、おそらくすべて伝わっていただろう。

——朱莉も哀しいのだ、と。

「私は……、征司と友だちでいたいよ……」

いつも通りの自分であるように、朱莉は極力明るい声を作る。

「ずっと、友だちでいよう？　そのほうが、ずっと仲のいい関係でいられる。私は征司といつまでも、馬鹿なことを話し合って、愚痴《ぐち》り合える友だち関係でいたいの。一度特別な関係になっちゃったら、もう、戻れないでしょう？」

　征司の目が、かすかに見開かれる。そしてなにかに気づいたように朱莉を見つめるが、涙が溢《あふ》れた瞳では、そんな彼の変化を捉《とら》えることができなかった。

「征司の気持ち、すっごく嬉しかった……。嬉しくて、嬉しくて、自分を見失いそうだったよ……。でも、分かってよ……征司」

　涙が大きな雫となり、ぽたりと零《こぼ》れる。それと共に、彼女の心にある大きな気持ちも、零れ落ちた。

「私は、征司が大好きだから……、ずっと、友だちでいたいんだよ……」

　限界だった。

　もうこれ以上、話すことも、征司の顔を見ていることもできない。

　朱莉は、涙も拭《ふ》かないまま部屋を飛び出した。

＊　＊　＊

　あとを追おうと足を踏み出しかけた征司は、眼鏡を落として視界がおぼつかないせいで、床に置いてあった買い物袋に足を引っ掛けた。

その途端《とたん》、中身が飛び出し、溶けかけていたアイスの蓋《ふた》が外れる。

中蓋のないタイプであったため、とろりとした液体がキッチンの床に流れ、あわやそれを踏みそうになってしまった。

「朱莉……」

征司は床に落ちた眼鏡を拾い上げながら、大きな息を吐いて朱莉の名前を呟《つぶや》く。

拾った眼鏡をかけてみると視界に違和感があった。もう一度外して眼鏡を眺めたところ、どうやらレンズが一部破損してしまったことが分かった。先月新調したばかりの眼鏡だというのに。

馴染《なじ》みの眼鏡店で購入した。朱莉と一緒に出かけ、彼女がフレームを選んでくれたのだ。低視力に対応した特殊薄型レンズの値段を見て、「高いっ！　あんた、出世してよかったわねぇ」と笑っていたのを覚えている。

楽しい買い物だった。征司は、新人らしい店員が朱莉を「奥様」と呼んだことが嬉しくて、いまだに覚えている。

そんな楽しい思い出のある眼鏡が破損してしまったのだ。まるで、今まで築き上げてきた朱莉との十年間――そして、友だちやめたい宣言をしてからの幸せだった十日間が、一気に壊れてしまったような気分になる。

征司は眼鏡を握り締め、徐々《じょじょ》に眉を寄せていった。

その目には不快感が表れている。朱莉でなくても分かるレベルだった。

「……あの野郎……」

自然と出た呟《つぶや》きは、この状況を引き起こしたひとりの男に向けられていた。


――亮哉と約束をした、午後八時。

一分の遅れもなく、征司は待ち合わせ場所へやって来た。

オフィス街に近い繁華街《はんかがい》、メイン通りのオーロラタウン。立ち並ぶ雑居ビルや飲食店の中に、バー『クローバー』はある。

針葉樹柄の磨りガラス。白いドアにレンガ調の外壁。

店自体は小さく、カウンター席の他はボックス席がふたつだけ。それでも、恵まれた立地条件と入りやすいお洒落《しゃれ》な雰囲気で、若者層の常連客が多い。

なかなかの人気店ではあるが、なにぶん席数が限られているので満席であることが多く、入店を断られてしまう場合も珍しくない。今日は金曜日。その点は大丈夫なのだろうかと多少気にかかったが、満席ならば亮哉は店の外にいるだろう。

彼が外にいる様子もなかったので、征司はためらうことなく白いドアを開いた。

「いらっしゃい！　お兄さん、ひとりかい？　あっ、帰らないで帰らないでっ。今、カウンター詰めるからね！」

元気のいいマスターの声と共に、ほぼ満席の店内が目に入る。これではひと声かけなければ客はすぐに店を出てしまうだろう。カウンターの中で、若そうに見える茶髪のマスターが常連客に詰めてもらっていた。

視線を巡らせると、カウンターの奥まった席から手を上げて合図を送っている亮哉の姿がある。征司は店内に足を踏み入れ、椅子をガタガタと揺らす常連たちの背後で「すみません、詰めなくても結構ですよ」と声をかけた。

「待ち合わせなんです。自分はすぐに出ますから。今度、ゆっくり飲みに来ます」

気を利かせてくれたマスターに営業スマイルと共に声をかけ、カウンターの奥へ向かう。一番奥にはストレートヘアの若い女性が座っていた。その隣に座る亮哉とは妙に椅子が近い。それに彼女もこちらを見ていることから、彼の同伴者なのだと察する。

「あれぇ、征だけか？　朱莉は？」

座るつもりはないと断ったことにも不思議そうだが、亮哉は朱莉の姿がないことのほうが気になったようだった。

「連れてきていない。来るとも言っていなかった」

「本当か？　なんだ、来ると思ってたからこいつも連れてきたのに……」

そう言って、亮哉は隣に座る女性の肩を抱き寄せた。彼女は恥ずかしがって「やめてよ」と言うものの、まんざらでもない笑顔を見せている。

「昼間さぁ、こいつが随分《ずいぶん》と朱莉を睨《にら》みつけてたらしくて、朱莉、すっごくムッとした顔してたんだよな。だから、謝らせようと思ってさ」

「昼間？」

「ああ、朱莉がさ、謝りに来たんだよ。お前に、俺が訪ねて行ったこと伝えていなかったって。相変わらず律儀っていうか、友だち思いだよなぁ、あいつ。……でさ、こいつ、会社で受付嬢やってんだけど、他社の女が俺を呼び出したもんだから変な疑い持っちゃって、ずっと睨んでたらしいんだ」

そう言って亮哉がからかうような笑みを向けると、朱莉にやきもちを妬《や》いた受付嬢は恥ずかしそうに亮哉を睨みつけ、プイっと横を向く。

「こいつが疑うんだよ。昔からの友だちだって言っても『女の友だちなんてありえない』ってムキになるしさ。だから朱莉が来たら、正真正銘ただの友だちなんだって証言してもらおうと思ってたんだけどな」

アハハと笑い、亮哉は手元のグラスを取る。

一緒ではないのかと自分に尋ねておきながら、朱莉が来ないことに不満がないことが分かった。

朱莉が来なければ、受付嬢の彼女に関係を説明してほしいという目的も、朱莉に謝らせたいという目的も果たせない。

だがそれは二の次だ。

彼女を連れてきたのは、単なる見栄《みえ》。

朱莉の件で過去にこだわる自分に対して、俺はあの頃のことなどまったくこだわらずに上手くやっていると、虚勢を張りたかったに違いない。

征司は何気なくカウンターテーブルを流し見て、ふたりの間に置かれたピザやボトルの減り具合から、三十分以上前には来店していたのだろうと見当をつけた。

ふんと鼻を鳴らす。これでは男同士の話し合いをデートのついでにされてしまったようで、非常に気分が悪い。

「朱莉は、もう友だちだとは思ってないいんじゃないのか？」

征司のひとことに、亮哉の笑いは止まる。ふたりの頭をよぎるのは、言うまでもなく五年前の件だった。

グラスを空《から》にして彼女の前に置くと、亮哉は椅子を回して征司と向き合った。彼女は無言でお代わりを要求されたのが面白くないらしく、ムスッとした表情でボトルを手にしている。

「征、お前、電話で話したときも思ったけど、ホントに変わってないな。相変わらず、仕事も女もクソ真面目路線なんだろ？」

「お前は俺の爪の垢《あか》でも煎《せん》じて飲め」

「自分で言うなよ」

亮哉はパンっと膝を叩いて笑い声をあげてから、口角を歪《ゆが》めて皮肉な表情を浮かべる。

「友だちだと思ってない、ってのは、いい意味、じゃないよな……」

「当然だ」

「絶縁宣言？」

「あれだけあいつを傷つけておいて、今更友だちに戻れると思ったのか？　それに、お前は昔のことをしゃべりすぎだ」

「ん？　あのことか？　まあ、いいだろう？　昔のことなんだし」

ややや乱暴にグラスを置く音が聞こえて、亮哉は苦笑いをしながら作ってもらった水割りに手を伸ばす。そうしてグラスに口を付けて上目遣いに征司を見ると、声を潜《ひそ》めた。

「ところで征も、朱莉とヤったんだよな？」

「答える義務はない」

「なんだよ、朱莉と似たような反応しやがって。いい歳して、清いお友だち関係ですなんて言うとは思ってないって。まあ、お前としては、引き分けに持っていきたかったたってとこか？　いつからだよ。そういう関係になったのは」

余計な質問には答えない。平然としているように見えるが、この場に朱莉がいたなら、征司が怒っていることに気づいただろう。

「まぁ、どっちにしろ、くっだらねー勝負のせいで俺たちの関係もこじれたよなぁ。なんていうか朱莉にもさ、年齢なりに大人になれよって言ってやりたいけどな。あいつは友情に夢を見すぎなんだよ」

「くだらないプライドを振りかざして、こじれさせたのはお前だぞ。だいたい俺は、お前が言う勝負とやらをした覚えはない」

「は？」

思ってもみなかった言葉を耳にして、亮哉はグラスから顔を上げる。その瞬間、征司がその胸倉を掴み上げた。

不意をつかれた亮哉の腰が浮く。その手から落ちたグラスは液体と氷を撒《ま》き散らしながら割れて砕け、その音が彼女の短い悲鳴と重なる。

「お前が勝手に始めて勝手に進め、勝手に終わらせて、俺に勝ったと悦《えつ》に入った独り遊びだ。最低で下劣《げれつ》な自慰《じい》行為だな」

ボックス席の大学生グループが大盛り上がりだったので、グラスが割れた音くらいでは他の客の注目を集めることはなかった。しかし、さすがにマスターは気づいたらしく、「ちょっと、お客さん？」とカウンターの逆方向から歩いてくる。

「ちなみに俺はな、もう、友だちはやめるつもりなんだ」

「……あ……、朱莉、とか……？」

静かな怒りを見せる旧友に、亮哉は戸惑《とまど》う。征司は滅多に怒りを表に出さない男だが、一度怒ると手に負えないことを亮哉は知っている。

朱莉と知り合ってからは、そんな征司を朱莉がいつも上手くなだめていた。それゆえ、征司がこんなふうに怒るのは久しぶりだった。

征司はニヤリと口角を上げると、胸倉を掴んだままこぶしを振り上げた。

「──お前とだよ！」

ゴッッと鈍《にぶ》い音がしたあと、椅子ごと亮哉が倒れる。

今度はそれに負けないくらいの受付嬢の悲鳴が、盛り上がっていた若者たちの視線を引き付けた。

店の平和を守るべく、すぐにマスターの怒声が響く。

「喧嘩《けんか》お断り！　やるんなら人に迷惑をかけないところでやんな！」

ふたりは店の外へ出ていくだろう。

店内の誰もがそう思う中、転倒したまま立ち上がれない亮哉を尻目に、征司はマスターに深々と頭を下げた。

「お騒がせして申し訳ありません。後日、お詫びに伺《うかが》います」

人を殴るくらいなのだから、相当気が立っているのだろうと思われた征司の表情は、冷静そのもの。彼は割れたグラスの弁償代として五千円札をカウンターへ置き、それから亮哉を指差した。

「腫《は》れたらことなので、冷たいタオルでも貸してやってもらえますか」

そう言うと、頭を下げ、店を後にした。


亮哉に絶縁宣言を叩きつけてバーを出た直後、征司は有料駐車場に停めてあった車に乗り込んだ。

五年前からこじれた亮哉との一件。

それがやっと解決したというのに、征司の心は晴れない。

朱莉の哀《かな》しそうな顔が脳裏に焼き付いていることが原因だった。

「朱莉……」

いつもはその名前を呟《つぶや》けば、彼女の明るい笑顔が胸を満たしてくれるというのに……

大学に入って、征司は朱莉と知り合った。

サッパリとした性格の彼女は付き合いやすく、献身的だが恩に着せない。だからといって無神経なわけでもなく、空気が読める頭のよい女性だった。

話も合うし冗談《じょうだん》も通じる。なにより一緒にいて楽しい。――征司は、ほどなくして朱莉に惹かれた。

『征司と一緒にいると、ホントに楽しいよ』

彼女がそう言ってくれることが嬉しかった。彼女は征司の高校時代からの友人だった亮哉とも、同じような友だち関係になった。しかしその亮哉より、サークルの仲間より、そして女友だちより、自分といるときが一番楽しそうに笑ってくれている気がして、征司は自惚《うぬぼ》れさえした。

だがそこに、予期せぬ弊害《へいがい》が立ちはだかる。

楽しすぎて、すっかり友だち同士という関係に落ち着いてしまったふたり。

気がつけば、それ以上の関係には進めないほど互いに馴染《なじ》んでしまっていた。

大学を卒業し、同じ会社へ就職したあとも、社会人になったからといってなにかが変わるわけでもなく、ふたりの付き合いは続いた。

知識の広さと探究心の深さから直属の上司に目をかけてもらい、新人の中では一番忙しくなった征司を、彼女はずっと応援し続けてくれた。

朱莉が傍《そば》にいてくれたからこそ、征司はずっと頑張ってこられた。そこには、好きな女の前で格好つけたいという見栄《みえ》もあったのかもしれない。

会社始まって以来といわれる早さで、副主任の肩書きが付いた。この先の栄進は間違いない。将来の見通しがついたら、朱莉に自分の気持ちを伝えようか。

――そう考えていた矢先に、亮哉が意味深なことを言い始めた。

『征はさ、いつまで朱莉をあのままにしておくんだ？』

『なんのことだ？』

『いい加減、学生じゃないんだし、いっそ、どっちが朱莉を落とすか勝負しないか』

『ふざけるな。朱莉はモノじゃないんだ』

征司はその提案をはね退《の》け、本気にしてはいなかった。

だが、亮哉はひとりで事を進め……

――朱莉と、一カ月間だけ恋人関係を持ってしまった。

車のキーを持ったまま右手を見つめ、征司は苦笑いを漏《も》らす。

人を殴ったのは初めてだ。まさかそれを、旧友との絶縁宣言で実行することになろうとは。

「あいつも……、悪い奴じゃないんだけどな」

負けたくないという気持ちは誰にでもある。亮哉はそれを、悪い方向へこじらせてしまっただけだ。

まだ旧友を信じたがっている自分を、征司はふっと鼻で笑った。

こんな自分を見て、朱莉はなんと言うだろうか。あんな奴に情けをかける必要なんてないと怒るだろうか。

「いいや……違うな……」

ひとり想像をめぐらせ、征司はクスクスと笑う。

『友だちを大事にする征司、かっこいいよ！』

きっとそう言って、親指を立ててくれる。朱莉は、そういう女だ。

「『友だちでいたい』か……」

朱莉の願いを口に出し、征司は車のキーを回す。

「だったら、友だち関係を貫《つらぬ》いてやる。ただし、俺のやり方で」

回り始めたエンジン。頭の中で、征司は友情に愛情のキーを差し込むところを想像した。すると、征司のエンジンも回り始めた。

＊＊＊

鼻歌は軽快なリズムを刻《きざ》み、足取りは軽い。

日曜の午後、買い物を終えてマンションへ戻った朱莉は、玄関のドアを後ろ手に閉めて、立ち止まったままニヤリと笑った。

「ふふんっ、これこれ」

悪だくみをしているように芝居がかった口調でほくそ笑む。そそくさと部屋へ上がった彼女は、ショルダーバッグを床に転がしてすぐ、持っていた四角い箱をリビングのローテーブルへ置き、その前へ腰を下ろした。

「一回やってみたかったのよね」

嬉しそうな表情で眺める箱は、朱莉にとって宝箱である。側面の取り出し口を開いて中から取り出したのは、真っ白なクリームに赤いイチゴが鮮やかなショートケーキ。それもワンホール丸ごとであった。

「じゃーん」

そんな音を口にしながら、朱莉は中身をローテーブルの上に残して箱を床に置く。イチゴのショートケーキは、朱莉がもっとも好きなスイーツ。

サイズは五号。一般的にいえば、四名から六名用という大きさだ。パウダーシュガーで可愛らしくメイクされた大粒のイチゴが八個、波型に整えられたクリームの側で存在を主張している。

「準備、準備〜」

落ち着きなく立ち上がり、キッチンへ向かう。本来はケーキを切るためのナイフを用意すべきところだが、彼女が取ったのはパスタ用のフォーク。そして、冷蔵庫から紅茶飲料のペットボトルを取り出した。

テーブルへ戻る途中、朱莉はカラーボックスの上に置かれた固定電話にチラリと視線を向ける。留守電と書かれた赤いランプは沈黙を守っている。

フォークとペットボトルをテーブルに置いてから、ケーキの箱を優先したため無造作に転がってしまったショルダーバッグに手を伸ばす。中からスマホを取り出し、同じく着信やメールの見逃しがないかを確認した。

朱莉は、金曜日の夜から電話ばかり気にしていた。十分に一度は着信を確認しているほどである。変化のない着信履歴に苦笑いをして、朱莉はスマホをテーブルに置いた。

征司とあんな別れ方をしてしまってから、気持ちがずっと落ち着かない。

そんな中、今日ついに限界がきた。こんなことを繰り返していてはノイローゼになってしまう。そう考えた朱莉は気を紛《まぎ》らわすために、大好きなケーキを買いに出た。

「征司の馬鹿ー。もう部屋片付けに行ってやんないぞ……」

着信のないスマホに向かって悪態《あくたい》をつくが、言葉の割にその声は弱々しい。

朱莉が待っているのは、もちろん征司からの電話である。

『朱莉ーぃ、腹減ったーぁ。なんか作ってくれー』

金曜の夜に飲みに行ったなら、土曜日の朝に。土曜日にひとりで飲んでいたなら、日曜日の朝に。寝ぼけた声でそんなお願いの電話がかかってくるのではないか。いや、かかってきてほしい。そう期待していた。

友だちでいたい宣言をしてしまったせいで、征司が機嫌《きげん》を悪くしているのではないか、そればかりが気になった。

もしくは朱莉を呼びつけるのではなく、ビールとピザを抱えてふらっと姿を現すのではないか。そんな希望さえ持っている。

（征司、怒ってるのかな……）

結局自分は、征司の気持ちを受け入れることも、彼の願いを聞いてあげることもできなかった。そのうえ、絶対友だちをやめないと自分の主張だけを押しつけてきたのだから、随分《ずいぶん》と勝手な話だ。征司が怒ったとしても、無理のない状況であった。

それでも、征司ならば朱莉が「友だちでいたい」と言った意味を分かってくれると思いたい。ずっと征司と仲よくしていたいから、友だちのままでいたいのだという願いを。――そう願った意味を。

本当は、電話など待っていないで、自分から行けばいいのだと思う。

金、土、日と三日も経っていれば、部屋だって散らかっているだろう。四日以上空《あ》けたら、片付けは一層大変になる。

それなのに、行くことができない。自分から電話もかけられない。征司がいつもの笑顔を見せてくれるのを、ただ待っている。

「ズルイなぁ……、私」

怖かった。自分から連絡をして、もし征司に突き放《はな》されたら……。そんなことばかり考えている。

暗い気持ちになると、思考はどこまでも落ち込んでしまう。こんなことでは、明日会社へ行ったときに、怖くて征司の顔を見られないではないか。

明るい気持ちになるためには、好きなことをするのが一番だ。ケーキと紅茶を用意して第一段階を終えたところで、朱莉は第二段階の準備に入る。

いそいそと四《よ》つん這《ば》いでテレビとＤＶＤプレーヤーへ近づき、編集してある二時間ドラマを再生させた。

「うんうん、これこれ。追いつめられた犯人でも観て、スカッとしなきゃ」

ご贔屓《ひいき》俳優のドラマなので、数回視聴している。ラストを知っているドラマを観てスカッとできるかどうかは疑問だが、好きな俳優のドラマであるという事実が重要なのだ。

いつもの部屋着に着替えるのももどかしく、テーブルの前へ戻りフォークを手にした朱莉は、「いただきます」と両手を合わせてケーキの丸みを崩し始めた。

最初から切り分けるつもりなどない。ワンホール好きなように食べ荒らしてしまうのが目的なのだから。

ケーキをワンホール丸ごとひとりで食べてしまおうだなんて、子どもの夢のような行動である。大人になれば、考えはしても実際に行動に移すことはまずないだろう。ワンホールなどひとりで食べられる量ではないし、第一同じ金額をかけるならば、小さいサイズで違う種類を何個か買ったほうがいい。そんな現実的な考えが先に来てしまう。

だが、今の朱莉にそんな合理的な判断は必要ない。

気を抜けば、どこまでも落ち込んでしまいそうな気持ちを盛り上げるため、必死なのだから。

『切って食えよ。行儀悪いぞ』

『モノグサ男に行儀のこと言われたくないわよ』

ケーキを口に入れようとした瞬間、こんなとき、征司ならばこう言うだろうという言葉が彼の声で聞こえてきた。ご丁寧《ていねい》に、それに対する自分の返答まで。

口に広がる至福の甘さ。とろりと溶けていく生クリーム。スポンジの間からは、クリームと共にみずみずしいイチゴの甘さが滲《にじ》み出る。

いつもの朱莉ならば、ぷるぷると握りこぶしを震わせて「おいしーい」と歓喜せずにはいられないはずだ。

だが今日の朱莉は無表情のまま、もうひと口分フォークを運んだ。

『お前、なんでいっつもケーキのイチゴを最後まで食べないんだ？』

『一番の幸せは最後まで取っておくのよ。大好きなものが傍《そば》にあれば、食べ終わる瞬間まで幸せでしょう？』

『取っておいたら、誰かに取られて泣くことになるぞ』

『なによっ。幸せは幸せなまま取っておきたいじゃない』

ケーキのイチゴを、いつも最後まで取っておく朱莉。そんな彼女を、征司はよく楽しげにからかった。

だが、からかいついでにイチゴを取り上げるなど、子供じみたことはしない。それどころか、自分の分があったときは、いつも朱莉にイチゴをくれた。

そうだ。いつもいつも、征司は朱莉に幸せをくれた。

彼女の気持ちを考えて。イチゴも、愛情も——最高の友だちとしての優しさも。

朱莉は繰り返し、ケーキを口へ運ぶ。なんの感情もなく、ただ機械的に。

何口目かで、大きなイチゴをひとつ口に入れる。八個も乗っているのだから、すべて最後まで取っておくことはないだろうと考えてのことだった。

それでも、彼女の表情は動かない。

いや、たった一カ所、動いた場所がある。

——大きな瞳が、ジワリと滲んだ。

「美味しくない……」

ひと口目から、おかしいと思った。

大好きなはずのショートケーキ。それなのに、何口食べても、その甘さも柔らかさも、そしてイチゴの甘酸っぱさも、彼女に幸せをくれなかった。

それだけではない。せっかく流しているドラマも、内容がまったく頭に入らず、観ていても楽しくない。

たとえ犯人が分かっていても、お気に入りの俳優が出ているだけで楽しめていたはずなのに。

『朱莉っ、俺の話聞いてるか?』

『ちょっと待ってよ、今、いいとこなのよっ』

『この俳優より、俺のほうがいい男だろっ。男見て興奮したいなら、俺の顔でも見てろよ』

『うるさいなぁ。悔しかったらアンタも、断崖絶壁《だんがいぜっぺき》で誰かをかっこよく追いつめてみなさいよっ』

頭の中でめぐるのは、征司との会話。

そして、唯一反応を見せた瞳からは、大粒の涙が頬に流れた。

「……追いつめられてるのは……、私だ……」

フォークがテーブルに落ちる。朱莉は両手で顔を覆《おお》い、肩を震わせた。

(好きなものを取っておきすぎて、失いそうになってる……。馬鹿は、私だ……)

幸せを失いたくなくて、現状維持のまま自分のものにし続けて、その幸せが形を変えることを異常に怖がった。

形を変えても幸せを維持する方法はあるのに、そのすべてを恐れ、変わることを嫌がった。

零《こぼ》れ始めてしまった想いは溢《あふ》れ、もはや止まらなくなっているというのに。

「……征司がいないと……、なにも楽しくない……」

大好きなケーキも、イチゴも、ドラマも。彼には敵《かな》わない。

なにがあっても、どんなときでも、征司が傍《そば》にいてくれたからこそ、朱莉の幸せはそこにあった。

それを失いかけている事実が、苦しいほど胸を押し潰《つぶ》す。

「征司……」

断崖絶壁《だんがいぜっぺき》で、朱莉の想いは泣き声をあげる。

追いつめられた心。けれど、追いつめてしまったのは、自分自身。

「せいじぃ……」

――こんなに、彼を好きになってしまっているのに、事実と向き合おうとしなかった。

自分の罪ではないか……

大学で出会い、征司と朱莉はすぐに仲よくなった。

幼い頃から友だちが多かった朱莉は、男女分け隔《へだ》てなく友だちになれる。

打算的なことが嫌いで、男に媚《こ》びない。そんなところが気に入ったのか、征司はいつも朱莉の傍にいた。

『お前といると楽だし、面白いし』

『私も征司といると楽しいよ』

それは嘘ではない。だが朱莉は、そんな気持ちの裏で、もうひとつ別の感情が育っていることにも気づいていた。

——征司を、好きだという気持ち。

一緒にいられることが嬉しい。彼が傍にいるだけでこんなに心地いい。特別なことをしていなくても、友だちという大義名分の前に毎日その時間は与えられる。征司と友だちでいることで、朱莉の心は常に安定していた。

バランスのいい日常。友だちという関係に頼り切り、それ以上になろうと考えたこともなかった。亮哉を含め、相変わらず男女問わず友だちはたくさんいたが、征司だけは、特別な友だちだった。

一緒に就活を始め、同じ会社に内定をもらえたときは、泣きたくなるほど嬉しかった。まだまだ征司と一緒にいられる。たとえ会社が違っても友だち関係は変わらなかったかもしれないが、やはり、同じ会社なのだという安心感は格別である。

友だち関係は、順調。

だが朱莉は、時々ふと、自分が征司を違う目で見ていることに気づいていた。

学生時代と比べ、明らかに男らしく成長している彼に、見惚《みと》れてしまう。楽しいからという気持ちを優先させていた学生時代。環境が変わり、心身ともに大人になれば、気持ちだって変わる。

秘め続けてきた気持ちが、いつか抑えられなくなってしまうのかもしれない。そんな焦りに苛《さいな》まれていた頃、事件は起こった。

ずっと友だちというラインから出ないだろうと思っていた亮哉からの告白。

流されるままに結んだ関係の末に、やってきた結末。

朱莉に残ったのは、自責の念だけだった。

『朱莉ー、朝飯食ってきたか？　駄目だぞ、朝は食べないと。ほら、サンドイッチやる』

朝食は一日の活力。食欲をなくしていた朱莉に、そうやって食事をとらせていたのは征司だった。

『朱莉、ごめん！　仕事忙しくて、部屋がすごいことになってるんだ！』

その頃から征司の無精《ぶしょう》に拍車がかかり、これまで以上に部屋が荒れ放題《ほうだい》になった。だらしないと責めることは簡単だ。だが、そうなってもおかしくないくらい仕事を頑張っている姿を、朱莉は傍《そば》で見ている。突き放《はな》すことなんてできなかった。

『俺さぁ、外食するより、朱莉のハンバーグが一番美味《うま》いと思う』

――思えば、五年前。

朱莉を元気づけるため、彼なりに必死だったのではないだろうか。

部屋の整理を頼んで、腹が減ったとごねて、なにかしら行動させることで朱莉に哀《かな》しむ暇を与えなかった。

おまけに、ただ無精男を気取って彼女を忙しくさせたのではない。

『朱莉、ケーキ買ってきたから食おうぜ。気分が沈んでるときは、なんかこう、ウキウキすることしないとな』

食べないわけではないが、朱莉は元々ケーキがそこまで好きではなかった。

それをわざわざ征司が買ってきたことにも驚いたが、彼の雰囲気には似合わない「ウキウキ」という言葉に、そのときの朱莉はつい噴《ふ》き出しそうになった。

『あんまり食べたくない』

『なんで？　そういえば、お前がクリームのたっぷり載ったケーキ食ってる姿って、あんま見た覚えがないな……。でも、嫌いなわけじゃないだろ』

『うん、まあ、チーズケーキなら、たまに食べるし』

そう言った瞬間、開かれたケーキボックス。中には燦然《さんぜん》と輝く大きなケーキが二個。

それも、征司が言った生クリームたっぷりのショートケーキ。

『ケーキといえば、これだろう？　どうだ、ウキウキするだろう』

自慢げな態度と共に繰り返される「ウキウキ」の単語。さすがに今度は耐え切れず噴き出してしまう。

『なんで笑うんだよ。美味そうだろ？』

『だ、だって……ウキウキとかって、征司に似合わないよっ』

『じゃあ、ワクワクにするか？　雑誌で紹介された店で、すっげー美味《うま》いらしいぞ。どうだ、それを聞いただけでワクワクするだろう？』

　さらなるワクワク発言に、おかしさが倍増する。肩を震わせて笑う朱莉の顔を、征司はニヤリとして覗《のぞ》き込む。

『よーしっ、笑った笑った。その顔のまま、ケーキ食べようぜ。きっと美味いぞー。楽しい気持ちで食べるものが、不味《まず》いわけないいんだ』

　皿を出してくるわけでもなく、洋菓子店で付けてくれたペーパーナプキンにケーキを載せ、付属のプラスチックフォークを差し出す征司。まるで、今この瞬間を逃してたまるかと言わんばかりの急ぎようだ。「ほら、食え」の笑顔に乗せられて、朱莉はケーキを口に入れる。

　――ケーキは、涙が出そうなほど、美味しかった……

　それは決して、話題の洋菓子店のケーキだから、などという理由ではない。たとえこれがスーパーの臨時コーナーに並んだお手軽ケーキでも、朱莉には同じように感じただろう。

　征司の気持ちと笑顔。

　それらが、朱莉をワクワクさせてくれた。

『イチゴ食え、イチゴ。女ってさ、イチゴ好きだろ？　ほら、俺のもやるから』

自分のイチゴを朱莉のケーキに乗せ、『二個載ると豪華に見えるな！』と笑う征司。

ショートケーキと同じく、イチゴ自体もそれほど好きな食べ物ではなかったのに……

『ケーキのイチゴって、朱莉みたいだ』

『なんで？』

『ケーキの名脇役だもんな。載ってないとさ、物足りないだろう？　なくてはならないもの、って感じでさ。ないと寂しいっていうか、色艶《いろつや》が悪い元気がないイチゴが載ってると、ケーキまで元気がないように見えるっていうか。……なんかさ、俺にとっての、朱莉みたいだ』

何気ない征司の言葉にドキリとする。なくてはならないものという部分に、心が引きつけられた。

なによ、誰が脇役だって？　だいたい、なんであんたが主役なのよ——そう言って、笑顔の中央にそびえる高慢な鼻をフォークで突ついてやればいい。そうすれば、この場は笑いでおさまる。

けれど朱莉には、それができない。

嬉しかったからだ。征司に、そんなふうに思ってもらえているということが。

そして彼は身を乗り出し、ちょっと照れくさそうな笑顔を、彼女の前に晒《さら》した。

『だからさ、お前は、つやつやした元気なイチゴでいてくれよ。俺までしおれちまうだろう？』

征司の顔を見られないまま、朱莉はケーキを食べきる。最後まで取っておいたイチゴは、甘酸っぱかったがみずみずしく、全身に沁《し》み渡る爽《さわ》やかさで、彼女の心のわだかまりを取り除いてくれた。

その日から朱莉は、ワクワクしたいとき、心が疲れたとき、必ずケーキを食べるようになった。そうすると、征司がくれた言葉と気持ちを思い出して、本当にワクワクできる。

ショートケーキを好物にしたのも、イチゴを好物にしたのも、征司だった……

あの頃の征司は、朱莉が落ち込んでいるのは、亮哉との一件にショックを受けて傷心しているせいだと思っていたのだろう。

とにかく彼女を元気づけることに、心を割いてくれていたのだから。

「……違うよ……、征司……」

涙は止まらない。

俯《うつむ》いた朱莉の瞳からは、頬を伝うことなくダイレクトに大粒の涙が零《こぼ》れ落ち、ジーンズの膝を濡《ぬ》らした。

「亮哉のことなんかで……落ち込んでたんじゃないよ……」

朱莉を哀《かな》しませないよう、気遣ってくれた征司。だがあの頃、朱莉が食事もとれないほど落胆《らくたん》していたのは、亮哉との別れが原因ではない。

朱莉はただ、友だちに強く押されたからといって、短期間でも征司以外の男と特別な関係を持ってしまった自分の浅はかさが許せなかったのだ。

征司を好きだという気持ちがあるのに、自分の恋より、友情を優先してしまった。そんな自分が、哀しかった……。

亮哉と付き合った結果得たものは、たとえどんなことがあろうと、征司とは特別な関係になってはいけないという確信。

そしてずっと大好きな彼といたいのなら、友だちのままでいなくてはならないのだという信念。

それなのに、今、その信念が崩れかけている。

征司と友だちのままでいられるかどうか、彼女自身が不安になっている。

「友だちでいたい」と宣言したとき、彼は深く傷ついただろう。おまけに人の気持ちを賭《か》けの材料にしたのかと、彼を責めてしまった。

征司が遊び半分で人の心を傷つける人間ではないことなど、ずっと付き合ってきた朱莉はよく知っているのに。

彼が朱莉にくれた気持ちは本物だ。賭けや遊びなどではない。

ましてや、リベンジなどとくだらないことを考えるのなら、五年前、彼女が傷心しているときにこそ、行動に出るはずではないか。

我慢ができなくなった。

朱莉が欲しい。

そう言ってくれた気持ちに、嘘も計算も、なにもない。

征司の、正直な気持ちだ。

――ずっと……、お前が好きだったんだ……

お試しエッチのついでに出た言葉なのだと決めつけたものの、その言葉は嬉しかった。嬉しくて嬉しくて、身体と脳は快感に支配されても、心だけは征司の言葉を捉《とら》え、涙が止まらなかった。

あのとき、どんなに叫びたかったろう。――私も、と。

それなのに、友だちというものにこだわりすぎて、その関係さえ危うくしてしまった。

征司と友だちでいたい。離れたくないからこそ、このままでいたい。その気持ちは、今でも変わらない。

「……馬鹿だ……、私……」

だがその反面、どんなに意地を張ったとしても無駄だと分かっている。

「好きだ」と囁《ささや》いてくれた声が耳に残っている。

触れた唇の感触も、抱かれた腕の力強さも、朱莉を求める彼の熱さも。すべてが、友情から愛情に形を変えて、朱莉の身体に沁《し》み込んでいた。

「征司……」

朱莉は両腕で自分自身を抱き締め、キュッと身を縮めた。

「……好き……」

涙は止まらない。答えを出せない彼女を苛《さいな》むように、ぽたぽたと零《こぼ》れ続ける。

「ごめん……、大好き……」

ケーキがそれ以上減ることはなく、手つかずのイチゴは次第に乾燥していった。ドラマの再生を終えたテレビが沈黙し、部屋の中が薄暗くなっても、朱莉は動けない。

彼女が待つ征司からの電話は、いつまでもなく……

どうしようもないくらいの切なさも、消えてくれることはなかった。

第六章　友情プロポーズ

週明けの月曜日。上手く征司と接することができるだろうかと不安を感じながら出社すると、オフィスに征司はいなかった。

出社していなかったのではなく、早朝から臨時会議に出ているとのことだった。

なにか新しいプロジェクトでも始まるのだろうか。それとも問題が起こったのだろうか。にわかに緊張したものの、始業時間からしばらくしてオフィスへやってきた征司は、「今日は予定が押しているから」と言って、すぐに外勤へ出てしまった。

会議のあとは、必ずそれに関係した書類が朱莉のもとへ回ってくる。だが今日は、書類どころかお茶淹《い》れの役目も回ってこない。

征司は朱莉と目も合わせず、さっさとオフィスを出ていってしまったのだから……

（征司、やっぱり先週のこと気にしてるんだ）

怒っているなら、週末に電話がないのも当たり前だろう。

そう考えると、この問題はかなり根深い亀裂《きれつ》をふたりの間に作ってしまったことになる。言い争いをしたって、今までは十分とかからず仲直りができていたのに。

それからも一日中、気が重かった。

昼になっても征司は戻らない。外勤が長引くときは必ず朱莉に連絡が入るはずなのに、それさえない。

電話が鳴るたび、彼からではないかと気ばかりが急《せ》いた。

忙しくて連絡する時間がないのだとは考えられなかった。自分に対して気分を悪くしているから連絡してくれないのだと、思考が悪いほうにばかり向かってしまう。

そんなふうにしか考えられない自分が情けない。

オフィスではいつも通りにしていなくてはと思いつつも、望美に「具合悪いの、まだ続いてるんですか？」と言われてしまうほど、沈む気持ちが表情に表れてしまった。

「三宮課長、いるかい？」

仕事以外でもなにかと騒がしくなる終業三十分前のオフィス。唐突にその名前が耳に飛び込み、朱莉はドキリとする。

「あっ、まだ戻ってないです。午後から出ているんですけど、でも、帰社するって連絡はあったみたいなので、直帰ではないと思いますよ」

「朝の会議の件で話をすることになってるから、もう戻ってるかなと思って覗《のぞ》きに来たんだけど……」

征司を訪ねて来たのは、人事課の主任だった。対応したのは出入り口の近くにいた望美だが、彼はオフィスを見回し、目的の人物を見つけて声を張り上げる。

「東野さーん、三宮課長、いつぐらいに戻るかな？」

おそらく話を振られるだろうと覚悟はしていた。朱莉は溜息《ためいき》まじりに立ち上がり、午後から何度も口にした言葉を叫ぶ。

「分かりません！　聞いていませんので！」

「そうか、鬼課長のお守役《もり》が知らないなら、誰に聞いても無駄だね」

「ははは……、そうでしょうかね……」

思わず乾いた笑いが漏《も》れてしまった。征司がいないとき、彼の行方《ゆくえ》は必ず朱莉が知っているると皆思っている。そのせいで、今日は何度、同じ内容の質問をされたことか……。

朱莉と一緒に、はははと笑う人事課主任の佐竹敦基《さたけあつき》。彼は、征司と朱莉の同期だ。

「でも、そろそろ戻ってくるかな。早いとこ話をまとめておかないと、東野さんも帰れないしね」

「は……？」

「またあとでくるよ」

疑問をひとつ残し、人事主任はオフィスをあとにした。

なぜ自分が関係あるのだろう。話をまとめないと帰れないとはなんのことだ。人事主任は「朝の会議の件で話をする」と言っていたではないか。

　考え直せば疑問はひとつでおさまらない。立ちすくんだまま考え込んでいると、オフィスの壁にかかる時計を見上げながら、望美が歩み寄ってきた。

「遅いですねー、課長」

「人事主任と話があるみたいだし。もう戻るんじゃない？」

「でも、珍しいですねー。朱莉さんも分からないなんて」

「うん……、まあ、でも、色々忙しいのよ。きっと」

「さっきうちの課の主任が携帯に電話入れたら、留守電になってたらしいですよ。どうしたんでしょうね」

「そうね……」

　何気なく答えているが、頭は征司のことでいっぱいだ。今日は征司に会ったら、普通の態度で接するのだと決めてきたのに、こんな調子ではいつものように話すことすら難しい。

　正直な気持ちを言うならば、普段通りに接する自信はない。きっと、ぎこちなくなってしまう。それでも平然としていなくては。

　そうしないと、これからも今までと同じ関係を貫《つらぬ》いていくことなどできない。

　それがどんなに、辛く哀《かな》しいことでも……

「お疲れ様です！　課長！」

オフィスの出入り口から聞こえた声に、朱莉と望美は同時に振り返った。

そこには、やっと帰社してきた征司が挨拶《あいさつ》を返す姿がある。雰囲気や表情からして不《ふ》機嫌《きげん》というわけでもないようだ。ホッとしている朱莉の横で、望美が大きな声を張り上げた。

「課長、お疲れさまでーす！　さきほど人事の主任が来てましたよ！」

征司の視線が自分のほうに向き、朱莉はドキリとするが、目が合ったのに反応しないのもおかしいだろう。彼女は焦る気持ちを抑え、歩み寄ってくる彼に声をかけた。

「お……、お疲れさまでした。あの……課長、お茶淹《い》れますね」

帰社した上司をねぎらうのは当然のこと。いつもの征司ならば、間違いなくここで朱莉にお茶を頼む場面だ。

だが、給湯室へ行こうとした朱莉を、征司は片手で制した。

「いや、いいよ。川原君にでもやってもらう」

「え……」

「これからは川原君にお茶を淹れてもらうことになりそうだしね。その辺りの引き継ぎもしてもらいたいし」

「引き継ぎ……？」

朱莉の動きが止まる。

いや、オフィス中の空気が止まった。

それは、誰もが同じことを思ったからだろう……

「異動……？」

誰かがぽつりと呟《つぶや》く。傍《そば》にいた者が慌てて黙らせたようだが、その声は朱莉の耳にも入ってきた。

「まさかぁ……」

声は望美にも聞こえていたのだろう。舌ったらずだが、信じられないと言わんばかりの真剣な口調で戸惑《とまど》いの声を漏《も》らす。

朱莉は言葉が出ない。征司の言葉を、どう取ればいいのか分かりかねていた。

まるでなにかの前触れのように、征司を探していた人事主任。話をする予定があると言っていた彼と、たった今征司が口にした言葉から、誰もが察するのはただひとつ。

（まさか……、征司）

考えると冷《ひ》や汗が滲《にじ》む。いつもの彼女ならば、「なんですそれは。私が淹れたお茶が飲めないとでも言うんですか」くらいは言う場面だ。征司の態度に動揺するオフィスの雰囲気を立て直すには、朱莉がうろたえてはいけない。

なのに、言葉が出なかった。

プライベートを仕事に持ち込まない。それは征司の信条であったはず。それを、彼女の顔を見たくないからといって曲げるというなら、彼の憤《いきどお》りは朱莉が考えている以上のものなのではないか。

（私は……、そんなにも征司を傷つけていたんだ……）

先ほどふいに呟《つぶや》かれたひとことは、征司の耳にも入っていたのだろう。

彼はふと苦笑を浮かべると、中指で眼鏡のブリッジを上げ、望美を見た。

「川原君、人事の主任に、三十分後、第二小会議室に来るよう伝えてくれるかい」

「は、はい……」

「それと、そのとき、お茶を三人分」

「三人分……ですか？」

いきなりの指名に背筋を伸ばすものの、望美はすぐに首を傾《かし》げる。征司と人事主任だけなら、お茶はふたつでいいのではないのか。

「東野君には話があるから。今すぐ第二小会議室へ行ってくれ」

三つ目のお茶は朱莉用らしい。人事主任が来てからお茶が出て本題に入るということは、先に征司より前置きがあるということだろう。それは確実に異動の説明だ。

誰もがそう思いながらも、口には出せない。

「東野君」

返事をしない朱莉に、征司は事務的に呼びかける。朱莉は視線を逸《そ》らしたまま「分かりました」と返事をし、征司の横を通り過ぎた。

オフィスを出て、振り向かずに足を進める。すぐあとに征司も続いたらしく、直後、オフィスが騒然《そうぜん》とする気配を感じた。

鬼課長のお守《もり》役が、突然の異動を言い渡されるのだ。混乱するのも無理はない。

誰もがその原因はなんだと思っているのだろう。分かっているのは征司と朱莉だけ。

(こんな形で……、傍《そば》から離されるなんて……)


第二小会議室は、営業課フロアの奥に位置している。

口の字に配置された大型のテーブル。最大十二名まで入室できて、時に面接会場としても使用されている。

朱莉の入社試験も、ここが面接会場だった。不安と緊張でいっぱいではあったが、征司と同じ会社に入社できるかもしれないという希望で、英気に溢《あふ》れていたのを覚えている。

不安と緊張に関しては今も同じ気持ちだ。だが、あの頃のような昂《たかぶ》りはない。これからの経過に希望などないのだから、当然だろう。

「東野君、座って」

ドアの前で立ったまま動かない朱莉に、さっさと椅子へ腰を下ろした征司が声をかける。

自分の横にある椅子を引き出して勧《すす》めたということは、隣に座って話をするという意味なのだろう。

無言のまま、指定された椅子に腰を下ろす。こうして座ると、先日ふたりきりで残業をした日を思い出してしまう。胸の鼓動が高まってばかりだった、お試し期間のことを……

「さて、ここへ呼ばれた意味を、君なりに理解しているかな?」

話をする征司は、完全に上司としての口調だった。ふたりきりだからといって、プライベートモードになることはない。おのずと深刻な話であることが窺《うかが》えた。

「分かるような気もしていますが、いささか、理解しかねています」

砕けることなく、朱莉も調子を合わせる。いつものように「ちょっと、なに気取ってんのよ!」とまぜっかえす雰囲気ではない。

征司は黙ったままだ。

言葉が出ないのではなく、朱莉の次の言葉を待っているのだろう。

「私は……、異動なんですか?」

間違いであってほしいと思いつつも、朱莉はその疑問をぶつける。征司は腕を組み、キイッと背もたれを鳴らしながら椅子に寄りかかった。

「そうだ。理解しているじゃないか」

「人事主任が、課長と話をすると言っていた直後にこの呼び出しですから……。なんとなく、見当が……」

「まあ、色々と考えてね。君とはどう考えても同じ部署にはいられない。自己都合退職を勧《すす》めるという手もあったが、君は長く会社にいるし、経験もあって仕事もできる女性だ。退職を勧めるのは惜《お》しい」

話の内容に、じわりと冷《ひ》や汗が浮かぶ。あまりのことに言葉も出ない。征司は朱莉に会社を辞めさせようとまで考えたらしい。

「しばらくしたら人事の主任が来る。今日は意思確認くらいなので、すぐに済むよ。細かい話は明日かな。まあ、内容的には総務主任を呼んでもよかったのだけれど、人事主任は我々と同期だから、話しやすいと思ってね」

人事主任が言っていたのは、このことだったのだ。話をまとめなくては帰れない。つまり、朱莉が異動を了解しなくては話は終わらないということ。

もしも異動を拒否すれば、待っているのは自己都合退職ではないか。

朱莉は仕事で大きなミスをした覚えも、社員とトラブルを起こしたこともない。会社からこんな扱《あつか》いを受ける理由などなかった。

同じ部署にはいられないという征司の言葉が、思った通りの理由によるものなら、それは完全にプライベートを仕事に持ち込んでいることになる。だけど、征司がそれを理由にこんな嫌がらせのような仕打ちをするなど、考えられない。

「……拒否すれば、私は、クビになるんですか？」

膝の上で両手をぐっと握り、朱莉は顔を上げる。困惑の気持ちは、彼女の表情をいささか険《けわ》しくした。

視線の先には征司の目がある。特に感情を窺《うかが》わせる表情はしていないが、彼の目はこの状況を楽しんでいるようにも感じた。

それはそれで腹立たしい。人に異動勧告をしておきながら困惑する様子を見て楽しむなど、どういう了見なのだろう。

「俺は部署の異動を勧めているだけだ」

「それが嫌なら、会社を辞めろ。そういうことですよね？」

「……選択は、ふたつだ」

「ふたつ……」

握り締めた手が震える。胸に熱く広がるのは、この理不尽な仕打ちに対する憤《いきどお》りと、征司にここまでされてしまうことに対する哀《かな》しさ。

朱莉は弾《はじ》かれたバネのように立ち上がり、込み上げてくる痛みを口にした。

「なんなのよ、それ！　ふざけんじゃないわよ、征司!!」

いきなり怒り出すなど、大人げないのかもしれない。しかし大人げないのは征司も同じ。いくらプライベートで気に入らないことがあったとはいえ、こんなふうに仕事で仕返しするなんて、納得できるものか。

「公私混同もはなはだしいわ！　私的な付き合いで気に入らないことがあったからって、部署異動だとか、会社を辞めさせるとか、どういうつもり！　パワハラじゃないの！　あんた、いつからそんな了見の狭い、いやらしい男になったのよ！」

自棄《やけ》になっているように見えるかもしれないが、言わずにはいられない。相手が征司だと思えば尚更《なおさら》だった。

「ふられた腹いせ？　本当にあんたらしくない！　見損なったよ、征司！　こんな男のことで悩んでたなんて、私、馬鹿みたいじゃない！」

どうせなら平手打ちのひとつでもお見舞いしてスッキリしてしまおうか。

そこまで考えた瞬間、征司がいきなり噴《ふ》き出し、笑い声をあげた。

「やっぱ、朱莉は面白いな！」

「おっ……おもしろっ……」

「ずっと深刻な顔して気取ってるから、付き合っていたらこれだ。ホント、お前といると飽きないよ」

「なっ……なっ、な……」

声もどもるが、感情も戸惑っている。この理不尽な怒りを、どこへ持っていけばいいのか。

笑いを止めた征司が、朱莉に合わせて立ち上がる。

「見損なうなよ、朱莉。俺が大切な友だちに、権力を振りかざすような真似をするわけがないだろう」

「え……？」

朱莉は耳を疑う。彼はなんと言った。とても大切な言葉を口にしなかったか。

「朱莉、お前の言い分、受け取った。俺だって、お前とずっと仲のいい関係でいたい。馬鹿な話をして、愚痴《ぐち》を言い合って、気兼ねなく笑える、そんな、最高の友だちでいたい」

「征司……」

「ただし、それは、俺のやり方で、お前に受け取ってもらうぞ」

「え？」

彼がなにを言いたいのか分からなかった。そんな朱莉の手をいきなり掴み、征司はポケットから出したものを彼女の指にはめた。

——左手の、薬指に。

「夜通し馬鹿な話をして笑って、愚痴り合って、一緒に泣いて、いつまでもそんなふうに仲のいい、友だちみたいな夫婦になろう。なっ？　朱莉」

一瞬、頭の中が真っ白になる。

耳に残る征司の言葉は、幻聴ではないか。しかし聞き間違いなら、彼に掴まれた左手、その薬指にはめられた指輪らしきものはなんなのだろう。

視線が征司に釘付けになる。指にはめられたものまで確認をする余裕はない。おまけに視界いっぱいに映る征司は、わずかな表情の変化を窺《うかが》わなくても、明らかに嬉しそうに微笑《ほほえ》んでいる。

その微笑みは、照れくさそうにも見えた。そんな表情を見せられては、朱莉まで照れてしまうではないか。

少しずつ頬が熱くなる。赤くなっているだろう自分が恥ずかしくて顔を逸《そ》らしたが、今度は左手の薬指が目に入り、耳まで熱くなった
そこには、とても綺麗な指輪がはめられている。プラチナの輝きだけでも目を見張るというのに、美しい光をまとった透明な宝石まで添えられている。

滲《にじ》み出る特別感。誰がどう見ても、お返しや仲直りのプレゼントで人に渡すレベルのものではない。

指輪が持つ意味は、深読みせずとも分かってしまう。胸が張り裂けんばかりのときめきを感じた朱莉は、思わず征司の眼鏡を取り上げた。

「なっ、……なによ、これ。仲直りしたいなら、素直に仲直りしたいって言いなさいよっ。こんなクサイことして……、どこの百均で買ってきたのよっ」

「お前っ！　ふざけんなっ、コレのどこが百均に見えるんだよ！」

「百均、馬鹿にすんじゃないわよ。生活必需品のほとんどが揃《そろ》うんだからね。私なんて、たまに行くと五千円札が飛ぶんだからっ」

「それがどうしたっ。この指輪用意するのに、俺なんざカードの限度額確認したぞ！」

現実味のある言葉を聞いて、朱莉の言葉は止まる。本気で百均などと言ったわけではない。朱莉だってそれなりに、こういったものを見る目は持っている。どう見ても安物ではないうえに、スタンダードなラウンドカットを六本の爪が支えるデザインは、メディアでよく目にする婚約指輪というやつではないか。

「土日に、何軒も店を回ったんだ。絶対月曜に渡そうって決めていたから、気に入ったデザインで、朱莉の指にぴったりはまるサイズじゃないと意味ないだろう？　メッセージとか入れてもらいたかったけど、最短で二週間かかるとか言われて諦めた。あとでも入れられるって言うから、とりあえずギリギリ今朝まで悩んで、今日、百貨店で買ってきたんだ」

征司の説明を聞き、朱莉は目をぱちくりとさせた。

「今日？」

「早くお前に渡したくて。午後、急いで時間作って用意した。……これでも、急いで会社に戻ったんだぞ」

「……土日ずっと……、これを選んでたの……？　でもあんた……、私の指のサイズなんて……」

「十年付き合ってりゃ、朱莉の指のサイズくらい知る機会はあるって。朱莉に関する覚書は、パソコンの朱莉フォルダに入れてある」

「なっ、なによそれ、気持ち悪いっ」

「うるさいっ。それだけ愛されてたんだと思ってありがたがれっ」

「あっ、あほっ！」

「見れば見るほどわけ分かんなくて、随分《ずいぶん》迷ったぞ。だいたい俺は、女に贈るためにアクセサリーなんか選んだことがない。エンゲージリングっていっても、デザインはたくさんあるし、カラーだカラットだ、もう面倒になったから一番気に入った店で一番スタンダードに売れてるやつにした」

「迷ったの？　征司が？」

舌戦《ぜっせん》の真っ最中とはいえ、いささか呆然《ぼうぜん》としてしまう。

どんな選択肢を前にしても直感的に決断できる征司が、土日と月曜の朝まで悩み抜いたというのだから。

週末ずっと朱莉に連絡がなかったのは、指輪を探し回り、悩んでいたからだったのだ。

「受け取り拒否なんかさせないように、いきなり指にはめてやろうって思ってたんだ。……あっ、一応専用の箱もあるから、あとでやるよ。結構名の知れたブランドの箱だから立派だぞー。ブルーのボックスに白いリボンとかかかってんの」

その説明だけで、征司がどこの店に飛び込んだのかが分かる。改めて指輪を眺めてみれば、そのブランドの定番デザインだ。

呆けていると、右手に持っている眼鏡を取り返すべく征司が手を伸ばしてきた。駄目とばかりにその手を避けた瞬間、征司はムッと眉を寄せる。

「眼鏡返せ」

「やだっ」

「なんで」

「まだ駄目なのっ」

「泣いてるから、顔見られたくないのか」

「なっ、泣いてないっ！」

本当は、じんわりと涙目なのだ。おまけに頬が染まっていて、泣きたいのか嬉しいのか、自分でも判別できない複雑な表情になってしまっている。

恥ずかしくて征司に見られたくない。そんな思いで取り上げた眼鏡ではあるが、征司は朱莉の顎《あご》を掴み、ニヤリとしながら顔を近づけてきた。

「ばーか。何回言ったら分かるんだよ。眼鏡を外してたって、朱莉の顔だけはちゃんと分かるんだよ」

　そのまま唇が触れる。征司の唇の感触に、ほんわりと気持ちが柔らかくなった瞬間、眼鏡を取り返されてしまった。

　相変わらず朱莉の左手を握ったまま離さない征司は、片手で眼鏡をかけて微笑《ほほえ》む。

「ほら、やっぱり、泣いてる」

「う……うるさいぃ……」

「嬉しいか？」

「なによ、その自信」

「俺は嬉しいぞ。揉《も》め事に便乗した形ではあるけれど、一番やりたかったことができたんだから」

　再度唇が触れる。今度は朱莉の頭に手を添え、征司は深く口づけた。

「朱莉……」

　こつりと額同士をくっつけ、征司は静かな声で囁《ささや》く。

「俺は、自分の気持ちを全部お前に見せたつもりだ。好きで好きで我慢できなくなった自分も、お前を抱くことができて嬉しくて、余裕がなくなった自分も。……俺だって、お前と同じだ。ずっと、仲よくしたい。そのために、友だちという関係を崩すことができないってお前が言うなら、俺はお前と、友だちみたいな夫婦になりたいと思う」

これは、間違いなくプロポーズである。

友だち関係を貫《つらぬ》きたいと、涙ながらに意地を張った。特別な関係になってしまえば、もう元には戻れないと訴えたとき、征司は彼女が本当に恐れているものに気づいたのだろう。

征司と心が離れてしまうことを、朱莉がどんなに怖がっているのかを。

どれだけ必死に、友だち関係を維持しようとしていたのかを。

「自惚《うぬぼ》れさせてくれ、朱莉。……お前も、ずっと俺と同じ気持ちでいたと、思ってもいいよな？　気楽で楽しいトモダチ関係に甘えて、一歩踏み出すことができなかっただけだったんだって」

「征司……、私は……」

「お前が言った、『好きだから友だちでいたい』って、俺への返事だと思っていいよな？　――お試し期間は終わって、本始動だと思っていいんだよな？」

次々と言葉を繋《つな》ぎ、朱莉に反論の機会を与えない。眼鏡越しに見える瞳は、嬉しいくらいに真剣だった。朱莉はクスリと笑って視線を下げた。

「……人事主任との、話し合いって？」

「うちの会社の体質が古いのは知ってるだろう。夫婦が同じ部署で働くことはできない。それどころか、寿退社《ことぶき》を促《うなが》されるのが通常だ。だから、お前を異動させるしかなかった。……俺としては、寿退社でも構わないぞ。どっちにしろ、お前は鬼課長のお守役《もり》から御役御免だ」

「なに、勝手に決めてくれちゃってんのよ。……私がいなくなったら、誰が鬼課長の機《き》嫌《げん》をとるのよ」

「俺が毎日ご機嫌で仕事に臨《のぞ》めるよう、お前は家で俺のお守をしてくれればいいだろう。お前がいつも一緒にいるんだって思えば、俺はそれだけで張り切れるから。それでオフィスの平和は守られるだろう？」

「変な理屈ー」

笑いと共に漏《も》らす文句は、嗚咽《おえつ》がまじってかすかに震える。朱莉が受け入れてくれたと確信した征司だったが、次の瞬間、彼は目を見張った。朱莉が指輪を抜き、征司の前に差し出したのだ。

「あんた、なにを聞いてるのよ。私のことなにもかも全部分かってるみたいな言い方して、馬鹿みたい」

せっかくいいムードだったというのに、これは拒否ということなのだろうか。

かすかに不安になった征司だが、そんな彼に、朱莉は涙を浮かべながらはにかみ、笑顔を見せた。

「私……、お試しエッチする前に言ったじゃない……。私が了解してないのに勝手にしたら、ただの暴力だって。そんなの嫌だ、って。……ちゃんと、了解取ってよ」

征司は差し出された指輪を受け取る。

そして朱莉の左手を取り、彼女を見つめた。

「――朱莉と、ずっとこのまま一緒にいたい……。仲のいい友だちのまま、どんなことも話し合って分かち合える……かけがえのない存在でいたい。だから、結婚して、友だちみたいな夫婦になろう？」

左手の薬指の先で、指輪と征司が答えを待っている。黙ってそれを見つめていると、征司が額を寄せてきた。

「ハメていい？」

「なんか……言い方がエロい……」

「いいだろ。朱莉にしかいやらしくなれないんだし、朱莉以外には、なる気もないし。俺は一生、こんなんだよ」

クスリと微笑《ほほえ》み、朱莉は自ら指を進める。さらに征司が指輪を進め、ふたりの未来を誓う象徴は、合意のもと、再び彼女の指におさまった。

「征司は、最高に特別な友だちだよ。――大好きっ」

ふたり同時に伸ばした腕は、お互いを抱き締め合う。

愛《いと》しいトモダチの力強い愛情の中で、朱莉の涙は、嬉し涙に変わった。

＊＊＊

「あれぇ、皆さん、なにしてんの？」

営業課フロア、第二小会議室の前。かすかに開いたドアの隙間《すきま》をふさぐように集まっている社員たちを見て、佐竹は不思議そうに声をかける。

次の瞬間、彼は人差し指を口元に立てて沈黙を強要する営業課の社員たちに、反対側の壁際に追いつめられた。

鬼課長とお守役《もり》の様子が気になって、つい覗《のぞ》きに来てしまった社員たち。彼らはもう三十分も経っていたのだろうかと考える前に、このムードを壊すべきではないと、人事主任の入室を阻止する。

鬼気《きき》迫る課員たちの様子を見て、いったいなにが起こっているのかと目を白黒させる彼の前へ、いそいそと望美が進み出た。

「お茶、淹《い》れてきます。もう少し待っててくださいねぇ。いーですか？　まだ、入っちゃ駄目です。少なくとも……、んー、あと、五分くらいは」

小声で忠告をして、望美は給湯室へ向かう。これ以上の覗《のぞ》き見はやめたほうがいいと判断した社員たちも、足音を忍ばせてオフィスへ戻り始めた。

覗き見た幸せすぎる光景。それを思い出しながら、望美はクスリと笑って肩をすくめた。

「……男女の友情かぁ……。こんなふうに変わるなら、いいよねぇ」

＊＊＊

なにを話すのか大よその見当はついているが、朱莉は緊張していた。部署異動など初めての経験であるし、人事としては寿退社《ことぶきたいしゃ》を勧《すす》めたいと言う可能性だってある。

「いやぁ、本当にね。あの熱弁、聞かせてあげたかったなぁ」

そんな彼女の緊張など意に介さず、佐竹は湯呑みを丁寧《ていねい》に両手で持ち、朗《ほが》らかな笑顔を見せた。

「朝の会議でね、いやぁ、相変わらず三宮君は口が上手くてね。人事部長も言い返せなかったよ。常務なんかすっかり丸め込まれちゃって、一緒になって張り切り出してさ」

征司の武勇伝らしきものを話してくれるのはいいのだが、朱莉には話が見えない。朝の臨時会議とは、仕事の件ではなかったのだろうか。

チラリと横目で窺《うかが》う。そこには、佐竹の話に乗る気配も見せず、厳しい表情で湯呑みを凝視《ぎょうし》する征司がいた。

唇を真一文字に結び、その表情は明らかに不快感を表している。いや、どちらかといえば、ふてくされているという表現が正しい。

さっきまで、とろけるような笑みを浮かべていたのに……

どうしたのだろうと思いつつお茶を口にして、朱莉はその原因に気づいた。

征司からお茶淹《い》れの指名を受けたのは望美だった。憧れの課長直々のご指名。これは張り切らねばと思ったに違いない。

この茶葉の味は征司が朱莉に注文させている熱湯玉露《ねっとうぎょくろ》だが、いつもと違う。そして、なんといっても熱さが違う。

（……ぬるい……）

熱湯玉露の名前そのままに、朱莉はいつも九十度前後の熱いお湯で煎茶《せんちゃ》風に淹れる。熱くて爽《さわ》やかなお茶がいいという、征司の好みである。

だが望美が淹れたこのお茶は、彼の好みよりはるかにぬるい。

おそらく彼女は玉露という文字だけを見て、判断したに違いない。一般的に、玉露を淹れるための適正温度は六十度程度。

決して不味《まず》くはない。むしろ玉露の淹れ方としてはこのほうが正しい。だが、お気に入りのお茶がいつもと違う淹れ方なので、彼は限りなく不満らしい。

一方、そのお茶をクイッと一気に飲み干し、佐竹は感心している。

「いやぁ、美味しいね、このお茶。温度もちょうどいいよ。なにこれ、営業課って、こんないいお茶買ってるの？」

機嫌《きげん》よく征司に話しかけるが、彼の機嫌があまりよくないと悟り、誤魔化《ごまか》しも含めてコホンとひとつ咳払いをした。

余計なおしゃべりをしすぎたと思ったのだろう。征司の気分を損ねているのは、佐竹のおしゃべりではなくお茶の味なのだが。

（望美ちゃんに、征司のお茶の好みを、ちゃんと教えておかなくちゃ）

湯呑みを傾《かたむ》け、朱莉はそう心に誓う。彼女が異動になれば、征司のお茶淹《い》れはその日のお茶当番、もしくは現在一番の新人である望美が担当することになるだろう。

「お前が傍《そば》にいると思えば、俺はいつだってご機嫌だ」などとかっこつけてはくれたが、貴重なひと休みで満足できるお茶が飲めなければ、「朱莉、お茶淹れてくれ！」と呼び出される可能性だってある。たとえそれが、別部署であろうと。

笑い話ではない。征司ならば、やる。

（そういう男よ。こいつは）

そうは思えど呆れる気持ちにならないのは、膝に置いたまま動かせずにいる左手の指輪のせいだろうか。

「それにしたって東野さん、すごいよね。頑張ってよ」

態度を改め、佐竹は早速手元のファイルを捲《めく》りながら朱莉に話しかけてきた。

「大抜擢だ。三宮君は本当にすごいことをしたと思うよ。とりあえずは、新ポジションに対しての君の意思確認をさせてくれるかな。その確認をしたら今日は終わり。その後の詳しい話は、準備が整ってからかな」

「え……？　異動の意思ってことですか？」

確認とは、異動する意思があるかどうかということだけではないのだろうか。怪訝《けげん》な表情をする朱莉を見て、佐竹まで同じような表情で征司を見た。

「三宮君、話してないの？」

「部署を異動するって話だけはした。それ以上はしていない」

「なんだー、僕が来るまでに話を付けてくれるんだって思ってたのに。君たちだって確認取って、早く帰りたいだろう。まったく、三十分、なにしてたんだよ、ずっとイチャついてたのかい？　だから皆に覗《のぞ》かれるんだよ」

思いがけない告げ口を聞いて、朱莉は湯呑みを落としそうになる。

（の……覗いてたぁ!?）

ということは、会議室での一部始終を見られていたということか。

朱莉の脳裏を、ここへ入ってからの出来事が通り過ぎていく。

征司の態度に腹を立て、彼に歯向かって……

プロポーズをされて、キスをして……

(あれ、全部見られてたのぉっ!!)

唐突に噴《ふ》き出す羞恥心《しゅうちしん》。明日、どんな顔で出社したらいいのだろう。部署メンバーは知らん振りを決め込むだろうが、見られていたのだと知った今では、考えただけでも気まずいではないか。

「話そうと思っていたら、佐竹君が入ってきたんだ。俺は予定通りに話を進めていた」

動揺する朱莉に対して、征司は至って冷静な態度を貫《つらぬ》いている。そして湯呑みを置き、赤くなっているのか青くなっているのか、本人でさえ顔色が判断できない朱莉に顔を向け、本題を切り出した。

「お前の新しい部署は、総務課だ」

「総務……?」

だいたい予想通りだった。結婚のための異動ならば、女性が多い総務辺りは無難なところと言えるだろう。

だがその話には、驚くべき続きがあった。

「総務課の主任代理に推薦した。このまま話が進むだろうから、秋には主任試験を受けろ。管理職の推薦がいるが、俺が推薦してやる」

「ええっ!?」

思わず立ち上がり、両手をテーブルについてしまう。佐竹の視線が何気なく左手薬指に移り、ニヤリと笑われたような気がして、朱莉はさりげなく両手をテーブルの下に隠した。

「しゅ……主任代理……」

「主任の補佐的な仕事だが、まずはそこから始めるのがスジだ。お前は営業アシスタント七年の古株だからな。縁の下の力持ちには慣れているうえ、下の人間を使うのも慣れている。会社のこともよく分かっていることを考えれば、うってつけだろう」

「で……でも……」

補佐的な役目とはいえ、一応は肩書付きだ。

この誠和医療メディカルには、女性管理職はいない。それが会社の体質、社風というものではなかったか。

躊躇《ちゅうちょ》する朱莉に、征司は不敵な笑みを見せる。

「経験豊かな女性をそのままにしておくのは、まさに宝の持ち腐れだ。お前が総務の主任代理として評価を得られれば、徐々《じょじょ》に社内の認識は変わっていく。いや、変わるべきだ。会社の古い体質に新風を吹き込むチャンスなんだよ。お前が、その風になればいい」

朱莉はただ目を見開くばかりだった。考えてもいなかったことである。女性に大きな活躍の場はなく、男性主導で動いている会社。それは仕方ないのだと、割り切っていたのに。

「三宮君の演説はすごかったんだよ。僕も是非、この案には乗りたいね。東野さんにこの話を受ける覚悟があるなら、応援させてもらう」

佐竹は一枚の書類と判子を手に待ち構えている。朱莉の返事を聞いて、そこに承認印を押せば、この話は決まるらしい。

彼が言っていた朝の会議の熱弁とは、この件に関してなのだろう。征司は朱莉を総務課の主任代理に推《お》すため尽力した。

能力のある女性にチャンスを。それは会社のためでもあったのかもしれないが、多くは朱莉のため、特別な友だちのためだ。

なんということだろう。彼は、公私共に朱莉と関わり続けていくため、会社の体質まで変えようとしている。

「東野君。返事をくれるかな？　確認印を押せば、今日の話は終わりだよ」

急《せ》かす佐竹に視線を移すことなく、朱莉は征司を見つめた。上司の顔で自分を見つめている彼。眼鏡の向こうに見える涼《すず》しい双眸《そうぼう》——鬼の三宮と言われ、部下の誰もが震えあがる目。

けれどその目は、今、限りなく喜んでいる。嬉しくて嬉しくてたまらない、そんな愛《いと》しげな目をしている。

――朱莉には、分かる。

「やります……」

慎重な声で返答をし、征司を見つめる。このままよろしくお願いしますと締めくくれば、この場はおさまるだろう。

だが、そう考えていた朱莉の目に、破顔寸前の征司が映った。

愛《いと》しさが湧き上がる。この友だちは、いったいどこまで自分を驚かせてくれるのだろう。

「頑張るから……！　――征司っ！」

激情のまま、朱莉は彼に抱きついてしまった。

目の前に佐竹がいるが、同期のよしみで許してほしい、そんな気分だった。

実際佐竹は、滅多に見られない光景を目にしてごちそうさまと言わんばかりに面映《おもは》ゆそうな表情を浮かべている。彼は照れくさそうに視線を逸《そ》らして、書類にポンっと判を押した。

「よし、成立」

目の前にはまだ佐竹がいる。それは分かっているのだが、感極まった朱莉は征司から離れられない。抱きつく左手には幸せの証《あかし》。さっきは意識して隠したが、今はハッキリと佐竹の目にも見えていることだろう。

あてられっぱなしの彼は、茶々のひとつも入れたかったに違いない。だが、いつもは厳しい顔をしている同期が、にこやかに彼女の頭を撫《な》でている。ここで冷《ひ》やかすのは、あまりにも無粋《ぶすい》だと感じたのだろう。

判をしまい書類を片付けると、佐竹はファイルを小脇に挟み立ち上がる。

「じゃあ、僕はお先に。君たちも、もう帰るんだろう？　すぐに帰るよ」

「ああ、今日は残業の気分でもないしな。すぐに帰るよ」

征司が振り向かないまま返事をすると、佐竹は「お疲れ様」と手を上げ、ドアへ向かった。

＊＊＊

心なしか足音を潜《ひそ》めていた佐竹は、ドアを勢いよく開け、素早く閉めた。

「しーっ、しーっ、しーっ」

そして、ドアを開けた瞬間、跳び上がらんばかりに驚いて叫び声をあげようとした望美の口を手でふさぎ、反対側の壁へ追いつめる。

「やっぱり聞き耳を立てていたね。そうじゃないかと思ったんだ。ドアに近づきすぎて、しょっちゅうカタンカタンって音が聞こえていたからひやひやしたよ。三宮君は気づいていたかもしれないね。明日怒られるぞー」

穏《おだ》やかな口調で繰り出される脅《おど》し。今でこそ主任クラスの彼だが、将来大きく出世したなら、鬼の三宮にも負けないほどの鬼になるに違いない。

小会議室の中は、彼が入る前以上にいいムードになっている。第三者のために中断させるのは忍びない。

望美は気になって気になってしょうがなくて、つい覗《のぞ》き見を続けてしまったのだろう。だが、課長に叱られるかもしれない可能性を指摘され、さっと顔から血の気が引いた。女の子を怖がらせてしまったことに対して、佐竹の中に罪の意識が生まれる。彼は望美の口元から手を離し、笑顔でフォローした。

「でも、君が淹《い》れてくれたお茶、美味しかった。三宮課長に怒られそうだったら庇《かば》ってあげるよ。僕ね、実はすっごい猫舌なんだ。だから、たいてい出されてすぐのお茶って飲めないんだけど、君が淹れてくれたお茶は美味しく飲めたよ。ありがとう」

追いつめられて壁に寄りかかった体勢のまま、望美は目をぱちくりとさせる。まさかそんなことで褒《ほ》めてもらえるとは思わなかったのだろう。

「あ、そうだ、お礼にこれあげるよ」

スーツのポケットを探り、佐竹はそこから手のひらサイズの包みを取り出す。赤いパッケージで有名なウエハースチョコレートだ。

「さっきコンビニで買ったんだけど、君にあげる。美味しいお茶のお礼だよ。チョコは、嫌い？」

「……い、いいえ……、好きです……」

「よかった」

「い、いいんですか？」

「うん。……あっ、スーツのポケットに入れっ放《ぱな》しだったから、少し溶けてたらごめんね」

「気前、いいんですね……」

「女の子にはね」

望美は、もらったウエハースチョコを両手で持ち、胸に当てて握り締めている。本当にチョコが溶けてしまいそうだ。

「……あたし……、チョコは好きなんですけど、ウエハースってちょっと苦手で……。でも、これは食べられそうな気がします……」

頬を染めて恥ずかしげに本音を語る望美は、気前のいい人事主任に、胸をときめかせていた。

＊　＊　＊

「こんな日は、やっぱりハンバーグだよねぇ」

征司のプロポーズをOKした時点で、朱莉はそのつもりだった。

佐竹との話を終えてすぐ、終業時間をだいぶ過ぎているというのに、なぜかほとんど残っていた営業課メンバーにニヤニヤと見送られて、ふたりは会社を出た。

あとはハンバーグの材料を買って征司の部屋へ行くだけ。だが、その前に朱莉の部屋へ寄ることになった。

明日用の着替えとメイク道具をそのまま持っていけば、明朝は寄り道をせずに会社へ行けるからである。

「でもさぁ、頭いいよねぇ、征司」

ひとまず自分の部屋へやって来た朱莉は、寝室のクローゼットをあさり、明日の出社用の服を用意する。ニュースでは、明日は雨模様だと言っていた。スカートよりパンツのほうがいいかと考え直し、一度出したタイトスカートをハンガーへ戻す。

「ちょっと感動したなぁ。会社の認識を変えようなんて、そんな大きな考え持ってたなんてさ。私は、それがこの会社のやり方なんだしとか、長いものには巻かれろ的なことしか考えていなかったよ」

お世辞でもなんでもなく、朱莉は本当に感動した。

大企業の社風というものには、根強いこだわりが存在する。歴史が古ければ古いほど、変化を嫌がるものだ。征司は、それを変えようというのだから。

「んー、まあな。そのまま寿退社《ことぶきたいしゃ》にしろって言ってもよかったんだけど、お前は人の輪の中にいるとすごく生き生きするし、そのほうが似合ってると思うから、仕事は続けさせたいと思ったんだ」

背後から征司の返答が聞こえてくる。さりげなく彼女の協調性を褒《ほ》める言葉が出たことで、朱莉は手を止めて照れてしまった。

動きが止まった彼女を、征司の腕が後ろから抱く。甘い囁《ささや》きが耳朶《じだ》をくすぐった。

「惚《ほ》れ直したか？」

ふわりと頬が熱を持ったのが分かる。なに言ってんのよ馬鹿ね、と心の中でだけ言い返しはするものの、朱莉ははにかみながらこくりと頷《うなず》いた。

「うん……、惚れ直した……」

そう答えた途端《とたん》、身体を反転させられ、征司の唇が近づく。手に持っていた、明日用のカラーブラウスがパサリと落ちる。抱き寄せられた瞬間、それを踏んでしまったのが分かった。

だが、皺《しわ》になってしまうとそれを回収するより、征司の口づけを受けることのほうが、朱莉には大切だった。

彼の肩から腕を回し、頭に手を回してキスに興じる。ゆっくりと重なり合う唇。どちらからともなく差し出された舌が絡まり、舌先を弾《はじ》き合う。

「ンッ……」

強く抱かれて舌を吸われると、根元がじくりと痺《しび》れる。身体から力が抜けるまま後退すると、足がベッドにぶつかり、そのまま征司と共に倒れ込んでしまった。

ベッドの上で大きく身体が弾《はず》んだが、それでも彼の唇は離れない。両手で朱莉の頭を押さえ、髪を撫《な》で、何度も顔の向きを変えて彼女の唇を貪《むさぼ》った。

それはいいが、倒れた拍子に眼鏡がずれたため、朱莉の鼻や目の下にフレームが当たる。眼鏡を取り上げようとすると、それを避けるように顔が上がり、征司が眼鏡をかけ直した。

「だーめっ。今夜は取らせねーぞ。朱莉の顔、ハッキリ見てやるんだ」

それはもちろん、今夜のベッドでの話だろう。今までのセックスでは、朱莉は征司から眼鏡を取り上げている。今夜こそはそれを阻止すると、彼はあらかじめ宣言してきた。

「お前がイく顔、しっかり見てやるからな」

「や、やらしいなぁ、もぅっ。……って、それはいいけどさぁ、征司……」

「ん?」

「なんで脱がせてんの?」

朱莉が戸惑《とまど》いを見せるのも無理はない。身体が重なり合ったまま、征司の手は朱莉のブラウスを脱がせにかかっている。すでにボタンは外され、肌を滑る手が胸を露《あら》わにし始めていた。

「いや、なんだかベッドの傍《そば》に立ってる朱莉の後ろ姿見てたら、ムラムラしてきたから、ここでしようかなとか……」

「なんなのっ。その、わけ分かんない理由はっ」

「考えてみるとさ、朱莉の部屋でしたことないし。プロポーズ記念にここで……ってのもいいかな」

「こじつけー。部屋とプロポーズと、なんの関係があるのよ。したいだけでしょー？　……でも、今そんなことしちゃったら、晩ご飯食べらんないよ。ハンバーグだよ」

「ハンバーグより朱莉のほうが好きだから、痛くも痒《かゆ》くもない」

ハンバーグと比べられてしまうのは、最初のときと今回とで二回目だ。彼がどれだけハンバーグが好きかを知っているだけに、食べ物と比べられてもほのかに嬉しい。

征司は朱莉の身体からブラウスを脱がし、自らもスーツの上着を脱ぎ捨てる。彼女を見つめながら、忙《せわ》しくネクタイを緩《ゆる》める姿にドキリとしてしまったのは、普段は乱暴にネクタイを外す男ではないからだろう。

——急《せ》くほどに、朱莉が欲しい。

平静を装いながらも、そんな気持ちが、朱莉を見つめる彼の目から滲《にじ》み出ている。

「も……もう……、せっかち……。この、欲求不満めっ」

求められる視線に陥落《かんらく》寸前だというのに、朱莉の口からはそんな言葉が出てしまう。

だが、頬を染めてモジモジとしている状態では、悪態《あくたい》もサマにはならない。

ネクタイを取り、シャツを脱いで、征司は朱莉に顔を近づけた。

「先週末、愛《いと》しい奥さんを抱けてないからな、欲求不満なんだよ。解消させてくれないと、録画してあるお前のお気に入りドラマ、全部消してやる」

「ちょっとぉ、なんなの、その報復」

奥さんと呼ばれて、戸惑《とまど》いは大きくなる。でもなんたることか。征司になら、お気に入りドラマを消されても許せるとまで思ってしまった。

ブラジャーの上から胸を寄せるように掴まれ、彼の唇が布越しに触れる。そうして頂《いただき》に近い箇所をついばみ、彼女を陥落させるための刺激を与えてきた。

「朱莉が欲しいんだよ……、今すぐ。……駄目か？」

彼の頭に手を添え、朱莉はすっかり溢《あふ》れだしてしまった自分の想いごと胸に抱き締める。

「私も、征司が欲しいよ……。大好き……」

素直な言葉は、征司の気持ちを昂《たかぶ》らせる。

彼はブラジャーを外し、現れ出たふくらみに吸い付きながら、スカートを脱がせにかかった。

頂《いただき》を飴玉《あめだま》のように舌で転がし、さらにストッキングとショーツを同時に脱がせる。彼の動きに合わせて腰を上げ、足を引いて協力すると、乳首を甘噛《あまが》みされた。

「あんっ……、ちょっ……、いたいっ」

「朱莉が自分から脱いでくれたから、なんか嬉しくてさ」

「そんなことで喜ばないでよ、もぅ」

そのくらいで満足げな顔を見せられてしまっては、こっちまで嬉しくなってしまうではないか。いつも相手に任せているので、確かに自分から脱いだことはなかった。

煽《あお》るつもりではなかったが、どんな反応があるだろうかと興味が湧き、朱莉はこっそりと征司のベルトに手を伸ばす。カチャリとベルトのバックルを外すと、乳輪をなぞっていた舌が止まった。

「ヤバ……、朱莉に外されてると思うと、すっごく滾《たぎ》る……」

「私が外さなくても滾ってるくせに」

「いや、真面目に。ほら」

ベルトを触っていた手が掴まれ、不意に下へと導かれる。その場で張り詰めているモノの質量を悟りハッとするが、彼の手を振りほどこうとは思わない。

「興奮してるんだ……、征司」

「触って分かる通り」

「友だちのときはしなかったくせに」

「我慢してたんだ。ずっと。その分、もう我慢しないからな、覚悟しとけよ」

朱莉は言葉も出せないまま、硬く張ったボトムの中央を撫《な》でる。友だちではない彼に求められているのだという事実が、なんとも嬉しさを誘う。

「朱莉だって、友だち一辺倒《いっぺんとう》だったときは、傍《そば》にいたって特別な意識なんかしなかったんだろう？」

征司の返しに、朱莉も張り切って答えた。

「我慢してたのよ、ずっと。……でも、もう、我慢しないからね」

戸惑《とまど》ってばかりいた気持ち。

肌に触れられることも、彼の熱さを感じることも。

こんなにも幸せになれることであったのに……


カーテンも閉められてはいない寝室。星の姿も隠してしまうほどの、ぽってりとした雲が夜空を覆《おお》ってしまっているため、窓から月の姿が見えない。

着替えをセレクトしている途中で押し倒されてしまったせいで、部屋の中は灯りが点《つ》けっ放《ぱな》し。当然、征司の顔も身体も、彼が次にどんなことをしようとしているのかも、ハッキリと見えてしまう。

そしてそれは、征司も同じだった。おまけに今夜は眼鏡をかけたままなので、今まで身体を重ねた中でも一番よく朱莉の姿が見えているに違いない。

その証拠に、胸、腰、腿《もも》──ひとつひとつ愛撫《あいぶ》の場所が変わるたび、征司は確認をするかのように朱莉の顔を見つめてくる。

感じている顔を見られるのは恥ずかしい。それは今も変わっていないのに、相手が彼ならばいいかと思える。むしろ、こんなに感じているという姿を、もっと見てほしいと思ってしまうのはなぜなのだろう……

「ねえ、征司……」

「ん？」

「まだ？」

「なにが？」

分かっていて聞き返してくるのか、はたまた本当に分からなくて聞き返してくるのか。いささか疑問ではあるものの、おそらく前者であろうと朱莉は考える。

「……そういうコト、女に聞くもんじゃないって言ってるでしょ」

聞けるはずがないではないか。「まだ入れないの？」などと。

うつ伏せになった朱莉の髪を寄せ、征司は丁寧《ていねい》に背中から尻、太腿の曲線を愛撫する。大きな手で力強くなぞられると、まるでマッサージでもされているかのように心地よく、指が沿うたびに上半身が焦《じ》れる。舌の軌跡《きせき》に背筋を反《そ》らし、ときおり吸い付く唇に、ふるりと肌を粟立《あわだ》たせた。

その唇が、腰から続くヒップラインを辿る。ふくらみに吸い付きながら双丘を揉《も》まれると、じわじわと歯痒《はがゆ》い痺《しび》れが走った。

「んっ……ぁ……」

たまらず両肘をついて下半身を震わす。征司の舌は谷間をなぞり、軽く広げながら下がっていった。

「征司……」

「待ってるんだけどな。朱莉からねだってくれるの……」

舌の動きに合わせて腰を少しずつ上げていくと、舌先が花芯《かしん》に触れる。すでに疼《うず》き始めていたそこは、その刺激だけで甘く痺れた。

「あっ……や っ、ん……」

「いっつも俺ばっかりガッついてるような気がするからさ、朱莉からガッついてくれないかなぁ、……なんて」

「ばかぁ……、あぁんっ……もぅ」

「でも、この反応だけで充分か。シーツまで垂れて濡《ぬ》れてるぞ、お前」

「だってぇ……」

征司に触られているのだと思うだけで、熱が上がる。全身が潤《うるお》って、内側から溶けてしまいそうだ。

腰を上げたことで、溢《あふ》れる蜜が太腿《ふともも》を伝っていく。征司の手がそれを内腿から塗り広げ、尻の双丘《そうきゅう》にまでぬるりとした感触が伝わった。

「だ、誰のせいよぉ……。責任取んなさいよ……」

責める朱莉だが、それは文句ではなく哀願《あいがん》だ。

征司はクスリと笑い、彼女の腰を上げて四《よ》つん這《ば》いにさせると、その後ろで両膝立ちになり双丘の谷間に滾《たぎ》りを当てた。

「責任取るよ。これからずっと……」

自らの使命を果たそうとするかのように、ゆっくりと彼自身が朱莉の内側に吸い込まれていく。埋まりきり、腰が太腿に密着すると、朱莉は下半身を引きつらせて悦声をあげた。

「あっ……あぁん……征っ……征司ぃっ……！」

「すっごく我慢してたから、早いかも……。ごめんな」

「べ……べつに、そんなの……、あぁっ……」

焦《じ》れきっていた花芯《かしん》が、それを満たしてくれる彼の存在を喜ぶ。ひくひくとうごめき、深く彼を受け入れた。

「せっ……せぃ……ああっ！　やぁぁ……深いっ……」

「うん、根っこまで朱莉でいっぱいだ」

身体を倒し、朱莉の顎《あご》を掴んで振り向かせ、征司は肩越しに口づける。

「嬉しいな……。今夜は、朱莉の顔がハッキリと見える」

「征司ぃ……」

滾りがキッチリと埋め込まれたまま、ゆっくりと身体を返される。体位を変える過程で擦れてしまうだけで、ナカはどこまでも敏感になっていく。

征司に伝わってしまうのではないだろうか。

朱莉がどれほど感じているか、征司と同じく、挿入されるまでどれだけ我慢していたか。

口と態度には出さなくとも、どれだけ征司が欲しかったか……

「朱莉……」

案の定、それを身体で感じた征司は、張り詰める愛《いと》しさのまま、朱莉を貫《つらぬ》き続けた。

「あっ、あっ……、あっ……征っ……！」

上半身を起こした彼の腕に両足をかけられる。揺さぶられるままに動く足は、ナカからの刺激を直通させ、快感のままに痙攣《けいれん》を起こした。

「足、震えてるぞ」

「んっ、ぁん……、だって……、ああっ！」

その足を押さえようと手を伸ばすが、それで痙攣が治まるわけではない。それどころか、朱莉の反応に気をよくした征司の抽送《ちゅうそう》が激しくなったことで、疼《うず》きが大きくなり背が反《そ》った。

「ダメッ……あぁっ、強い、よ……、あぁぁっ、ハァ……んっ！」

背が反ることで、乳房が上向きに存在を主張する。揺さぶられるたびに上下する動きを両手で止め、征司はやんわりと大きく揉《も》み崩した。

「やっ……ハァ、気持ちイ……ィっ！」

「やーらしっ」

「だっ、誰のせいよぉ……あぁっ……やぁっん！」

「俺ーっ」

震える足を腕から離し、征司は眼鏡のブリッジを上げて身体を重ねる。

「そうそう、このイきそうな顔、ずっとハッキリ見たかったんだ」

「もぉっ……あっ、んっ……ダメぇっ……」

「色っぽいし、可愛いぞ……。悔しいな、どうしてこんな友だち、ずっと放っておいたんだろう……」

「征司ぃ……」

朱莉が乱れる姿を眼鏡越しにハッキリと見るのは、感慨深いものがあるらしい。

悔しいと口にしたのも本心だろう。だが彼はすぐに、快感に浮かされる朱莉を見つめ、さらに彼女を蕩《と》かしていく。

「その顔……、一生見続けてやる。覚悟しとけ」

「やぁ……んっ、征司っ……！　イきそぅ……あぁっ！」

痙攣《けいれん》の止まらない両足がシーツを擦る。それでも治まらない焦《じ》れったさのまま、朱莉は助けを求めるように征司の腰に足を絡みつけた。

「征……っ、気持ちいいっ……」

「俺も……」

ふいに、彼の可愛い囁《ささや》きが耳をくすぐる。絶頂の波から逃げつつ、こっそりと窺《うかが》い見ると、苦しげながらも面映《おもは》ゆそうな表情をする征司がいた。

きゅんっと胸が熱くなり、悦《よろこ》びが高まる。彼も朱莉を感じて、襲いくる吐精感に耐えているのだと、その表情から分かった。

「征司……、嬉しい……」

彼の身体に腕を回し、朱莉はその背にしがみつく。快感の高まりを示すように、指先が汗ばむ肌に食い込んだ。

「ずっと……これからも、征司と、一緒なんだね……」

「朱莉……」

速まる腰の動きは、大きく息を乱していく。彼の下で焦《じ》れることもできなくなった身体は、ただその激しさに翻弄《ほんろう》され、達する悦びを分け合った。

「征……、あぁぁっ——」

嬌声《きょうせい》があがった。

そのとき、朱莉の心は泣きながら叫んでいた。

——大好き……

「朱莉……、愛してる……」

記憶の中で、十年前のふたりが微笑《ほほえ》む。

十年前から、繋《つな》がっていた想い。繋ぎ合いたかった、恋心……

——友だちとして、繋ぎ続けた心。

「征司ぃ……、大好き……」

幸せと共に恍惚《こうこつ》感をまとい、朱莉は彼を抱き締める。

やっと、ひとつになれた。

溶けあうほどに繋がり合えた、愛《いと》しい、友だち——

エピローグ

「もうっ、馬鹿っ。なにやってんのよ、まったくもうっ」

まるで口癖《くちぐせ》のように、この言葉を何度繰り返している。

文句を口にしながら、朱莉は濡《ぬ》らした雑巾《ぞうきん》でせっせとキッチンの床を拭《ふ》き続けた。

「零《こぼ》れたものくらい拭いときなさいよっ。ベタベタになって、なかなか取れないでしょう。だいたい金曜の夜から放置《ほうち》しておくなんて、無神経にもほどがあるんだからね！」

朱莉が必死になって拭き取っているのは、約四日間放置の末にこびり付いてしまったアイスだ。

お湯や洗剤を駆使してはいるのだが、なかなか拭き取れない。

朱莉は後悔していた。金曜日、アイスを冷凍庫に入れないまま部屋を飛び出してしまったことを……

結局、朱莉の部屋であのまま、幸せな夜を過ごしてしまったふたり。

抱き合っているときは胸がいっぱいだったが、心身共にまどろんだ明け方、急激な空腹に襲われた。

無理もない。昨夜は夕食も取らずにベッドへこもってしまったのだから。

予定通り、着替えとメイク道具を持って征司の部屋へ移動することになった。そのほうが、征司も着替えられるためちょうどいい。

鼻歌が出るほどご機嫌《きげん》な朱莉に、部屋に入っていきなり、征司の悪気のないひとことが飛んだ。

『あ、そういえば、金曜にお前が買ってきたアイス、床に零《こぼ》したままだ』

――そして、朝食の準備前に、朱莉はひと仕事を余儀なくされてしまった……

ブツブツ言いつつもなんとか拭《ふ》き終えると、苦笑いを浮かべた征司がキッチンへ入ってくる。朱莉に合わせて屈《かが》み、彼女をキュッと抱き締めた。

「分かった、分かった。そんなに怒るな」

「怒るっ。アイス、すぐ冷凍庫に入れておいてくれたら食べられたのにー」

「拭いとかなかったから怒ってるんじゃないのかよ。アイス食いたいなら今日買ってやるから」

腕の中で大人しくなった朱莉の頭をポンポンと撫《な》で、征司は穏《おだ》やかな声で囁《ささや》く。

「一緒に食べような。ふたりで」

「うん……」

ふたりで、という言葉に胸が高鳴る。一緒にいることでこんなにも幸せを感じられるのは、自分の気持ちに正直になったおかげだろうか。

抱き締める征司の腕に力がこもる。伝わってくる愛《いと》しさに、ほわりとしかかったとき、彼が焦《じ》れったい声を出した。

「あー、……今すぐ食いたい……」

「ん？　アイス？　そうだよね、お腹すいてるよね。すぐ朝ご飯作るから、もう少し待ってて」

「アイスとか朝ご飯より、朱莉が食いたい」

正直すぎる願望を耳にして、朱莉は征司の頭をぽかりと叩く。

「正直すぎっ。この、スケベ」

「朱莉に触ってんのに、ムラムラしないわけないだろう」

「ム……ムラムラとか言うなぁ」

「朝、もう一回とか思ったのに、空腹に負けたからなぁ……。お前もしたかったろう？」

「だからぁ、女にそういうこと聞くもんじゃないって、何回言ったら分かるのよ。恥ずかしいなぁ、もうっ」

ムキになってポカポカと叩く朱莉を、征司は笑い声をあげながら抱き締める。こんなふうにじゃれていられることが、とても嬉しい。湧き上がる幸せのまま、朱莉も征司に抱きついた。

「……夜まで我慢しなさいっ。今夜は、本当にハンバーグ作ってあげるから」

「朱莉ちゃんも、おかわりあり、でいいよな？」

「ちょっと、平日なんだからね。あんまり頑張らないでよ」

「それもそうだ。頑張りすぎて疲れた顔してても、満足しきってニヤニヤしてても、なんか皆に冷《ひ》やかされそうだよな」

「恥ずかしすぎるーっ」

ふたり同時にけらけらと笑いつつ、なんともいやらしい話で盛り上がってしまっているなと、朱莉は思う。

だが、これでいいのだ。

時に、くだらない話で笑って。時に、愚痴《ぐち》を言い合って。時に、一緒に泣いて悩んで。

いつでも分かり合っていける、そんな、仲のいい友だちのような関係。

それが、ふたりの形なのだから。

「今週末は、朱莉の実家に挨拶《あいさつ》に行かないと」

「お父さんとお母さん、びっくりするよ。征司のことは、大学の同期で会社の上司になってるくらいにしか思ってないんだから」

「それがいきなり『結婚します』だから。なんたって、毎日見てる営業課の連中も驚いてたし」

「プロポーズの現場、覗《のぞ》いてたんでしょう？　恥ずかしいなぁ、もう」

皆はふたりがオフィスに戻っても、気づいていないふりをしようとしたらしい。

だが、チラチラと投げかけられる視線や、望美がわざと朱莉を征司の傍《そば》に行かせようとする態度で、否《いや》が応《おう》でも周知の事実なのだと思い知らされた。

仕事の後片付けも引き継ぎも残っているのだから、すぐ異動というわけではない。

もうしばらくは、あからさまな冷やかしと祝福の視線に晒《さら》されながら、仕事をすることになる。

「恥ずかしい？　どうしてだ？」

「だって、なんて言うかさ、仕事で話とかしてても『ベタベタしてるー』とか、冷《ひ》やかしの目で見られそう」

「それでもいいいさ」

朱莉の顎《あご》を掬《すく》い、征司は彼女を見つめる。

「いっそ、冷やかすのも馬鹿らしくなるくらい、ベタベタして見せつけてやろうか？」

「もうっ、なに、甘ったるいこと言ってんのよっ」

見つめ合い、微笑《ほほえ》み合い、唇が重なる。

深く甘い口づけ。それはまるで、これからのふたりのよう。

深い信頼関係と、甘い友情。
友情の中で愛情を育みながら、ふたりの友だち関係は、続いていく。

甘いトモダチデート

1

「そういえばさぁ、征司、眼鏡違うよね？」

その事実に朱莉が気づいたのは、プロポーズから二日後の水曜日だった。

「なんかさ、雰囲気が違うような違わないような、おかしいなぁ〜って気はしてたんだけど……。それって、あれだよね、新しいのを買う前にかけていたやつだよね？」

朱莉はご飯茶碗を片手に、あろうことか箸《はし》の先を征司へ向けて確認をする。

その征司はといえば、こちらもやはりご飯茶碗と箸を手にしてはいるが、彼女の言葉に箸が止まってしまった。

彼は今、古い眼鏡をかけている理由について怒るより、行儀が悪いから箸を人に向けるなと朱莉を叱るより、眼鏡が違うことに今頃気づいたのかと彼女を責めてやりたい。

先月買ったばかりの眼鏡を破損してしまったのは、先週金曜日。

土日は会っていないので仕方がないが、その後は三日間一緒に過ごした。会社どころか、プライベートの時間も共有している。

月曜の夜は、食事もとらず朱莉の部屋で抱き合っていたが、昨日と今日は征司の部屋へ一緒に帰ってきて、こうしてふたりで夕食をとっている。

おそらく今夜も、共に甘い夜を過ごすことになるだろう。

（これだけ一緒にいるのに、どうして今まで気づかないんだ）

征司は不満だ。朱莉は眼鏡の変化に気づきながら、口にしないだけだと思っていたのに。髪形を変えてもパートナーの反応がないと気分が悪くなるという話をよく女性から聞く。そんなときの女性の気持ちとは、このようなものなのかもしれない。

質問に答えもせずに、征司が黙々《もくもく》と焼き魚の身を崩し始めたのを見て、朱莉は気まずそうに笑う。

彼が無言になってしまったことから、やらかしてしまったと悟ったのだろう。

「で、でも、征司はさぁ、基本的に眼鏡が似合うから、どんなのかけても馴染《なじ》んでるよねぇ。今かけてるやつも、先週かけてた新しいやつも、似た感じのデザインだから違和感ないよ。うん」

「新しいやつは、お前が選んでくれたやつだから気に入っていたんだけどな。壊れたからしょうがない」

「え？　壊したの？　どうして？　外した眼鏡を傍《そば》に置いてゴロ寝してたら、間違って潰《つぶ》したとか？」

征司が答えてすぐ、朱莉は身を乗り出す。彼女としては、いつも通り軽口を叩くことで、ここから通常の会話に戻したいところだろう。

征司は朱莉をチラリと一瞥《いちべつ》し、黙々と食事を続ける。それでも彼女の「今頃気づいてごめん」と言いたそうな情けない表情の可愛らしさに、苦笑いを漏《も》らした。

「レンズに傷が入って、視界が悪くなったんだ」

「傷？　新しいのに？」

「先週、お前ともめたとき、キッチンで眼鏡を落としただろう。そのときに床で擦ったみたいなんだ。冷蔵庫にでもぶつかったのかもしれない」

「あ……、あのとき……」

朱莉の表情に焦りが浮かぶ。金曜日、友だち関係を「やめる」「やめない」でもめた際、朱莉は彼を突き飛ばしてしまった。

そのとき、征司の眼鏡が床に落ちた。それが原因で傷が付いたことを理解したのだ。

「そっ……そっかぁ……、ご、ごめんねぇ、まさかそんなことになるとは思ってなくてさぁ……」

「あのときはしょうがないさ。状況が状況だったからな。叩きつけられでもしたんなら『身体で弁償しろ』くらい言うけど」

「『身体で』は余計でしょっ」

言い返しつつも、朱莉はホッと息を吐く。そうして征司の缶ビールを手に取り、残り少ないことを悟ると、いそいそとキッチンへ二本目を取りに行った。

「朱莉、いいのか？　食事中はご飯そっちのけになるのが嫌だからって、ビールは一本までじゃなかったか？」

「いいの、いいの。あっ、明日はまたハンバーグにしてあげるからねー。ほんっと、征司は根に持たなくていい男だわぁ」

どうやら征司が眼鏡の一件を快《こころよ》く許したことが、彼女のお気に召したらしい。昨日作ったばかりだというのに、明日のメニュー候補にハンバーグを挙げたのがその証拠だ。

冷蔵庫からビールを出している現金な朱莉を見つめながら、彼女らしいと征司はクスリと笑う。

「まあ、フレームは無事だし、レンズだけ変えてこようと思ってるんだ」

「レンズだけ？」

「さっきも言ったけど、朱莉が選んでくれたフレームだから気に入ってるしな。レンズ加工で数日待たされてる間は、こっちのスペアを使うさ」

「前もそんなに日数かからなかったもんね。……その古い眼鏡のほうが征司に合ってるんじゃないの？」

「どうして？」

「んー、以前、なんかで読んだんだけどさぁ……」

　彼女は話しながらビールのプルトップを開け、征司の前に置く。向かいの席に腰を下ろし箸《はし》を手に取ってから、朱莉は視線を上げて、思い出しながら話を続けた。

「眼鏡って、こう、顔にちゃんと合っているものをかけていればそんなにズレないから、かけ直すことも頻繁《ひんぱん》にしないって。……なんとなーく気になってたんだけど、征司、新しい眼鏡にしてからクイッてやる回数増えてなかった？」

　箸を左手に持ち替えた朱莉は、右手の中指で眉間をクイッと押す。その意味に気づき、征司が同じように右手の中指で眼鏡のブリッジをクイッと上げた。

「これのことか？」

「うん、それそれ。前もやってなかったわけじゃないけど、新しくしてから多くなった気がしてたんだ。だから、新しいのはフレームが征司に合ってなかったのかな、とか」

「いや、そんなもの、調整次第でなんとでもなる。この、クイッとやってる部分とか、鼻で眼鏡を支えてるところとか、耳にかかってる部分とか……、顔に合わせて調整してもらえば、ちゃんとピッタリになるんだ」

　征司はわざわざ眼鏡を外し、各所を指で示して説明をする。自分には縁がなくて分からない朱莉は、「ほうほう」と感心するように頷《うなず》いた。

「じゃあさぁ、なんで征司は新しいの買ったときに調整してもらわなかったの？」

「ん？　んー……」

言葉を濁《にご》す征司を見て、朱莉は不思議そうに小首を傾《かし》げる。箸《はし》を持ち直し、味噌汁《みそしる》の椀を取った状態で彼の言葉を待った。

「あのとき……、担当してくれたのが新人の店員だったんだ。時間は少しかかったけど一生懸命やってたから、あっちが合わない、こっちが合わないってうるさく言うのも気が引けて……」

「へーえええぇーっ」

大袈裟に驚いて見せてから、朱莉はうんうんと頷く。

「会社では、たとえ新人相手でもミスには厳しい鬼課長がねぇ……。まさか眼鏡屋さんの新人に手心を加えるとはねぇ……」

「そんなに驚くな」

「これが驚かずにいられるものかっ」

アハハと楽しげに笑い、朱莉は味噌汁の椀に口を付ける。しかし、汁を飲む直前、なにを思い出したのかチラリと征司に疑惑のこもった視線を向けた。

「……あのとき、征司を担当したのって、……女の店員だったよね……？」

一瞬、沈黙が走る。ズズズッと音を立てて中身を啜《すす》りつつ、お椀の向こうから様子を窺《うかが》う朱莉の頭を、身を乗り出した征司がぽかりと叩く。

「なに、やきもち妬《や》いてんだよっ」

「やっ……やきもち、ってぇ……」

「女の店員だから手心を加えたんだ、とか思ってムッとしたんだろ。分かるんだぞ」

その通りであった。だが、やきもち疑惑をかけられた朱莉は饒舌《じょうぜつ》になり始める。

「な、なっ、なに言ってんのよぉっ。やきもちとか、もう、ほんっと自惚《うぬぼ》れが強いんだからぁっ。い、今更、やきもちなんて妬くわけがないでしょう。あんたが女の子に構ったのを見てやきもちなんか妬いてたら、私、毎日会社でやきもち妬いてなきゃならないじゃない。そんなこと一回だってないわよ。いい加減にしなさいよ、まったくっ」

女性の店員だから優しくしたのか、という話をしていたのであって、会社で征司が女性社員と接していても、朱莉はやきもちを妬かないという話をしているのではない。

どちらも女性の話ではあるが、焦るあまり話題がこじつけになっている。

「まあ、どう思おうとお前の勝手だが。眼鏡を作りに行くから、土曜にでも付き合えよ」

「土曜？」

「ああ。日曜は朱莉の実家に挨拶《あいさつ》に行く予定だし、雑用はその前に片付けたほうがいいだろう」

「そういえば、そうだったね」

忘れていたわけではないのだが、改めて思い出して朱莉の頬が赤く染まる。日曜日は、東野家に結婚の報告をしに行く予定になっていた。

報告と言っても、征司にとっては朱莉を嫁にくれと頼みに行くのだから、お願いに行く、と言ったほうが正しい。

「んー、でもさ、どうせ日曜に出かけるんだから、そのついでに眼鏡屋さんに寄ってもいいんじゃないの？　用事はまとめて片付けたほうが……」

「いいや。日曜の用事は大事だ。その前後に雑用を入れたくない」

「あ……うっ、うん……」

征司は真剣な表情で、結婚のお願いを大切な用事と言い切った。そんな彼の態度に、朱莉の頬はさらに赤くなる。

ふたりの結婚を、とても大切なものと位置づけてくれている。

朱莉はひどく感動しているようだった。

――だが……

(結婚のお願いなんて、神経擦り減りそうだからな。できれば他に用事なんか入れたくないし)

征司の本心は、口にされないままだ。

正直なところ、当日を思うだけで緊張が高まっていく。征司は心を落ち着けようと、味噌汁《みそしる》の椀に口を付けた。

「そのかわり、土曜は色々と行けそうだ。ああ、そうだ。朱莉に渡した指輪、あとでメッセージを刻印してもらおうと思ってたから、ついでにその用事も済ませるか。土曜は一日デートだな」

味噌汁の椀をテーブルに置こうとしている朱莉の手が固まる。その拍子に椀が手から落ちたが、中身が少なくなっていたことと、そう高さがなかったことが幸いして、零《こぼ》れることはなかった。

「で……でーと……」

「こういう関係になって初めて一緒に出かけるんだから、デートって言ってもいいだろう？　楽しみだな。どっか行きたいところはあるか？　なんなら初々《ういうい》しく、お手て繋《つな》いで動物園にでも行くか」

軽快な笑い声をあげて楽しそうに言う征司だが、返ってきたのは朱莉の早口攻撃だ。

「も……もう、……なに言ってるんだかっ、まったく。なにがデートよ、今更。一緒に出かけるなんて、この十年間に何百回あったか知れないじゃないの。数えきれないわよっ。ほーんと、今更だわ。お手て繋いで動物園に行ったたって、初々しさのかけらもないわよ、まったくっ」

朱莉は言いたいことを言うと、自分のビールへ手を伸ばす。缶に口をつける彼女をなに食わぬ顔で見ていた征司は、クスリと微笑《ほほえ》んだ。

征司の提案をはねのけるような言葉ではあったが……

忘れてはいけない。

彼女が饒舌《じょうぜつ》になるのは、照れているときであることを。

2

今夜も甘い夜を……

征司はもちろん、朱莉もそのつもりでいた。

だが、夕食の後片付けを終えたあと、彼女は自分のマンションへ戻ってきていた。

泊まっていくと思い込んでいた征司は首を傾《かし》げていたが、そこは朱莉らしい言い訳で切り抜けた。

『録《と》り溜めてあるドラマ、編集してないのよ。土曜日の夜に放送される分の予約もしておかなくちゃならないし。先に録ってある分をなんとかしておかないと、気になっちゃうでしょう』

『……俺は、ドラマのせいでフラれるのか？』

下手をすると、また録り溜めたドラマ全部消してやると言い出しかねない。征司にならば、たとえ消されても許せるかもしれない、などと思う朱莉ではあるが、やはり消されたら哀《かな》しい。

彼女は可愛いキスひとつで誤魔化《ごまか》し、そそくさと征司の部屋をあとにした。

「ドラマのせいなんかじゃないよ……」

ポツリと呟《つぶや》いてから、朱莉はハァと息を吐いて壁にかかるカレンダーに近寄る。二カ月表示のカレンダー。上部には季節ごとの花の写真が印刷されている。五月六月は、雨に濡《ぬ》れた紫陽花《あじさい》だ。

今週土曜の日付を凝視《ぎょうし》し、朱莉は眉を寄せた。

「デート……」

口に出すと、その言葉は妙にリアルに感じられた。朱莉はつい日付から目を逸《そ》らしてしまう。

「もう……、なに言ってくれちゃってんのよぉ」

征司からのデート発言があってからというもの、朱莉の胸はドキドキが止まらない。お泊まりを撤回して部屋へ帰ってきてしまったのも、あまりにも落ち着かなかったからだ。

「デートって、もう」

考えれば考えるほど意識してしまう。落ち着きを失った様子を征司に勘ぐられて笑われるのが悔しくて帰ってきたが、ひとりになった今のほうが、余計に意識して落ち着かなくなってしまっているではないか。

つい饒舌《じょうぜつ》になって語った言葉通り、ふたりが一緒に出かけるのは普通のことである。外食や買い物、気になった展覧会やコンサート、映画にだってよく行く。

先ほど話にあがった動物園だって、気分転換にと数回一緒に行った経験がある。

（い……、今更）

ふたりで出かけることをデートと呼ぶ。それを「今更」とまとめてしまおうとするが、そう思っても気持ちは一向に落ち着かない。

それどころか……

（デートかぁ……）

焦りの中に、期待と嬉しさがまじり始めている。

恋人同士になった今だからこそ使える言葉であり、使っても差し支えない関係であることを痛感する。

なんだかんだと、戸惑《とまど》い焦りはしても、本音は、とっても嬉しい。

「やだ、もーぉ。なんか私らしくないしーっ」

両手で顔を覆《おお》ってモジモジとしてしまう。こんなくすぐったい気持ちになるのは、もしかしたら初めてではないだろうか。

だが、こんなにソワソワしていることを征司が知ったら、彼はきっと優越感に満ち溢《あふ》れた笑みを浮かべるに違いない。

それも、ちょっと悔しい。

(征司はドキドキしてないのかな)

デートという言葉を使い始めたのは彼だった。朱莉が感じているような緊張などないからこそ、あんなにあっさり口に出せたのだろう。

(楽しみでドキドキしてたなんて、絶対に言ってあげないんだから)

そう心に誓った朱莉は、あることに思い至りハッと顔を上げる。そのまま寝室へ急ぎ、クローゼットのドアを開けた。

「……なに、着ていこう……」

まさか、征司との外出で、そんなことを気にする日がくるとは。

「えーと、眼鏡屋さんに行って、その他に……。あっ、ジュエリーショップも行くんだっけ？　だったらご飯は外で食べるよね……」

他は、どこへ行くのだろう。買い物か。それとも本当に動物園にでも行くつもりなのだろうか。

(スーツ……？　いや、無難にワンピースか……)

クローゼットの中を眺め、ハンガーに吊るされたスーツやワンピースを目で追う。

スーツは気取りすぎな気がする。それに、日曜日に実家へ行くとき、征司に合わせて朱莉もスーツにする予定だ。

ワンピースもカジュアルなものから少々気取ったものまであるが、カジュアルすぎるのは年齢的に違うような気がするし、気取ったものだと、いかにも今日のために張り切りましたという雰囲気になってしまう。

（いっそ、アンサンブルとジーンズ、とか……）

だが、せっかくデートなのに、それでは味気ない。

朱莉はクローゼットの中を見つめたまま動けずにいる。

今まで征司と出かける際、着るもので迷ったことなどない。デートという言葉に、すっかり気負ってしまっている自分を感じた。

（まさか、こんなことで悩んじゃうなんて）

ふと、征司は当日なにを着るのだろうという疑問が浮かぶ。

彼の雰囲気に合わせるという手もあるのだ。ちぐはぐだと、はたから見ておかしいし、自分たちも気まずい。

良案だと思ったものの、「土曜日、なに着るの？」などと聞いたら、「なに？　着るもので悩んでんのか？　デートなんて言ったからだろ」とニヤニヤされてしまうのがオチではないかと思い直した。

近所のコンビニへ行くわけではないのだから、征司もそこまでラフな格好はしてこないだろう。おそらくカッターシャツかなにかにジャケットを羽織《はお》って、無難にまとめてくるに違いない。

男は簡単だ。たとえボトムスがジーンズやチノパンでも、パリッとしたジャケット一枚でそれなりに決まる。

（やっぱ、スカートのほうがいいよね。今持ってるフレアーは、可愛すぎるかなぁ……。ハコヒダとか。いや、ワンピースにしちゃえばフレアーでも別に可愛すぎるとかないよね……）

悩み始めると止まらない。

征司と一緒に過ごす夜には後ろ髪を引かれたが、今は部屋へ戻ってよかったと思う。

（下手したら、前日の夜に悩んで、夜通し服選び、なんてことになりかねなかったかも）

年相応に可愛らしい雰囲気で、征司が気に入ってくれそうなもの。

（考えれば考えるほど、思いつかない）

付き合いが長いだけに、朱莉の所有するたいていの服は、征司が見たことのあるものばかりである。そうなると、やはり新しく買うしかないのだろうか。

選びに行くチャンスは、明日と明後日《あさって》。昼休みの四十五分間に近隣のブティックを回るか、終業後にデパートに足を運ぶか。

どちらにしろ、征司には気づかれないようにしなくては。

クローゼットをパタリと閉めてベッドに腰を下ろし、そのまま後ろへ倒れて寝転がる。

服を選びに行くとはいえ、ゆっくり見ている暇もなく迅速《じんそく》に決めなければならないので、事前にある程度、イメージを固めておいたほうがいいだろう。

いっそ、征司が驚くような可愛い服装にしてみようか。若づくりなどとからかわれてしまったら、「デートだなんて言われたから、楽しみで張り切っちゃったよ」と素直に照れてみるのもいいかもしれない。

今までの経験からして、朱莉が素直だと征司はとても喜ぶ。そう考えると、今回だって嫌みなく喜んでくれるのではないか。

ごろんと転がりうつ伏せになった朱莉は、ベッドに顔を押しつけてクスリと笑った。

「楽しみだなぁ……」

デートという言葉ひとつで、こんなにソワソワドキドキできるとは思わなかった。

土曜日にに思いを馳せ、ひとりご機嫌《きげん》の朱莉。

心を躍らせていたあまり、彼女はテレビ番組のチェックを怠《おこた》っていた。

そう、今夜放送される、お気に入り俳優が出演する二時間ドラマを、見逃してしまったのだ。

翌日。木曜日の営業課オフィス。

今週に入ってからというもの、男性課員たちの雰囲気は和《なご》やかである。それはなんといっても、鬼の三宮の様子が落ち着いているからだった。

厳しそうな雰囲気は変わらないものの、その表情には穏《おだ》やかなものが感じられる。

まさに、婚約効果。

決して課員たちが気を抜いているわけではない。が、非常に仕事はしやすい。

しかしその反面、営業アシスタントの女性課員たちには、鬼気《きき》迫る緊張感が漂《ただよ》っていた。

なんといっても、営業アシスタントきっての古株である朱莉が抜けるのだ。彼女は経験があるだけではなく、こなせる仕事量も多く、また、営業のみならず他部署からの信頼も篤《あつ》かった。

朱莉が総務へ異動したあとの営業アシスタントの補充は、今のところ予定されていない。

つまり、残りの五名にこれまで彼女がやっていた仕事を振り分ける必要があり、確実に仕事量は増える。

一方、責任感の強い朱莉は、毎日自分の仕事をこなしつつ、引き継ぎにも余念がない。

——だが。

「朱莉さーん、見積書のチェックしてもらっていいですかー？」

呼びかけられ、うなだれていた朱莉は顔を上げる。隣の席で、見積書を両手で持った望美が朱莉の様子を窺《うかが》っていた。

「どうかしたんですかぁ？　なんか今日は、朝から元気がないですよ？」

「そ、そう？　そんなつもりはなかったんだけど」

「課長と喧嘩《けんか》でもしたのかなとか思ったんですけど、課長は変わらないし。どうかしたんですか？」

「アハハ、ごめんね。なんでもないよ」

少々笑いを引きつらせ、朱莉は見積書を受け取る。

ドラマを観忘れたどころか、録画まで忘れたせいで落ち込んでいたなどとは絶対に言えない。

おまけに引き継ぎで忙しく、お昼休みに服を見に行く時間を作れなかった。

（ああ……、残された二日間の貴重な時間がぁ）

今日は、もう終業後しかチャンスがない。征司は残業をするだろうから、少しは時間がとれる。

彼の残業がないほうが、ふたりきりでいられる時間は多くなる。だが、今回ばかりは征司の残業を願わずにいられない。

（征司、今日も残業あるのかな）

書類片手にチラリと視線を征司に向けると、ちょうど顔を上げた彼と視線が合って、ドキリとする。

「東野君」

「はっ、はいっ」

直後に呼ばれ、慌てるあまり勢いよく立ちあがってしまった。ついでに声も不自然に裏返る。朱莉の不可解な反応を見て一瞬眉をひそめた征司だが、すぐにいつもの指示が飛んできた。

「お茶」

「あ、はい……、ええと……、じゃあ、望美ちゃん、一緒に……」

隣へ視線を向けると、望美は「はい！」と使命感に燃えた返事をして立ち上がる。引き継ぎのため、お茶を淹《い》れに行くときは女性課員の誰かしらを同行させるようにしている。

給湯室へ行ってきますと口にする代わりに征司を見ると、彼はなにやら物言いたげな視線を送っている。

（なに？　なにか言いたいの？）

朱莉は望美に先に給湯室へ行っているように言うと、いそいそと征司のデスクへ近づいた。

「……なに？」

わずかに身を屈《かが》め、小さな声で尋ねる。仕事の用件ではないことは、彼の様子で分かっていた。

すると案の定、征司も小声で口を開いた。

「お前さ、昨日のドラマ、録《と》り忘れてたんだろ」

「え？」

なんで分かるのと聞きたいところだが、おそらく、朝から覇気《はき》のない彼女の姿を見て見当をつけたのだろう。

だが、征司がそう考えた理由はもうひとつあった。

「昨夜、ドラマの編集するって帰っただろ。どうせ編集しながら古いのを観てたんだろうし。だとしたら、昨日の分は録っていないんじゃないかなと思って」

あまりにも朱莉の行動パターンを把握《はあく》しすぎていて、感心してしまう。だが彼は、感心どころか感謝したくなるような言葉を口にした。

「だけど安心しろ。そう思って、俺が録っておいた」

「へ？」

「ちなみに土曜の分も録画予約済みだからな。また『ドラマ録るからー』とかって帰られたら、俺もがっかりだ」

「せ……せいじぃ……」

これは素直に嬉しい。

そこまでしてでも、征司は朱莉を傍《そば》に置いておきたいと思ってくれている。彼の気持ちに感動する朱莉だが、その思いは、すぐ気まずさに変わった。

「今日は、終業後に大学病院の教授に会いに行くんだけど、二時間くらいで戻れると思うから、お前、先に俺のマンションに帰って観てろよ。ドラマが終わった頃に、俺も帰れると思うから」

「え……あ、……えと……、一緒に、観ない？」

「ダーメっ。ふたりでいるときに観てると、朱莉、俺を放っておいてドラマばっか観てるから、気分が悪い。俺が帰るまでに観とけ」

「あ、……うん」

かくして仕事帰りの買い物計画は、もろくも崩れ去ったのだ。

3

デート用の服を買おう。

そう決心したものの、木曜日は昼夜ともに挫《くじ》けた。

残るは金曜日。昨日と同じように征司に残業の予定が入れば、買い物の時間は確保できる。しかし、午前中に確認したところ、彼に終業後の予定はないそうだ。

これは、ふたりで一緒に帰るパターンになるかもしれない。

そう思った朱莉は昼休みに賭《か》け、昼食もとらず近隣のブティックを物色した。

こんなに焦った気持ちでまともに探せるだろうかとは思うものの、急を要するときほど人の感覚というものは研《と》ぎ澄《す》まされるものなのだ。

二件目のブティックに入ってすぐ、ハッと目を引かれたマキシ丈のキャミワンピース。瞬間的な判断で、試着もせずにそれに決定した。

(この勘で、間違いない！)

そうして帰社後――

征司は夕方から始まった会議が少々長引いたが、朱莉の仕事も定時には終わらなかったのでちょうどよかった。ふたりは一時間ほどの残業後、途中まで一緒にそれぞれのマンションへと帰ることにした。

買ったワンピースを持ち帰らなければならないが、大きなショップ袋を征司に見せるわけにはいかない。朱莉はワンピースをできるだけ小さく折りたたみ、店で服を包んでくれた薄葉紙《うすようし》でショルダーバッグの中へ隠した。

(大きめのバッグでよかった)

征司にバレなかったこととデート用の服を買えたことに安心した朱莉は、翌日のデートに胸を躍らせた。


——だが。

胸躍らせた気持ちは、翌日、とんでもない不安に変わる。

征司は午前十時に迎えにくると言っていた。朱莉は、それに合わせて出かける準備をしていたものの……

(本当にこれ、似合ってるんだろうか)

寝室に置かれたドレッサーの鏡に自分を映している間も、不安は大きくなるばかり。

(柄《がら》でもないって、笑われないかなぁ)

鏡の中には、サーモンピンクのキャミワンピースを着た朱莉がいる。

肩のストラップはダブル。生地《きじ》は胸の下で切り替えられ、たっぷりとギャザーをとったAラインのシルエット。ミニ丈ならば、スカートのフレアーが広がり可愛らしい印象になるだろう。だがマキシ丈であるため、そのギャザーはゆったりと落ち着いた波を作っている。

ひと目で惹かれたのは、そのシルエットの優雅さゆえでもあった。だが、着用してよく考えてみれば、色的にもデザイン的にも、自分には似合わないのではないか。

（色？　色かなぁ？　普段、ピンク系とかあんまり着ないし）

とはいえ、このサーモンピンクはどちらかといえばオレンジ色に近い。オレンジ色は明るい朱莉のイメージにピッタリだ。実際、持っている洋服の中にもオレンジ系のものは多い。

なので、決して色が合わないわけではないだろう。

ただ気になるのは、征司がなんと言ってくれるか。

鏡の中の朱莉は、ほんのり頬を染めつつ、不安げな表情をしている。

自分のスタイルや服装で、誰かの反応を気にしてしまう。そんなことは初めての経験だ。

（見た瞬間に笑われたら、すぐ着替えよう。うん）

少々いじけ気味にそんなことを考えていると、チャイムが鳴った。征司が来たのだろうと見当をつけ、ベッドの上に置いていたチョコレート色のカーディガンとショルダーバッグを取って寝室を出る。

すぐに玄関から「朱莉ー」と呼ぶ彼の声が聞こえてきた。

「お、おはよー、征司。雨が降らなくてよかったね」

緊張しているせいか笑顔が引きつる。ありがちな天気の話だが、着替えているときにチラリと窓の外を見た限りでは、どんよりとした曇《くも》り空だった。晴天ではないものの、本当に、雨じゃなくてよかったねとしか言いようのないレベルだ。

朱莉がすぐに出てきたため、征司は部屋にあがらず玄関に立っている。軽く手を上げ、にこりと微笑《ほほえ》んでくれた。

「おはよう。お手て繋《つな》いで動物園計画を立てていたから、雨が降らなくてよかった」

「本当に行くの？」

「昔さ、動物園に来てるカップルを遠目に見ながら、『付き合ってどのくらいだと思う』とかってコッソリ冷《ひ》やかしてたことあるだろ。今日は俺たちが冷やかされに行こうぜ」

「なに言ってんのよ。誰が冷やかしてくれんのよ」

「檻《おり》の中にいる動物が」

「馬鹿ねぇ、もう」

アハハと笑いながらカーディガンを羽織《はお》り、玄関に立つ。用意しておいたローパンプスを履《は》いてから征司を見上げると、じっと朱莉を見つめる彼がいて、ドキリとした。

「朱莉……、今日は随分《ずいぶん》と可愛い格好してるな」

「え？　そ、そう？　やだなぁ、意識してなかったけど、……わ、若づくりとか言ったら、殴るからね」

服装の話を出されて焦っていると、征司の腕が朱莉を抱き寄せた。

「そんなこと言うか、馬鹿。すっごく可愛いよ。なんだ？　デートとか言ったからか？

デートって意識させればこんなに可愛くしてくれるなら、俺、出かけるたびに毎回『デート』って言うぞ」

「なに言って……」

照れのあまり出かけた言葉は、彼のキスに呑み込まれる。軽く唇を吸われただけですぐに離れたが、目の前で嬉しそうに微笑《ほほえ》む征司を見て朱莉は嬉しくなる。

(喜んでくれてる)

征司は、デートだからと意識した朱莉を冷やかすことなどなく、素直にこの姿を喜んでくれている。

朱莉もいつもならば饒舌《じょうぜつ》になってよさそうなものだが、今は嬉しさのほうが勝っているせいか、言葉が出てこない。

「せ……征司も、かっこいいよ……」

それでも、なんとかその言葉だけを絞《しぼ》り出す。今日の彼は、ストライプのボタンダウンシャツにライトブラウンのジャケット。色の雰囲気が朱莉の服とよく似ていた。

(お揃《そろ》いみたい)

なんとなくそんなことを考えてしまい、気恥ずかしくなる。すると、朱莉が心にしまおうとした言葉を征司が口にした。

「お揃いみたいな色合いだな」

「恥ずかしいなぁ。そういうこと言わないでよ」

「そうか？　俺はなんだか楽しいぞ。この色のジャケットにしてよかった」

感情をストレートに告げる征司の胸をポンっと叩き、「似合ってるよ」と言うと、征司の唇が再び朱莉の唇に落ちてくる。そうして離れる間際、「ありがとう。朱莉も似合ってる」と囁《ささや》かれた。

「出かける前だから、思いっきりキスできなくて残念」

朱莉の唇を指でなぞり、本気でがっかりした顔をする彼を見て、クスリと笑いを漏《も》らす。

「帰ってきてからね」

服選びの際の不安だった気持ちを征司に拭《ぬぐ》われ、朱莉はやっと、胸の鼓動が高鳴り始めたのを感じた。


征司が利用しているメガネ専門店は、商業施設が立ち並ぶ界隈《かいわい》の一角にある。デパートなどのテナントではなく、駐車場完備の単独店舗だ。

開店からさほど時間が経っていないせいか客入りは少ない。入店すると、征司の顔を覚えていた店長がすぐに声をかけてきた。

高校の頃からここを利用しているらしいので、馴染《なじ》みなのだろう。

「私、あっちで待ってるね」

店舗フロアの片隅に設けられた待合スペースを示し、一度離れる。

朱莉は足を進めながら、展示してある眼鏡などを眺めた。今のところ朱莉には縁のない品物ではあるが、カラフルなフレームや、時々見かける奇抜《きばつ》なデザインのフレームなどを見るのは、雑貨屋で小物を選んでいるようで楽しい。

待合スペースに着くと、ソファに腰かけてすぐ、若い女性店員がお茶を運んできてくれた。

「いらっしゃいませ、奥様。よろしければどうぞ」

「あ……、どうも。あっ、ありがとうございます」

ちょっと慌ててしまったのは、お茶を淹《い》れてもらったからではなく、「奥様」と呼ばれたからだった。

連れは婚約者なのだと征司が話したのだろうか。

それにしても、奥様と呼ぶには気が早い。

お茶を運んできてくれた女性をよく見ると、一カ月前、征司に付き合ってこの眼鏡店を訪れた際、彼の対応をした新人店員であることに気づいた。前回も今回も一緒に来店したので、夫婦なのだと勘違いをしたのかもしれない。

(悪い気分じゃないなぁ……)

顔の筋肉が緩《ゆる》んでしまいそうになるのを隠すため、湯呑みを取り上げて口を付ける。

「美味しいです」の意味を込めて女性店員に微笑《ほほえ》みかけると、彼女は嬉しそうに一礼してから、朱莉の背後にある窓に目を留めた。

「ああ、やっぱり雨が降ってしまいましたね」

「え？」

振り返ると、小さな雨粒が店の窓ガラスに模様をつけ始めているのが分かった。

「……動物たちに、冷《ひ》やかされ損ねちゃった……」

予定の大幅な変更は、避けられないだろう。

霧雨《きりさめ》ぐらいなら傘を買って動物園の予定を強行してもよかったのだが、それを阻《はば》むかのように、雨足は次第に強くなっていった。

パスタ専門店で昼食をとりながら、ジュエリーショップでの用事を済ませたら映画にでも行こうかと話を進めた。しかし勢いが激しくなる一方の雨に、なんとなくその気力が失われていく。

明日も朱莉の実家へ行くために出かけるのだから、今日無理に動き回って気疲れすることはない。そう意見がまとまり、ふたりはジュエリーショップの用事を来週に延ばして、このままケーキを買って帰ることにした。

朱莉としては夕食用の買い物をしたかったが、強くなる雨の音はそんな気持ちまで削《そ》いでいく。結局は、冷蔵庫にあるものでなんとかしようという考えに落ち着いた。

「買ってきたケーキ、今食べるか？」

　征司の部屋に入り、駐車場から歩く間に服に付いてしまった雨粒をタオルで拭《ぬぐ》う。すると、眼鏡に付いた水滴をティッシュで拭《ふ》きながら、征司がそう聞いてきた。

「もうちょっとあとでいいよ。あそこのパスタ、量が多くなかった？　お腹いっぱい」

「そういえば、ちょっと多かったか。大学の近くにあった、大盛りパスタの店思い出すな」

「あー、覚えてるよ。私、いっつも征司に半分食べてもらってたよね」

「食べきれないくせに、朱莉はあそこに行きたがったよなぁ」

「だって、美味しかったんだもん」

　思い出話に花を咲かせ、アハハと笑い合う。タオルを手にしたままリビングの窓辺に寄ると、雨粒が激しくガラス窓に打ち付ける光景が目に入った。

「雨、まだ強くなるかな」

「どうかな。曇《くも》りの予報だったのに、大外れだな。まあ、梅雨《つゆ》入りだっていうし、しょうがないだろう」

「残念だったね。動物園」

「動物に冷やかされたかったか？」

「……うん」

　素直に返事をする朱莉の背後に征司が立つ。一緒に窓の外を眺めるのかと思ったが、窓ガラスに映った征司は朱莉を見ている。流れ落ちる雨粒の中に彼の姿を確認して、朱莉はどきんと胸を高鳴らせた。

「朱莉、カーディガン、濡《ぬ》れてる」

「あ、でも、少しだから。今拭《ふ》いたし……」

　征司の手が、後ろからカーディガンの胸元を摘《つ》まみ広げる。それが朱莉の肩から落ちると、彼女の肩を彩《いろど》るのはキャミワンピースのダブルストラップだけになった。ストラップの形に沿うように、肩口を征司の唇が這《は》う。朱莉はわずかに身をすくめ、肩越しに彼を見た。

「せ……、征司……」

「せっかく……、朱莉が、デートだからって張り切って、こんな可愛い格好してくれたのに」

「は、張り切ってなんか……」

「嘘だ。このワンピース、急いで買ったんだろう？　朱莉がこんな服持ってるの見たことがない」

「う、うん」

すっかりお見通しではないか。赤くなって言葉を濁《にご》していると、髪の毛を寄せられ、首筋に征司の唇が上がってきた。

「ちょ……、征司……」

「大丈夫。動物園で楽しめなかったぶん、動物みたいになって愉《たの》しませてあげるから」

「言ってることがエロく聞こえるってばっ」

思わずぺしっと彼の頭を叩く。征司はアハハと笑い声をあげたが、直後照れくさそうな声を出した。

「俺も、すっごく楽しみでさ……。自分でデートなんて言葉使っておきながら、ちょっと落ち着かなかった」

朱莉は鼓動を高鳴らせながら、彼の告白を聞く。ドキドキと脈打つ胸をワンピースの上からやんわりと包まれて、ひときわ大きく反応した。

「朱莉と出かけるなんて普通のことだったけど、デートとか、そういう特別な言葉を使ってもよくなったんだって思ったら、嬉しかった」

「征司……」

「今朝、いつもとちょっと違う朱莉を見て……朱莉も楽しみにしてくれていたんだって分かって、さらに嬉しくなったよ」

再び彼を見上げると、すぐに唇が降ってくる。出かける前のキスは遠慮がちだったが、今はもうそんな必要はないとばかりに、征司は強く朱莉の唇を貪《むさぼ》った。

4
(征司も、同じだったんだ)

長く続いた友だち関係。その中で、決して使うことはなかった言葉。デートという言葉に気持ちを高めていたのは、朱莉だけではなかった。それを知って、朱莉はとても嬉しくなる。自分だけが、その言葉に踊らされていたのではなかったのだから。

(嬉しい……)

心がほんわかと温かくなる。陶酔《とうすい》していて、キスをしながら征司がスカートをたくし上げたことに気づかなかった。

彼の手が太腿《ふともも》に直接触れて、やっとその状態を悟る。

「ちょっとぉ、征司」

「ん?」

「いくら動物みたいになってくれるっていっても、こんな窓辺でしちゃイヤだからね」

「そうか。ここでって手もあったな。してほしいか？　スリルあるぞ」

「だからヤダってばっ」

征司の手が太腿から離れ、背に当てられる。促《うなが》されるままに歩き出し、寝室へ入った。

そうしてベッドの端に座ると、すぐさま押し倒される。

「せっかち」

「動物は欲求に忠実なんだ」

「もう」

でも、朱莉にしか欲情できないと言ってくれた彼を知っているだけに、呆れる気にはなれない。

「脱がすの、もったいないな」

両肩のストラップを下げながら楽しげに言う彼に、朱莉も楽しくなってしまう。

ワンピースを腹部まで下げると、ストラップレスのブラジャーが現れる。征司は両手で胸を寄せ、谷間に舌を這《は》わせてクスリと笑った。

「肩紐がなかったから、ブラジャー着けてないのかと思ったんだぞ」

「そんなわけないでしょうっ」

「さっき窓のところで触ったら着けてる感触だったから、ちょっと残念だった」

「なにそれ」

カップだけを下ろすと、ぽろりとふくらみが零《こぼ》れる。征司の指が、ブラジャーに押さえつけられていた頂《いただき》をくすぐった。

その突起が芯を持ってくると、征司は片方を口に含み、強めにキュッと吸う。

「ウ……んっ！　あん……征司っ、ちょっとぉ」

ビクンと胸を張るように反《そ》り、彼の頭をポンっと叩く。吸い方が強く、少々痛みを感じた。

「強く吸わないでよ……」

「でも、いい具合に大きな声が出てたぞ」

「大きな声って……。もう」

「だって、大きな声出してもらわなきゃ、負けるだろう」

「なにに？」

「この音に」

胸から顔を上げた征司が上を仰ぎ見る。しばし流れる沈黙の間に、彼が言う「この音」を朱莉に確認させた。

「雨の音……？」

ザー、ザー、という大きな音。そして激しく窓にぶつかってくる音は、ふたりの初デートを大きく変更させてしまったものだ。

「雨の音が大きすぎて、大人しい声じゃ聞こえなさそうだ。そしたら、なにからなにまでこの雨に負けたみたいでイヤだろう」

「雨に負ける、とかって。負けず嫌いだよね」

「朱莉に関することは、特に、な」

にこりと笑んだ彼の顔が、再び胸へ落ちる。顔を出した乳首の先が舌先でくすぐられている間に、ブラジャーが取られた。

ジャケットとシャツを脱いだ手が、ワンピースのスカートを捲《まく》り上げていく。その手が太腿《ふともも》を撫《な》で内腿へ回ると、朱莉は意識して足を広げた。

「大きな声、出させてみて」

乳首を食《は》んでいた征司の唇が離れる。内腿にあった手がその中央へと進むと、雨の音に消えそうなほど小さかったが、朱莉にはハッキリと彼の声が聞こえた。

「声が嗄《か》れるくらい、出させてやるよ」

雨音は一向に小さくならない。それどころか、徐々《じょじょ》に大きくなっているような気もする。そして、征司に『声が嗄れるくらい』と宣言された朱莉は――

「あっ……！　あぁっ、……征っ、やぁんっ！」

シーツの上で、全裸になった朱莉が悶《もだ》える。両手でシーツを掴み、反射的に背を浮かせ、息を乱しながら背を戻すが、すぐにまた浮き上がった。

「ダメッ……！　ああんっ……、そこ、あぁっ！」

大きな声を出してしまう原因は、征司の指だ。膝を曲げて大きく開かされた足の間に座った彼が、朱莉のナカに深く中指を挿《さ》し込んでいる。上下左右と壁を引っ掻《か》くように強く動かされ、朱莉の声も止まらない。

「どっちの向きがいい？　右か？　左か？　上か？」

「わ……わかんなっ……あぁっ……！　いやぁ、ダメぇっ！　変な探求……しないのおっ」

挿し込まれている彼の指がひねられる。その途端《とたん》、腰の奥に熱い感触が広がり、ゆっくりと甘ったるい電流が流れていった。

「いいだろう、朱莉のことは、全部知る権利があるんだからな。俺には」

「も……もう……はぁ、あっ、……ああっ！」

「感じてる朱莉を見るの、すっごく楽しいし」

「馬鹿ぁ……」

息が乱れる。嬌声《きょうせい》を上げすぎたせいで、息遣いさえゼイゼイとかすれた。

雨音が大きいからだろうか。それとも、先ほどの征司の発言を意識しているせいだろうか。大きい声を出すことに、抵抗を感じない。

それどころか、声を出させようとする征司の行為が、さらに気持ちを昂《たかぶ》らせる。

「征司にされるなら……、ドコでも、気持ちいいからぁ……、あぁっ！」

彼を喜ばせそうな言葉は本心だが、早くこの先をしてほしいという欲求がまじっている。

征司の指が抜かれると、指での強い刺激の余韻《よいん》で、ナカがピクピクと収縮を繰り返しているのが分かった。

「征……司……」

「俺も限界」

苦笑いをしながら彼が覆《おお》いかぶさってくる。

サイドテーブルの小引き出しからコンドームの包みを取り出した征司は、久々に眼鏡のブリッジに中指を当てて、クイッと上げた。

眼鏡の修理には、数日かかる。かけているのは古いものではあるが、眼鏡店へ行ったときに調整をし直してもらったせいか、ずれることも少なくなっている様子だった。

今かけ直したのは、征司の安全確認だったのかもしれない。包みを破り損なって、大切なものを傷つけないように……

大切にされているという実感に胸が熱くなった朱莉は、気恥ずかしくなり思わず彼から目を逸らしてしまった。

そんな朱莉の様子に、征司はふっと笑う。

「どうした？　恥ずかしいのか？」

準備のために一度身を起こした征司が、再び覆いかぶさってくる。どうやら、準備中の彼の姿を見るのが恥ずかしいのだと思ったようだ。

「恥ずかしがるなよ。俺は朱莉の全部を見てんだから、朱莉も見ていいんだぞ」

「か……身体で感じることで、見てるから……」

話を合わせるために、つい出てしまった言葉。だがそれは、征司を喜ばせる結果となった。

「よし、じっくり見せてやる」

あてがわれた滾《たぎ》りが押し入ってくる。指を抜かれて焦《じ》れていた花芯《かしん》が、質量を増して再来した摩擦に震えた。

「あっ……あ！　征……司ぃっ！」

「ほら。全部見ろ。オクまで見せてやるから」

「やっ……馬鹿ぁっ！　あぁっ……いっぱいに、なってる……、ハァ、ぁああっ！」

根元まできっちりと埋め込まれた滾りが、朱莉のナカで存在を主張しながら動きを止める。本当に見ようとしているかのように、ピクリピクリと彼を締めつけてしまった。

「見えるか……。朱莉……」

「見え……見える……、征司で……いっぱい……ハァ……」

「じゃあ俺にも、朱莉の可愛いとこ、いっぱい見せてくれ」

「あっ……！　あぁっん……！」

征司が律動を送り始めると、朱莉は彼の頭に両手を回す。引き寄せてキスをせがもうとしたが、その頭は動かない。

「征っ……じ……」

「ダーメっ、今キスしたら、感じてる朱莉の顔が見られない」

「んっ……あっ、もうっ……！」

徐々《じょじょ》に動きが速くなっていく征司の腰。最も敏感な部分を擦られる快感に、朱莉の両足がシーツの上で暴《あば》れる。すると、身を起こした征司がその足を肩に抱え上げ、より深くまで彼と繋《つな》がった。

オクを突かれると、腰の底から電流が走っていくようだ。彼の熱が当たった瞬間は鈍《にぶ》く痛むのに、そのあとは甘さがじんわりと全身に広がっていく。

「気持ちい……いっ、あっ……ハァあっ……」

快感が口に出てしまうが、朱莉はそれを大きな吐息《といき》で誤魔化《ごまか》す。だが、そうはさせないとばかりに、征司の抽送《ちゅうそう》は激しくなった。

「気持ちいいか？　お前の感じてる顔、最高に可愛いぞ」

「征司ぃ……！　やだ、もう……、あぁぁっ！」

あまりの気持ちよさに足が攣《つ》りそうになる。それを悟ったのか、征司は朱莉の両足を胸に抱えて重なってきた。

「足が震えそうになったら押さえててやるから。好きなだけ感じてろ」

「やぁ……もう、ばかぁ、……あっ！　あぁっ、当たるからぁ……オクっ、んっ、ぁぁん！」

泣いているような声が出てしまう。感じることだけを求めてしまう自分を止められないまま、朱莉は両手で征司の両頬を挟んだ。

「征司ぃ……、気持ちいい……、どうしよ……あっ、あ……」

「いいから。好きなだけ感じろって言ってるだろ。こんなお前が俺のものだなんて、俺、すごく嬉しいから」

もっともっと感じろと言わんばかりに、彼は大きく腰を打ち付け、その熱さで朱莉を翻弄《ほんろう》する。

大きく響く雨音。

自分がそれにも負けない嬌声《きょうせい》を上げていることに、朱莉は気づかない。

なによりも大きな快感で全身が満ちていく。頭に白い光が瞬《またた》くような恍惚《こうこつ》感が訪れたとき、征司が朱莉をきつく抱き締め、ゆっくりと動きを止めた。

「……朱莉……」

朱莉は、目を閉じて、ただ息を乱すことしかできない。そんな彼女の唇に、同様に荒い息を吐いている唇が重なる。

快感の余韻《よいん》で、強い雨音さえぼんやり遠くに聞こえる耳に、征司の嬉しそうな声がハッキリと聞こえた。

「また、デートしような」

――もちろん！

声が出ない朱莉の目がそう言ってはにかんだことに、征司も気づいたようだった。

5

「夜はピザでも取るか？」

火照《ほて》った身体を休めていたベッドの中。征司の胸に頭を載せて寄り添っていると、彼は朱莉の髪を撫《な》でながらそんな提案をした。

「動くの面倒だろ？　明日は挨拶《あいさつ》に行く日だし、英気を養うためにも、今日はゆっくりしようぜ」

英気を養うという言葉に、征司の意気込みを感じる。朱莉は「んーっ」と考えてから、外の音に耳を傾《かたむ》けた。

雨音はだいぶ小さくなっている。おそらく勢いもおさまってきているのだろう。

すると、朱莉の考えを読んだかのように、征司がひとこと付け加えた。

「雨も小降りになっているし、デリバリー担当の人に、『こんな雨の日に、悪かったなぁ』なんて、申し訳なさを抱くこともないと思うぞ」

思ったことを言い当てられてしまい、朱莉はぷっと噴《ふ》き出した。

大学時代の友だちがピザ屋の配達員をやっていたのだが、悪天候の日の配達は辛いと零《こぼ》していたことを覚えている。それ以来、雨の日などのデリバリーには少々気を遣ってしまう癖《くせ》があった。

冷蔵庫にあるもので間に合わせようかと考えていたが、朱莉はありがたく征司の案に乗ることにした。

「じゃあ、楽しちゃおっかなぁ。あっ、私、エビが載ってるピザがいいなぁ」

「俺はブロッコリーが載ってないなら、なんでもいいぞ」

「ハーフアンドハーフにしようか。シーフードと、ソーセージいっぱい載ったやつで」

「決まりっ。じゃあ、俺、注文してくるよ」

「えっ？」

起き上がろうとしている征司を、朱莉は目をぱちくりとさせて見つめる。

「せ、征司が？　注文してくれるの？」

「ああ。お前、ぽーっとしてるし身体もだるいだろう？　ころころ転がってていいぞ」

朱莉は自分の目を疑い、次に耳を疑う。

なんということだ。このモノグサ男が、自分からデリバリーの注文役を引き受けてくれるとは。

朱莉は思わず、征司の額と自分の額に手を当ててしまった。

「なにやってんだ」

「いや、熱でもあるんじゃないかと思って」

「ねーよ。悪いか、俺が注文して」

自分の行動に少々照れを感じているのだろう。額から朱莉の手を外す征司は、苦笑いをしている。

またもや大雨が来るのではないかと勘繰りたくなる出来事ではないか。

だが、大雨は来ないだろう。なんといっても、彼を動かす動機は朱莉のためという、彼にとっては当たり前の気持ちなのだから。

「ありがとっ。せいじっ」

可愛い声を作った朱莉は、そう言いながら征司の胸に抱きつく。照れくさそうに笑う彼は、そんな彼女の表情をしっかり見ようとしたのか、中指で眼鏡のブリッジをクイッと上げた。

直後、そのブリッジは、さらに伸びてきた朱莉の指につつかれる。

「やっぱりさぁ、キチンと調整してもらうとずれないね。エッチしてる間、征司がここクイッってやったのって、一回くらいでしょう」

「よく見てたな。確かに一回だ」

「今日は担当してくれたのが店長さんだったから、注文つけやすかったの？　一カ月前に担当してくれた新人さん、今日改めて見たら可愛い子だったよ。やっぱり、若くて可愛い女の子だと、あまり困らせたら可哀想とか思っちゃうのかな～？」

冷《ひ》やかし半分にニヤニヤしてみる。くだらないこと言ってんなよアホッ、と手を払われるのではないかと予想していた。

だが、その予想は、征司の照れ笑いがまじった言葉の前に崩れ去った。

「実はさ……。一カ月前に担当してくれたとき、あの新人の子、朱莉のことを『奥様』って間違えてさ……」

「え？」

「『奥様がご一緒なのに、お時間をとらせてしまって申し訳ありません』って。自分が慣れていないばかりに時間がかかっていることを、一生懸命謝ってた。『奥様退屈されていますよね。急ぎますね』ってさ」

「おくさま……？」

朱莉は呆然《ぼうぜん》としてしまった。今日、あの新人の彼女は朱莉のことを『奥様』と呼んだ。それは、店長と話をしていた征司が、一緒に来ている女性は婚約者だと話していて、その話を彼女が聞いていたからだと思っていた。

それがまさか、一カ月前から誤解をしていたとは……

「なんだか、朱莉を奥さんと間違えてくれたのが嬉しくてさ。先月はどうも、あっちが合わない、こっちが合わない、とか言いづらくて。結局、そのままにしてしまったんだ」

「……そうだったの」

眼鏡のかけ心地が悪ければ、プライベートでも仕事でも、不便なのは彼だ。それは、征司が一番よく分かっているだろう。

一生懸命だったから、というより、征司は朱莉を『奥様』と間違えられたのが嬉しくて、その不便を妥協してしまったらしい。

「も……もうっ、意外と単純なんだから、征司はっ」

そんな話を聞かされれば、照れてしまうのは朱莉も同じ。やっと上半身を起こした征司の腕を、朱莉は思わずパンッと叩いてしまった。

「新人さんに本当のことは教えてあげなかったの？　意地悪なお客さんね」

すると身を屈《かが》め、征司が朱莉にキスをする。

「先月はどうあれ、本当に奥様って立場になるんだし。今日のは、騙《だま》したことにはならないだろう?」

「ならないかな」

もう一度唇が合わさると、上半身を起こしたばかりの征司が再びモソモソとベッドの中へもぐり、朱莉に重なってキスを続けた。

「本当に奥様になってもらえるように、明日は頑張るからな」

キスの合間に囁《ささや》かれる言葉が、いつもと違う彼の心情を窺《うかが》わせる。

いつも余裕で物事に当たっているように見える征司が、実は内心緊張をしていることが手に取るように分かった。

朱莉だって緊張はしている。なんといっても結婚の報告だ。さらに征司には、報告の他に、朱莉を妻にもらいたいという挨拶《あいさつ》も含まれている。その緊張は朱莉の比ではないだろう。

(もしかして、今日のデートの予定も、明日の緊張をほぐしたくて立てたんじゃや……)

そう考えると、胸がキュンとする。つい征司の頭に手を回し、いい子、いい子と撫《な》でてしまった。

「ねえ、征司」

「ん?」

朱莉が呼びかけると、征司はキスをやめて彼女を見つめる。涼《すず》しげな彼の双眸《そうぼう》は、楽しそうに微笑み、朱莉への愛《いと》しさを溢《あふ》れさせていた。

そんな目で見つめてもらえるのが、とても嬉しい。朱莉も征司に応《こた》えるように、ニコリと微笑《ほほえ》んだ。

「今度、デート用の服を買うときはさ、一緒に行こうね」

「一緒にか？　いいぞ。お前も、この短期間でこっそり選ぶの大変だったろう」

「大変だったよ。実質一日しか余裕がなくてさ。それもお昼休みだけだよ。ほぼ勘で決めちゃったようなもの」

「でも、大当たりだったぞ。すごく似合っていた。あれ、また着てくれよ。可愛かったぞ」

ハハハと笑いながら、朱莉の額にチュッとキスが落ちてくる。

嬉しくもくすぐったい気持ちでいっぱいになるが、朱莉も褒《ほ》める言葉を返した。

「征司だって、いつもとちょっと雰囲気が違ってて、かっこよかったよ。ライトカラーも似合うね」

「そうか？　あのジャケットも、朱莉と同じく時間がない中、勘で選んだようなもんだったからな」

「同じ、って……」

「俺も、金曜の昼にあのジャケットを見つけて、直感で購入したんだ。デートなんて調子のいいことを言ったはいいけど、なんかそんな言葉を使うと、いつもと同じではいけないって気がして」

「はあ……」

「なに着ようか、とか、迷ってさ。ジャケットの一枚も買おうかって思ったんだけど、選びに行く暇もさほどないし。……実は、少し焦った」

「はあ……」

「で、直感で『これだ』って思ったやつを買ったんだけど、カジュアルっぽい雰囲気は似合わないとか言って笑われるんじゃないか、って。心配だったんだぞ」

「はあ……」

呆然《ぼうぜん》とするあまり、同じ相槌《あいづち》を三連発させた朱莉だったが、直後、すぐに彼の腰へ腕を回し、「笑わないよ」と抱きついた。

同じだったのだ。征司も同じように、この、初めてデートという名前が付いた日に緊張し、胸を躍らせてくれていた。

「せいじっ」

ふたりはずっと友だちだった。一緒に出かけても、食事をしても、デートなどという言葉が使えるような間柄ではなかった。

初めてデートをした、この記念すべき日。

たとえ雨で予定が半分潰《つぶ》れてしまったとしても、ふたりにとっては、最高に幸せな気持ちになれた日ではないか。

「大好きっ」

可愛い仕草で抱きつく朱莉を抱き返し、征司は眼鏡のブリッジをクイッと上げる。

その手で彼女の髪を撫《な》で、頬を撫で、くすぐったそうに微笑《ほほえ》み、愛すべきトモダチを見つめた。

「愛してるよ。朱莉」

照れくさいけれど、楽しくて幸せな初デート。

きっと一生、ふたりのくすぐったくて温かい思い出になるだろう。

書き下ろし番外編

マリッジブルーさえ君のため

「……朱莉」

――ああ、まただ……

そう思ってしまうことを、朱莉はどこかじれったく感じる。

彼女を抱くときの彼の声は甘く、指先はいつもと変わらない快感をくれているのに。

なぜだろう。その声の中に、苛立《いらだ》ちのような戸惑いのようなものが混じっていると感じてしまうのだ。

「征司……」

「ん？」

薄暗い寝室の中。灯りといえるものは、照明器具の常夜灯のみ。それでも同じベッドの中で重なり合っていれば、相手の顔はよく見える。

「どうした？」

目の前にあるのは、婚約者の顔。

愛しい愛しい、なによりも大切で特別なトモダチ……

朱莉は、そんな大切な征司の顔をじっと凝視《ぎょうし》する。メガネを外している顔も男前だが、やっぱりメガネをかけてキリッとしているときのほうが好きだな……などと心の中で惚気《のろけ》つつ、苦笑いをした。

「へへっ、なんでもなーい」

「なんだ？　変なやつだな」

「変ですよー。知ってるでしょ。悪い？」

場を誤魔化すため、朱莉は軽くのしかかる征司の背に腕を回し抱きつく。

こんな軽口、いつもの征司ならば笑ってかわしてくれる。ふざけて頭をぽかぽか叩いて、『なんだぁ？　そんな変なやつを好きな俺は、もっと変なんだ、とか言いたいのかー？』と、言ってくれるだろう。

だが……

「変じゃない……」

そう呟《つぶや》き、征司は朱莉を軽く抱きしめる。そしてまた彼女の肌をまさぐりだした。

――変なのは……征司だ……

征司の愛撫を受けながら、ここ数回、朱莉はそれを感じている。

十二月に行われる征司と朱莉の結婚式。それまで、残り一カ月を切った。

ふたりは現在、征司の部屋で一緒に暮らしている。一緒にご飯を食べて、一緒に眠って……

それによって接しかたが変わったわけじゃない。会社では営業課と総務課で部署は離れてしまったけれど、その他は朝も夜も常に一緒。

夫婦として幸せなスタートを切る日を迎えるべく、日々を過ごしている。

それなのに、ふたりで肌を重ねているあいだ、ときおり彼から感じるこの戸惑いはなんだろう。

(悩み事でもあるんだろうか)

そんなことを思いつくと、急に心配になる。だが、そう思わずにはいられない出来事に、心当たりがありすぎるのだ。

ふたりで肌を重ねたあと、以前は抱き寄せて胸枕をしていてくれた征司。それなのに、ここ数回はすぐに朱莉から離れ、ひとりベッドの端に座って溜息をついている。

(まさか……、もしかして征司……。私の身体に飽きた、とか……)

身体を許し合う関係になって半年余り。

それはありえない……と、思いたい。

「おいっ」

征司の声にハッとする。見開いた目に、ムスッとした彼の顔が映った。

「なんか考え事をしていただろう」

「そ、そんなことないよ」

「嘘つけっ。声が小さいからすぐ分かる」

「なにっ、その〝声を出さなきゃおかしい〟みたいな変な自信……んっ……」

言い返している途中で唇をふさがれる。開いた唇のあいだから厚い舌が滑りこみ、反抗しかかる朱莉の舌をさらった。

搦《から》め取られ、征司の口腔《こうこう》内で吸い立てられる。舌の先からピリピリとした痺《しび》れが湧きだし、蜂蜜みたいにゆっくり全身へ回っていく。

「……考え事なんか、するな……」

苛《いら》立《だ》ちを含む、甘い囁《ささや》き。その声が鼓膜を甘やかしたころ、彼が言うように、よけいなことは考えられなくなってしまった……。


——征司は、仕事が忙しくてイラついているのではないか。

「そうよ。きっとそう」

自分の考えを声に出して肯定し、朱莉は握りしめたこぶしを片方の手のひらに打ちつける。

勢いで立ち上がると、近くを通りかかった若い男性課員から「あっ、主任代理、お昼ですか？　いってらっしゃい」と、にこやかに声をかけられ、朱莉は「いってきまーす」と誤魔化し笑いをしながら総務課のオフィスを出た。

（もう、お昼時間だったんだ）

腕時計に目を向けると、昼休みを半分すぎている。仕事をしつつ考え事に意識を取られていたので、時間を忘れていた。

なんといっても、征司の様子が気になって仕方がないのだ。

午前中ずっと考えた結果、征司は仕事が忙しくてイラついているのだろうという結論に達した。

（大変なことがあるなら、言ってくれたらいいのに）

とは思うが、征司は元々仕事の愚痴《ぐち》をタラタラ漏らす男ではない。それに、言ってもらったとしても今の朱莉ではどうにもできない。

以前のように営業でアシスタントをしていたころなら、征司の仕事を手伝うこともできた。残業につきあうこともできたし、彼の仕事の大変さを終始近くで感じることができた。

しかし、今はできない。

（やっぱり……、別部署って寂しいな……）

とはいえ、夫婦は同部署にいられない社則がある。しようがないのだ。

ひとつ息を吐き、肩の力を抜く。気持ちを切り替えてお昼ごはんを買いに行こうと考えた朱莉だったが、ふと思い立ち、エレベーターホールへと向かった。

総務課がある五階から、営業課がある二階へ向かう。

征司は仕事が忙しい、の仮説が正解なら、彼は食事をとる間も惜しんで、昼でもオフィスで仕事をしているのではないだろうか。

もちろん外出をしている可能性もあるが、それでもいい。いたならいたで、自分の考えは正しかったと満足できそうな気がする。

ついでに征司の顔でも見られたらラッキー、そのくらいの軽い気持ちで営業課へ向かう。するとその途中、朱莉は廊下でいきなりうしろから抱きつかれた。

「きゃーっ、朱莉さぁんっ、お久しぶりですー！」

語尾にハートマークでも付きそうなかわいい声と口調。見ずとも分かっているが、朱莉は振り返って引きつった笑顔を向ける。

「の……望美ちゃん、お久しぶり。お昼は？」

朱莉の顔を見て、にこぉっと笑うのは、営業課にいたころの後輩、望美だ。

ふわふわとした内巻きの髪を揺らしながら、彼女は朱莉から離れた。

「お昼、朱莉さんの旦那様にサンドイッチハウスのデリバリーごちそうになっちゃいましたー。あっ、女子課員全員ですよ。ちょっと忙しかったんで」

「あ、……そ、そうなの？」

朱莉さんの旦那様、の部分で冷《ひ》やかすようにニヤッとされてしまい、朱莉はなんとなく照れてしまった。

「オフィスでお昼だったの？　今、なにか忙しい？」

「忙しいですよー。なんたって大ベテランの朱莉さんが抜けたんですからね」

「それはどうにもしてあげられないなあ」

アハハと笑いつつ、朱莉は望美の手を引っ張る。近くの給湯室を覗《のぞ》き、誰もいないことを確認して中へ入った。

なぜいきなり給湯室へ入ったのか、望美は小首を傾《かし》げて不思議に思っているようだ。

朱莉はひとつ咳払いをして、話を続ける。

「あのね、望美ちゃん、ちょっと聞いていい？」

「なんですか？」

「課長なんだけど、最近忙しい？　〝すっごく〟のレベルで」

「課長ですかー？」

望美は人差し指を顎《あご》の下にあて、「うーん」と考えこむ。

「いつもどおり……ですねえ……。あっ、でも、来月結婚式だし、そのあと少しお休みするじゃないですか。そのぶんの仕事の調整で忙しいのはあるみたいですよ？」

「それだけ？　急な案件が入って忙しくてイライラしたりしていない？　課内のみんなが話しかけられない重苦しい雰囲気が漂《ただよ》っているような」

「やだー、朱莉さん、よく分かってるー。さすがぁー」

望美は楽しげに笑い、片手を左右に振る。彼女としては、さすがは元鬼課長のお守役《もり》、と声をかけたかったところだろう。

「忙しいですけど、結婚間近なせいかご機嫌ですよー。おうちで朱莉さんがケアしてくれているおかげで、課内が重苦しーい雰囲気になることもないです。……んー、たまに、なにか考えこんでる顔をするときはありますけど」

「考えこむ？」

「でもそれって、仕事のことを考えているっていうより、今夜の夕飯はなにかな、とか考えてるんじゃないだろうかって、こっちはニヤニヤして見てますよ」

「そ、そう……」

たとえ鬼課長といえど、結婚を控えた幸せ期。密《ひそ》かに冷やかしの対象にはなってしまっているようだ。

（じゃあ、仕事が原因じゃないのかな……）

考える朱莉を前に、望美は小首を傾《かし》げる。

「でも、どうしたんです？　課長が『仕事が忙しいー』とか言って甘えるんですか？」

「なによ、そのさりげない冷《ひ》やかしはっ。違うわよ。なんとなくたまにイライラしてるような感じだったから、もしかして仕事が詰まっていて大変なのかな、とか思ったの。ボーっと考えこんだり、少しいつもと違う気がして……」

望美はふーんと生返事をしてから、人差し指を顎《あご》の下にあてた。

「それ……、マリッジブルーじゃないです？」

「……マ、マリッジブルーって……。」

「でも、男の人もなるって聞きますよ？　最近は多いって。そう、特に仕事に几帳面で真面目な人がかかりやすいとか。……そう考えると、課長ってそのタイプかも」

思いつくままに話したあと、望美は「なーんて」と付け足す。

本人としては、そんなに真剣に考えて口から出した言葉ではないようだ。

「マリッジ……ブルー……」

しかし、朱莉の頭には、その言葉が焼き付いて離れなくなってしまったのだった。

結婚前の女性がかかることで有名な、マリッジブルー。

しかし、誰もがかかるわけではない。現に、朱莉にその気配はない。

本当に結婚してもいいのだろうか。一生、このパートナーとやっていけるのだろうか。

そんな悩みを持ってしまうらしいことは聞いていた。

（征司、私と結婚することを後悔しかけている、とかなの……？）

考えれば考えるほど、不安になってくる。

友だちという関係から結婚にまで至ったふたり。

かつてトモダチ関係を変えることを怖がった朱莉のように、もしかしたら征司も、夫婦という関係になってしまうことに不安を覚え始めているのでは……

エプロンを外し、冷蔵庫横のフックにかける。考えこみながらリビングに足を進め、ゆるりとソファに腰を下ろした。

帰宅して二時間。征司からはもうすぐ帰るとメールが入っている。夕飯の支度も終わったので、あとは彼を待つだけだ。

「マリッジブルーかぁ……」

呟《つぶや》いて背もたれに身体を預ける。あの征司に限って……。そう思うことは簡単だが、最近の彼を見ていればマリッジブルー説も納得できるのだ。

妙にイライラした様子も、なにかをためらう雰囲気も、彼が悩んでいるからだ。

こんなときに支えてあげるのはパートナーの役目。朱莉が迷ったとき、征司は必死に彼女を想い、大切に守ってくれた。

「よしっ」

握りこぶしを作り、決意を固める。そのときドアチャイムが鳴った。

「ただいまー。おっ、今夜はハンバーグか？」

征司の声だ。漂《ただよ》う香りに気づいた彼は、声のトーンを弾ませながらリビングへ入ってくる。朱莉は急いで立ち上がった。

「お、おかえり、征司。お疲れ様」

できるだけ明るい調子でそう口にしてから、朱莉は征司を見て言葉を止めた。

「なんか、大荷物だね」

どうやってリビングのドアを開けたのか聞きたくなるレベルで、彼の両手はふさがっている。片手には洋菓子店のものと思われる四角い箱。もう片方には、鞄《かばん》と一緒にコンビニの大きな袋。

征司が差し出してきた四角い箱を受け取り、朱莉は目をぱちくりとさせる。咄嗟《とっさ》に思い浮かんだのは、今日はなにかの記念日だったろうかという疑問だ。

四角い箱はケーキボックス。それも、詰め合わせ用のものではなく、ホールケーキ専用の箱。上面の透かし窓からは、朱莉の大好きな大きなイチゴが載ったショートケーキのホールが見える。

お土産《みやげ》にケーキを買ってきてくれることは多々あれど、ホールとなると特別感しかない。

「ほい」

続いて彼は、もう片方の手に持っていた大きなコンビニ袋を差し出した。

ケーキの箱をソファ前のテーブルに置き、袋を受け取る。それはずっしりと重く、咄嗟に両手で持ち、朱莉は中を見た。

中にはビールやチューハイ、珍味やスナック菓子、クッキーやチョコレートなどが詰まっている。

「どうせ明日は会社も休みだ。今夜はとことん飲むぞ。いいな」

そう言う征司を、わけも分からずぽかんと見ていると、彼は鞄を足元に置き、朱莉の両肩にポンッと手を置いた。

「だからな、悩みがあるなら全部俺に話せ。俺は、なにを聞いても驚かない」

「は?」

「たとえおまえが、このまま結婚していいのか悩んでるって言っても、俺はちゃんと受け止める。かえって、そんな悩みがあるならハッキリ言ってくれ」

「あ……あの、征司」

「今夜はとことん話をしよう。ケーキだって切る必要なんてないぞ。でっかいフォークでつつこうぜ。イチゴは全部お前が食え」

「ちょっと待ってて っ!」

朱莉は袋を握りしめたまま、征司の胸をドンッと叩く。やっと口を閉じてくれた彼を見上げ、今度は朱莉が口を開いた。

「どうしてそういうことになってるの？　私が、結婚してもいいのか悩んでる、とか！」

「そう言ったって、朱莉、マリッジブルーなんだろう？」

「は？」

「だから最近、考え事ばかりしてるんだろう？」

朱莉は目を見開き、征司を見たまま袋を下ろす。その手で彼を指さした。

「か……考え事ばかりしているのは……、征司のほうでしょう……？」

「俺？」

「マリッジブルーなのは……、征司のほう、だよね……？」

ふたりは顔を見合わせたまま言葉を止める。しばらく見つめ合い、やがて同時にせきを切ったように話しだした。

「どうして俺がマリッジブルーなんだよ。あれって女がなるものだろう！」

「だって、考え事ばかりしていたじゃない！　なんかイライラしてさ！　ベッドの中でも困ってるみたいな戸惑ってるみたいな態度見せて！」

「ベッドの中で考え事ばかりしているのは朱莉のほうだろう！　いつもそんなことされていれば、俺に抱かれるのがイヤなのかとか、結婚に迷ってるのかとか、考えるだろう！」

「だって、征司が困ってるんだって思ったら……！」

「朱莉が悩んでるのかって思ったら……！」

お互いがお互いを呼び合った瞬間、ふたりは同時に口を噤《つぐ》む。

相手を思いやる切なげな表情を確認し合い、愛しい人の瞳に中に自分の姿を見つけ、――同時に、ふっと笑い合った。

「なんだよ……」

「なによぉ……」

ふたり一緒に、苦笑いだ。次に声をあげて笑いだした。

なんてことはない。お互い、勝手な思いこみで誤解をしていただけらしい。

ベッドの中で心ここにあらずな態度をとってしまったばかりに、征司は朱莉がマリッジブルーなのではないかと思いこみ。

そんな思い悩む征司を見て、朱莉は征司がマリッジブルーにかかってしまったのではないかと考えた。

お互いがお互いを想うあまり、とんでもない誤解を生んでいたのだ。

相手を想うからこそ生まれた、――愛しい誤解を。

「征司の早とちりっ」

「俺だって、まさかとは思った。でも式まで一カ月を切ったし、朱莉は意外とナイーブだから、支えてやんなきゃって思うだろう」

「最後の言葉は嬉しいけどさ。『意外と』ってなに? 『意外と』って」

文句を言いつつアハハと笑う。笑いすぎて涙が出てきた。

そんな朱莉の唇に、征司の唇が重なる。笑い声は止まり、肩にあった彼の手が彼女を抱きしめ、朱莉も征司の背に腕を回した。

足元の袋が邪魔だ。もっと密着して征司に抱きつきたいのに、どうしても身体が離れてしまう。

「よかった……」

本音を漏らすと、征司の唇が離れる。コツンと額をぶつけ、メガネの隙間から少し照れた瞳が朱莉を見つめた。

「後悔してるのかな、って……ちょっとヘコんだ」

「馬鹿……」

「でもさ、朱莉はどうして俺が悩んでるなんて思ったんだ? そう思ったから、おまえも悩んだんだろう?」

額が離れ、征司と向かい合う。理由に照れくささを感じながらも、朱莉は説明をした。

「いや、あのさ……、なんとなく、してるときとか征司がイラついているような……躊躇《ちゅうちょ》しているような、そんな雰囲気がして……。もしかして、ほら……、私とこうやってエッチなことするのがイヤになって、こんなやつを一生相手にしなきゃならないのかとか思ってたらどうしよう、とか……」

「朱莉のスケベ」

「ちょっ……！　人が真剣にっ！」

つらっと出されたひとことに反抗して片手を振り上げる。征司は笑い声をあげながら彼女の手を掴んだ。

「そうかー、まさかアレがそんな意味でとられたとはな」

「アレって……なに？　本当にそんなこと思ってたの？」

「いや、実はさ、禁欲しようかなー、とか考えてて」

「は？」

朱莉が目をぱちくりさせると、上がった彼女の手を下ろさせながら征司が苦笑いをする。

「結婚式まで禁欲しようかとか思ってたんだ。そうしたら、溜まった勢いで新婚初夜とか頑張れそうだな、とか。……でも、できないもんでさ。朱莉を見てたらムラムラしてしょうがなくなって、結局は抱きながら『ああっ、俺って意志が弱いっ』とか思ったりして」

「ちょっとぉっ、いらやしいなのはどっちよっ！　そんなこと考えてたの!?」

顔が熱い。きっと自分は真っ赤になっているだろう。それを自覚しつつ、朱莉は征司から顔をそらし両手で足元の袋を持ち上げる。

「悩みを聞く目的でも、これは多すぎるでしょう。どんだけ買ってきてるのよ」

「いいだろう。いつもこのくらい買ってたし」

朱莉から袋を取り、征司は彼女の肩を抱き寄せる。

「夜通し笑って、夜通し愚痴《ぐち》を言い合って、悩みを話して。……俺たちは、いつだって、そうやって同じ考えや思いを共有してきたんだから」

——そこに思い浮かぶのは、学生時代からのふたりの姿。

悩みか愚痴があれば、食べて飲んで、酔っぱらって、泣いて笑って、ふたりはそうやって最高の友だち関係を築き上げてきた。

「これからだって同じだろう？　夫婦になるからって、俺たちの形を変える必要なんてないんだ。——愚痴も悩みも、一緒に話して、一緒に笑って、一晩中馬鹿なことを言い合って……。——そんな、友だちみたいな夫婦になるんだろう？」

じわりと、涙が浮かんだ。朱莉は征司の背に腕を回し、そのまま抱きつく。袋を床に落とすと、彼の腕が力強く朱莉を抱きしめた。

「愛してるよ。朱莉」

「私も……」

これからも、いつまでも、愛しい人と最高の友だち関係を築いていく。

きっと、ふたりならそれができる。

一緒に笑って、一緒に泣いて……
いつまでも――

甘いトモダチ関係
Comic By Rin Hachikumo
Original Work By Nao Tamaki
漫画 はちくも りん
原作 玉紀 直
激甘友情ラブストーリーが待望のコミカライズ!
ずっと
最高の友達として
私はずっと
征司と友達でいたいよ!!
十年来の親友からある日突然告白されちゃった!?
十年前から繋がっていた想い
繋ぎ合いたかった恋心
あっ
あ
ああっ
コミックスは2016年7月刊行予定!
ETERNITY WEBMANGA
エタニティWEB漫画!
無料で読み放題!
他にも人気漫画が多数連載中!!
今すぐアクセス!
エタニティ Web漫画
検索

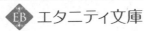

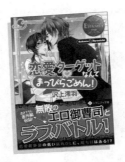

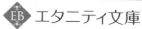

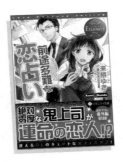

恋愛小説「エタニティブックス」の人気作を漫画化!

Eternity COMICS エタニティコミックス

イジワル師範のイケナイ指導!?

私好みの貴方でございます。

漫画:スミコ　原作:藤谷郁

B6判　定価:640円+税

ISBN978-4-434-21270-3

ヘンタイ旦那様に毎日攻められ中!

お騒がせマリッジ

漫画:ミユキ　原作:七福さゆり

B6判　定価:640円+税

ISBN978-4-434-21417-2

恋愛小説「エタニティブックス」の人気作を漫画化!

Eternity COMICS エタニティコミックス

腐女子がS系上司とアブナイ同居

捕獲大作戦

漫画：千花キハ　原作：丹羽庭子

S系課長に

捕食されちゃう!

B6判　定価640円+税
ISBN 978-4-434-20927-7

オフィスなのに大胆すぎです!

臨時受付嬢の恋愛事情

漫画：小立野みかん　原作：永久めぐる

一生、俺だけ

知っていればいい

B6判　定価640円+税
ISBN 978-4-434-21191-1

本書は、2014年10月当社より単行本として刊行されたものに書き下ろしを加えて文庫化したものです。

エタニティ文庫

甘《あま》いトモダチ関係《かんけい》

玉紀直《たまきなお》

2016年7月15日初版発行

文庫編集－橋本奈美子・羽藤瞳
編集長－塙綾子
発行者－梶本雄介
発行所－株式会社アルファポリス
〒150-6005 東京都渋谷区恵比寿4-20-3 恵比寿ｶﾞｰﾃﾞﾝﾌﾟﾚｲｽﾀﾜｰ5階
TEL 03-6277-1601（営業） 03-6277-1602（編集）
URL http://www.alphapolis.co.jp/
発売元－株式会社星雲社
〒112-0012東京都文京区大塚3-21-10
TEL 03-3947-1021
装丁イラスト－篁アンナ
装丁デザイン－ansyyqdesign
印刷－大日本印刷株式会社

価格はカバーに表示されてあります。
落丁乱丁の場合はアルファポリスまでご連絡ください。
送料は小社負担でお取り替えします。

ISBN978-4-434-22067-8 C0193